Harry Potter
7

Harry Potter and the Goblet of Fire

ハリー・ポッターと炎のゴブレット

4-1

J.K.ローリング

松岡佑子＝訳

WIZARDING WORLD

静山社

To Peter Rowling
in memory of Mr Ridley
and to Susan Sladden,
who helped Harry out of his cupboard

Original Title: HARRY POTTER AND THE GOBLET OF FIRE

First published in Great Britain in 2000
by Bloomsbury Publishing Plc, 50 Bedford Square, London WC1B 3DP

Japanese edition first published in 2002

This book is published in Japan by arrangement with
the author through The Blair Partnership

ハリー・ポッターと炎のゴブレット 4-1 目次

ハリー・ポッターと炎のゴブレット　4-2　目次

ハリー・ポッターと炎のゴブレット　4-3

第1章　リドルの館

「リドルの館」。

リドル家の人々が住んでいたのはもう何年も前のことだというのに、リトル・ハングルトンの村では、その家をまだそう呼んでいた。村を見下ろす小高い丘の上に建つ館は、あちこちの窓には板が打ちつけられ、屋根瓦ははがれ、蔦《つた》がからみ放題になっている。かつては見事な館だった。その近辺何キロにもわたってこれほど大きく豪華な屋敷はなかったというのに、いまやぼうぼうと荒れ果て、住む人もない。

リトル・ハングルトンの村人は、だれもがこの古屋敷を〝不気味〟に思っている。それというのも五十年前、この館で起きた、なんとも不可思議で恐ろしい出来事のせいだ。昔からの住人たちは、噂《うわさ》話の種が尽きてくると、いまでも好んでその話を持ち出す。繰り返し語り継がれるうちに、あちこちで尾ひれがついて、なにが本当なのか、いまではだれにもわからなくなっていた。しかし、どの話も始まりはみな同じだった。

五十年前、リドルの館がまだ、きちんと手入れのされた壮大な屋敷だったころのこと。ある晴れた夏の日の明け方、いつもの掃除に入ったメイドが、リドルの一家の三人とも客間で息絶えているのを発見したのだ。メイドはたちまち悲鳴を上げて丘の上から村まで駆け下り、片っ端から村人を起こしてまわった。

「目ん玉ひんむいたまんま倒れてる！　氷みたいに冷たいよ！　ディナーの正装したまんまだ！」

警察が呼ばれ、リトル・ハングルトンの村中が、ショックに好奇心がからみ合い、隠し切れない興奮で沸《わ》き返った。だれ一人として、リドル一家のために悲しみにくれるようなむだはしなかった。なにしろこの一家はこの上なく評判が悪い。年老いたリドル夫妻は、金持ちで高慢《こうまん》ちきで礼儀知らず。そして成人した息子のトムは、二人に輪をかけてひどかった。村人の関心事は、殺人犯がだれかにしぼられていた――どう見ても、当たり前に健康な三人が、揃いもそろって一晩のうちにころりと逝《い》くはずがない。

村のパブ〝首吊《くびつ》り男〟はその晩、大賑《にぎ》わいだった。村中が寄り集まり、犯人推理で持ち切りとなる。そこへリドル家の女料理人が物々しく登場し、一瞬静まり返ったパブに向かって、フランク・ブライスという人物が逮捕されたと言い放った。村人にとっては、家の炉端《ろばた》を離れてわざわざパブにきたかいがあったというものだ。

「フランクだって！」

何人かがさけんだ。

「まさか！」

フランク・ブライスはリドル家の庭番で、屋敷内のボロ小屋にひとりで寝泊まりしている。戦争から引き揚げてきたときには、片足を引きずり、人込みと騒音をひどく嫌うようになっていたが、そのとき以来ずっとリドル家に仕えてきた。

村人はわれもわれもと料理人に酒をおごり、さらに詳しい話を聞き出そうとした。

「あの男、どっかへんだと思ってたんだ」

シェリー酒を四杯引っかけたあと、うずうずしている村人たちに向かって女料理人はそう言った。

「愛想なしって言うか。たとえばお茶でもどうって勧めたとするじゃない。何百回勧めてもだめさね。つき合わないんだから、絶対」

「でもねえ」カウンターにいた女が言った。「戦争でひどい目にあったのよ、フランクは。静かに暮らしたかったんだよ。なんにも疑う理由なんか――」

「ほかにだれが勝手口の鍵を持ってたって言うのさ？」料理人が噛《か》みついた。

「あたしが覚えてるかぎり、ずっと昔っから、あの庭番の小屋に合鍵がぶら下がってたさ！　昨日の晩はだれも戸をこじ開けちゃいないんだ！　窓も壊れちゃいない！　フランクは、あたしたちみんなが寝てる間に、こっそり勝手口からお屋敷に忍び込みゃあよかったのよ……」

村人たちは暗い顔で目を見交わした。

「あいつはどっか胡散《うさん》くさいと睨《にら》んでた。そうだとも」カウンターの男がつぶやいた。

「戦争がそうさせたんだ。そう思うね」パブのおやじが言った。

「言ったよね。あたしゃ、あいつの気に障《さわ》ることはしたくないって。ねえ、ドット、そう言ったよね？」隅にいた女が興奮してそう言った。

「ひどい癇癪《かんしゃく》持ちなのさ」ドットがしきりにうなずきながら言った。「あいつがガキのころ、そうだったわ……」

翌朝には、リトル・ハングルトンの村で、フランク・ブライスがリドル一家を殺したことを疑う者は、ほとんどいなくなっていた。

しかし、隣村のグレート・ハングルトンの暗く薄汚い警察で当のフランクは、自分は無実だと何度も頑固に言い張っていた。リドル一家が死んだあの日、館の付近で見かけたのは、たった一人。黒い髪に青白い顔をした、見たこともない十代の少年だけだったと、フランクはそう言って譲らなかった。ほかの村人はだれも、そんな男の子は見ていない。警察はフランクの作り話にちがいないと信じ切っていた。

そんなふうにフランクにとっては深刻な事態になりかけたそのとき、リドル一家の検死報告が警察に届き、すべてがひっくり返った。

警察でもこんな奇妙な報告書は見たことがなかった。死体を調べた医師団の結論は、リドル一家のどの死体にも、毒殺、刺殺、射殺、絞殺、窒息の跡はなく、（医師の診《み》るかぎり）まったく傷つけられた様子がないという。さらに報告書は、リドル一家は全員健康そのものである――死んでいるということを別にすれば――と明らかに困惑を隠し切れない調子で書き連ねていた。医師団は、死体になんとか異常を見つけようと決意したかのごとく、リドル一家のそれぞれの顔には恐怖の表情が見られた、と記していた。

――とはいえ、警察がいらだちを隠さず述べているように、恐怖が死因だなんて話、だれが聞いたことがあると言うのか？

リドル一家が殺害されたという証拠がない以上、警察はフランクを釈放せざるをえなかった。リドル一家の遺体はリトル・ハングルトンの教会墓地に葬《ほうむ》られ、それからしばらくはその墓が好奇の的になった。村人の疑いがすっきりと晴れない中、驚いたことにフランク・ブライスは、リドルの館の敷地内にある自分の小屋に帰っていった。

「なんてったって、あたしゃあいつが殺したと思う。警察の言うことなんか糞《くそ》食らえだよ」

パブ〝首吊り男〟でドットが息巻いた。

「あいつに自尊心のかけらでもありゃ、ここを出ていくだろうに。わかってるはずだよ。あいつが殺《や》ったのをあたしらが知ってるってことをね」

しかし、フランクは出ていかなかった。リドルの館に次に住んだ家族のために庭の手入れをし、その次の家族にも――そのどちらも長くは住まなかったが――。もしかしたらフランクのせいもあったかもしれない。どちらの家族も、この家はなにかいやぁな雰囲気に包まれていると言っていた。こうしてだれも住まなくなると、屋敷は荒れ放題になった。

「リドルの館」のいまの持ち主は大金持ちで、屋敷に住んでもいなかったし、別に使っているわけでもなかった。村人たちは「税金対策」で所有しているだけだと言っているが、それがどういう意味なのか、はっきりわかっている者はいなかった。大金持ちはフランクに給料を払って庭仕事を続けさせていたが、もう七十七歳の誕生日がこようというフランクは、耳も遠くなり、不自由な足はますます強ばっていた。それでも天気のよい日には、ぼちぼちと花壇の手入れをする姿が見られたが、いつのまにか雑草は、おかまいなしに伸びはじめるのだった。

フランクの戦う相手は雑草だけではなかった。村の悪童どもが屋敷の窓に終始石を投げつけ、フランクがせっかくきれいに刈り込んだ芝生の上を自転車で乗り回した。一度ならず、肝試《きもだめ》しに屋敷に入り込んだこともある。悪童どもは、年老いたフランクがこの館と庭に執着しているのを先刻承知で、ステッキを振り回ししわがれ声を張り上げて、庭の向こうから足を引きずりながらやってくるフランクを見てはおもしろがっていた。フランクにしてみれば、子供たちが自分を苦しめるのは、その親や祖父母と同じに、自分のことを殺人者だと思っているからだと考えていた。だから、ある八月の夜、ふと目を覚まして古い屋敷の中になにか奇妙なものが見えたときも、フランクは、悪童どもが自分を懲《こ》らしめるために、また一段と性質《たち》の悪いことをやらかしているのだろう、くらいにしか思わなかった。

目が覚めたのは足が痛んだからだった。歳とともに痛みはますますひどくなっていく。膝《ひざ》の痛みを和らげるため、湯たんぽの湯を入れ替えようと、フランクは起き上がって一階の台所まで足を引きずりながら下りていった。流し台の前でヤカンに水を入れながら屋敷を見上げると、二階の窓にちらちらと灯《あか》りが見えた。何事が起こっているのか、フランクにはピンときた。悪童どもがまた屋敷内に入り込んでいる。あの灯りのちらつきようからすると、火を焚《た》きはじめたのだ。

フランクの小屋に電話はなかった。どのみち、リドル一家の死亡事件で警察に引っ張られ尋問《じんもん》されて以来、フランクはまったく警察を信用していなかった。フランクはヤカンをその場にうっちゃり、痛む足の許すかぎり急いで寝室に駆け上がり、服を着替えてすぐに台所にもどってきた。そして、ドアの脇にかけてある錆《さ》びて古びた鍵を取ると、壁に立てかけてあるステッキをつかんで夜の闇へと出ていった。

「リドルの館」の玄関に、こじ開けられた様子はない。どの窓にもそんな形跡はない。フランクは足を引きずりながら屋敷の裏に回り、ほとんどすっぽり蔦《つた》の陰に隠れている勝手口まで進むと、古い鍵を引っ張り出して鍵穴に差し込み、音を立てずにドアを開けた。

中はだだっ広い台所だ。もう何年もそこに足を踏み入れてはおらず、しかも真っ暗だったにもかかわらず、フランクは広間に向かうドアの在《あ》り処《か》を憶えていた。むっとするほどのかび臭さを嗅《か》ぎながら、上階から足音や人声が聞こえないかと耳をそばだて、手探りでドアに向かった。広間は、正面のドアの両側にある大きな格子窓のおかげで少しは明るかった。石造りの床を厚く覆った埃《ほこり》が、足音もステッキの音も消してくれるのをありがたく思いながら、フランクは階段を上りはじめた。

階段の踊り場を右に曲がると、すぐに侵入者がどこにいるかがわかった。廊下の一番奥のドアが半開きになって隙間から灯《あか》りがちらちら漏《も》れ、黒い床に金色の長い筋を描いている。フランクはステッキをしっかりにぎりしめ、じりじりと近づいていった。ドアから数十センチのところで、細長く切り取られたように部屋の中が見える。はじめてそこから火が見えた。暖炉の中で燃えていた。意外だった。フランクは立ち止まり、じっと耳を澄ました。男の声が部屋の中から聞こえてきたからだ。おどおどとおののいているような声だった。

「ご主人様、まだお腹がお空きでしたら、いま少しは瓶《びん》に残っておりますが」

「あとにする」

別の声が言った。これも男の声だった――が、不自然にかん高い、しかも氷の風が吹き抜けたかのように冷たい声だ。その声はなぜか、まばらになったフランクの後頭部の毛を逆立たせた。

「ワームテール、俺様《おれさま》をもっと火に近づけるのだ」

フランクは右の耳をドアに向けた。聞こえるほうの耳だ。瓶をなにか固い物の上に置く音に続いて、重い椅子を引きずる床をこする鈍い音がした。椅子を押している小《こ》柄《がら》な男の背中がちらりとフランクの目に入った。長い黒いマントを着ている。後頭部に禿《はげ》があるのが見えた。そしてふたたび小男の姿は視界から消えた。

「ナギニはどこだ?」冷たい声が言った。

「わ――わかりません。ご主人様」びくびくした声が答えた。「家の中を探索に出かけたのではないかと……」

「寝る前にナギニのエキスをしぼるのだぞ、ワームテール」もう一つの声が言った。「夜中に飲む必要がある。この旅でずいぶんと疲れた」

眉根《まゆね》を寄せながら、フランクは聞こえるほうの耳をさらにドアに近づけた。一瞬の間を置いて、ワームテールと呼ばれる男がまた口を開いた。

「ご主人様。ここにはどのぐらいご滞在のおつもりか、伺ってもよろしいでしょうか？」

「一週間だ」冷たい声が答えた。「もっと長くなるかもしれぬ。ここはまあまあ居心地がよいし、まだ計画を実行はできぬ。クィディッチのワールドカップが終わる前に動くのは愚かであろう」

フランクは節くれだった指を耳に突っ込んで、ほじった。耳垢《あか》がたまったせいにちがいない。「クィディッチ」なんて、言葉とは言えない言葉が聞こえたのだから。

「ご主人様、ク——クィディッチ・ワールドカップと？」

ワームテールが言った。フランクはますますぐりぐりと耳をほじった。

「お許しください。しかし——わたくしめにはわかりません——どうしてワールドカップが終わるまで待たなければならないのでしょう？」

「愚か者めが。いまこのときこそ、世界中から魔法使いがこの国に集まり、魔法省のお節介どもがこぞって警戒に当たり、不審な動きがないかどうか、鵜《う》の目鷹の目で身許《みもと》の確認をしている。マグルがなにも気づかぬようにと、安全対策に血眼《ちまなこ》だ。だから待つのだ」

　フランクは耳をほじるのをやめた。まぎれもなく、「魔法省」「魔法使い」「マグル」という言葉を聞いた。フランクにはどの言葉もなにか秘密の意味があることは明白だ。こんな暗号を使う人種は、二種類しか思いつかない――スパイと犯罪者だ。フランクはもう一度ステッキを固くにぎりしめ、ますます耳をそばだてた。

「それでは、あなた様は、ご決心がお変わりにならないと？」ワームテールがひっそりと言った。

「ワームテールよ。もちろん、変わらぬ」冷たい声には脅すような響きがこもっていた。

　一瞬言葉が途切れた――そしてワームテールが口を開いた。言葉があわてて口から転げ出てくるようで、まるで気がくじけないうちにむりにでも言ってしまおうとしているようだった。

「ご主人様。ハリー・ポッターなしでもおできになるのではないでしょうか」

　また言葉が途切れた。今度は少し長かった。

「ハリー・ポッターなしでだと？」もう一つの声がつぶやくように言った。「なるほど……」

「ご主人様。わたくしめはなにも、あの小僧めのことを心配して申し上げているのではありません！」

ワームテールの声がキーキーと上ずった。

「あんな小僧っこ、わたくしめはなんとも思っておりません！　ただ、だれかほかの魔女でも魔法使いでも使えば――どの魔法使いでも――事はもっと迅速に行えますでございましょう！　ほんのしばらくお側を離れさせていただきますならば――ご存知のようにわたくしめはいとも都合のよい変身ができますので――ほんの二日もあれば、適当な者を連れてもどって参ることができましょう――」

「たしかに、ほかの魔法使いを使うこともできよう」もう一人が低い声で言った。

「たしかに……」

「ご主人様。そうでございますとも」ワームテールはいかにもほっとしたような声だ。「ハリー・ポッターはなにしろ厳重に保護されておりますので、手をつけるのは非常に難しいかと――」

「だから貴様は、進んで身代わりのだれかを捕まえにいくと言うのか？　果たしてそうなのか……ワームテールよ。俺様《おれさま》の世話をするのが面倒になってきたのではないのか？　計画を変えようというおまえの意図は、俺様を置き去りにしようとしているだけなのではないのか？」

「滅相《めっそう》もございません！――わ、わたくしめがあなた様を置き去りになど、けっしてそんな――」

「俺様に向かって嘘をつくな！」

別の声が歯噛《はが》みしながら言った。

「俺様にはお見通しだぞ。ワームテール！　貴様は俺様のところにもどったことを後悔しているな。貴様は俺様を見ると反吐《へど》が出るのだろう。貴様は俺様を見るたびにたじろぐ。俺様に触れるときも身震いしているだろう……」

「ちがいます！　わたくしめはあなた様に献身的に――」

「貴様の献身は、常に臆病以外の何物でもない。どこかほかに行くところがあるなら、貴様はここにはおるまい。数時間ごとに食事をせねばならぬ俺様なのだ。おまえなしでどうして生き延びることができよう？　だれがナギニのエキスをしぼるというのだ！」

「しかし、ご主人様。前よりずっとお元気になりでは――」

「嘘をつくな」もう一つの声が低くうなった。「元気になってなどいるものか。二、三日も放置されれば、貴様の不器用な世話でなんとか取りもどしたわずかな力もすぐに失せてしまうわ――しっ、黙れ！」

アワアワと言葉にもならない声を出していたワームテールは、すぐに黙った。数秒間、フランクの耳には火のはじける音しか聞こえなかった。それからまた先ほどの声が話した。シューッシューッと息が漏《も》れるようなささやき声だ。

「あの小僧を使うには、おまえにももう話したように、俺様《おれさま》なりの理由がある。ほかのやつは使わぬ。十三年も待ったのだ。あと数か月がなんだと言うのだ。あの小僧の周辺が守られている件だが、俺様の計画はうまくいくはずだ。あとは、ワームテール、貴様がわずかばかりの勇気を持てばよい――ヴォルデモート卿《きょう》の極限の怒りに触れたくなければ、勇気を振りしぼるがよい――」

「ご主人様、お言葉を返すようですが――」

ワームテールの声はいまや怯《おび》え切っていた。

「この旅の間中ずっと、わたくしめは頭の中でこの計画を考え抜きました――ご主人様、バーサ・ジョーキンズが消えたことは早晩気づかれてしまいます。もしこのまま実行し、もしわたくしめが死の呪いをかければ――」

「もし？」ささやき声が言った。「もし？　ワームテール、貴様がこの計画どおり実行すれば、魔法省はほかのだれが消えようとけっして気づきはせぬ。貴様はそっと、下手《へた》に騒がずに実行すればよいのだ。俺様自身が手を下せればよいものを、いまのこのありさまでは……。さあ、ワームテール。あと一人邪魔者を消せば、ハリー・ポッターへの道は一直線だ。貴様に一人でやれとは言わぬ。そのときまでには忠実なる下僕《しもべ》がふたたび我々に加わるであろう――」

「わたくしめも忠実な下僕でございます」ワームテールの声がかすかにすねていた。

「ワームテールよ。俺様には頭のある人物が必要なのだ。そして、揺らぐことなき忠誠心を持った者が。貴様は、不幸にして、どちらの要件も満たしてはおらぬ」

「わたくしがあなた様を見つけました」

ワームテールの声には、今度ははっきりと口惜しさが漂っていた。

「あなた様を見つけたのはこのわたくしめです。バーサ・ジョーキンズを連れてきたのはわたくしめです」

「たしかに」別の声が、楽しむように言った。「わずかな閃《ひらめ》き――ワームテール、貴様にそんな才覚があろうとは思わなかったわ――しかし、本音を明かせば、あの女を捕らえたときには、どんなに役に立つ女か、貴様は気づいていなかったであろうが？」

「わ――わたくしめはあの女が役に立つだろうと思っておりました。ご主人様」

「嘘つきめが」

声には残酷《ざんこく》な楽しみの色が、これまで以上にはっきりと出ていた。

「しかしながら、あの女の情報は価値があった。あれなくして我々の計画を練ることはできなかったであろう。そのことで、ワームテール、貴様には褒美《ほうび》を授けよう。

俺様《おれさま》のために一つ重要な仕事を果たすことを許そう。我につき従う者の多くが、諸手《もろて》を挙げ、馳《は》せ参ずるような仕事を……」

「ま、まことでございますか？　ご主人様。どんな――？」ワームテールがまたしても怯《おび》えた声を出した。

「ああ、ワームテールよ。せっかく驚かしてやろうという楽しみを台無しにする気か？　貴様の役目は最後の最後だ……しかし、約束する。貴様はバーサ・ジョーキンズと同じように役に立つという名誉を与えられるであろう」

「あ……あなた様は……」

まるで口がカラカラになったかのように、ワームテールの声が突然かすれた。

「あなた様は……わたくしめも……殺すと？」

「ワームテール、ワームテールよ」

冷たい声が猫なで声になった。

「なんでおまえを殺す？　バーサを殺したのは、そうしなければならなかったからだ。俺様が聞き出したあとは、あの女は用済みだ。なんの役にも立たぬ。いずれにせよあの女が魔法省にもどって、休暇中におまえに出会ったなどとしゃべったら、あの女はやっかいな疑念を引き起こすはめになったろう。死んだはずの魔法使いが片田舎の旅籠《はたご》で魔法省の魔女に出くわすなど、そんな奇妙なことは起こらぬほうがよかろう……」

ワームテールはなにか小声でつぶやいたが、フランクには聞き取れなかった。しかし別の声が笑った――話すときと同じく冷酷そのものの笑いだった。

「記憶を消せばよかっただと？　しかし、『忘却術《ぼうきゃくじゅつ》』は強力な魔法使いなら破ることができる。俺様があの女を尋問《じんもん》したときのようにな。せっかく聞き出した情報を利用しなければ、ワームテールよ、それこそ死んだあの女の『記憶』に対して失礼であろうが」

外の廊下で、フランクは突然、ステッキをにぎりしめた手が汗でつるつる滑るのを感じた。冷たい声の主は女を一人殺した。それを後悔のかけらもなく話している――楽しむように。危険人物だ――狂っている。それにまだ殺すつもりだ――だれだか知らないが、ハリー・ポッターとかいう子供が――危ない――。

なにをすべきか、フランクにはわかっていた。警察に知らせる時があるとするなら、まさにいまだ。いましかない。こっそり屋敷を抜け出し、まっすぐ村の公衆電話のところに行くのだ……しかし、またしても冷たい声がして、フランクはその場に凍りついたように全身を耳にした。

「もう一度呪いを……わが忠実なる下僕《しもべ》はホグワーツに……ワームテールよ、ハリー・ポッターはもはや我が手の内にある。決定したことだ。議論の余地はない。――

しっ、静かに……あの音はナギニらしい……」

男の声が変わった。フランクがいままで聞いたことのないような音を立てはじめた。息を吸い込むことなしに、シュー、シュー、シャーッ、シャーッと息を吐《は》いている。フランクは男が引きつけの発作でも起こしたのかと思った。

次にフランクが聞いたのは、背後の暗い通路でなにかが蠢《うごめ》く音だった。振り返ったとたん、フランクは恐怖で金縛りにあった。

暗い廊下を、ズルズルとフランクのほうへ這《は》ってくるものがある。ドアの隙間から細長く漏《も》れる暖炉の灯《あか》りに近づくそのものを見て、フランクは震え上がった。優に四メートルはある巨大な蛇だ。床を厚く覆った埃《ほこり》の上に太い曲がりくねった跡を残しながら、くねくねと近づいてくるその姿を、フランクは恐怖で身動きもならず見つめた――どうすればよいのだろう？　逃げ道は一つ、二人の男が殺人を企てているその部屋しかない。このまま動かずにいれば、まちがいなく蛇に殺される――。

決めかねている間に、蛇はそばまでやってきた。そして、信じられないことに、奇跡的にそのまま通り過ぎていった。ドアの向こうの冷たい声の主が出す、シュー、シュー、シャーッ、シャーッという音をたどり、菱形模様《ひしがたもよう》の尾がドアの隙間から中へと消えていった。

フランクの額《ひたい》には汗が噴き出し、ステッキをにぎった手が震えていた。部屋の中では冷たい声がシューシュー言い続けている。フランクはふと奇妙な、ありえない考えにとらわれた……この男は蛇と話ができるのではないか。

何事が起こっているのか、フランクにはわからなかった。湯たんぽを抱えてベッドにもどりたいと、ひたすらそれだけを願った。しかし、自分の足が動こうとしないのが問題だった。震えながらその場に立ちすくみ、なんとか自分を取りもどそうとしていたそのとき、冷たい声が急に普通の言葉に変わった。

「ワームテール、ナギニがおもしろい報《しら》せを持ってきたぞ」

「さ――さようでございますか、ご主人様」ワームテールが答えた。

「ああ、そうだとも」冷たい声が言った。「ナギニが言うには、この部屋のすぐ外に老いぼれマグルが一人立っていて、我々の話を全部聞いているそうだ」

身を隠す間もなかった。足音がして、部屋のドアがパッと開いた。

フランクの目の前に、鼻の尖《とが》った、色の薄い小さい目をした白髪交じりの禿《は》げた小男が、恐れと驚きの入り交じった表情で立っていた。

「中にお招きするのだ。ワームテールよ。礼儀を知らぬのか？」

冷たい声は暖炉前の古めかしい肘掛椅子《ひじかけいす》から聞こえていたが、声の主は見えない。蛇は、朽ちかけた暖炉マットにとぐろを巻いてうずくまり、まるで恐ろしい姿のペット犬のようだった。

ワームテールは部屋に入るようにとフランクに合図した。ショックを受けてはいたが、フランクはステッキをしっかりにぎりなおし、足を引きずりながら敷居《しきい》をまたいだ。

部屋の明かりは暖炉の火だけだった。その灯が壁に蜘蛛《くも》のような影を長く投げかけている。フランクは肘掛《ひじかけ》椅子の背を見つめたが、男の後頭部さえ見えなかった。座っている男は、召使いの小男より小さいにちがいない。

「マグルよ。すべて聞いたのだな？」冷たい声が言った。

「おれのことをなんと呼んだ？」

フランクは食ってかかった。もう部屋の中に入ってしまった以上、なにかしなければならない。フランクは大胆になっていた。戦争でもいつもそうだった。

「おまえをマグルと呼んだ」声が冷たく言い放った。「つまりおまえは魔法使いではないということだ」

「おまえ様が、魔法使いと言いなさる意味がわからねえ」

フランクの声がますますしっかりしてきた。

「ただ、おれは、今晩警察の気を引くのに十分のことを聞かせてもらった。ああ、聞いたとも。おまえ様は人殺しをした。しかもまだ殺すつもりだ！　それに、言っとくが」フランクは急に思いついたことを言った。「かみさんは、おれがここにきたことを知ってるぞ。もしおれがもどらなかったら──」

「おまえに妻はいない」冷たい声は落ち着きはらっていた。

「おまえがここにいることはだれも知らぬ。ここにくることを、おまえはだれにも言っていない。ヴォルデモート卿《きょう》に嘘をつくな。マグルよ。俺様《おれさま》にはお見通しだ……すべてが……」

「へえ？」フランクはぶっきらぼうに言った。『卿』だって？　はて、卿にしちゃ礼儀をわきまえていなさらん。こっちを向いて、一人前の男らしくおれと向き合ったらどうだ。できないのか？」

「マグルよ。俺様は人ではない」

冷たい声は、暖炉の火のはじける音でほとんど聞き取れないほどだった。

「人よりずっと上の存在なのだ。しかし……よかろう。おまえと向き合おう……ワームテール、ここにきて、この椅子を回すのだ」

召使いはヒーッと声を上げた。

「ワームテール、聞こえたのか」

ご主人様や蛇のうずくまる暖炉マットのほうへ行かなくてすむのなら、なんだってするとでも言うように、そろそろと顔を歪《ゆが》めながら小男が進み出て、椅子を回しはじめた。椅子の脚がマットに引っかかり、蛇が醜悪な三角の鎌首をもたげてかすかにシユーッと声を上げた。

そして、椅子の正面がフランクに向けられ、そこに座っているものをフランクは見た。ステッキが床に落ち、カタカタと音を立てた。フランクは口を開け、さけび声を上げた。あまりの大声に、椅子に座る何者かが杖《つえ》を振り上げなにか言ったのも聞こえなかった。緑色の閃光《せんこう》が走り、音がほとばしり、フランク・ブライスはぐにゃりとくずおれた。床に倒れる前にフランクは事切れていた。

「リドルの館」から三百キロ離れた所で、一人の少年がハッと目を覚ました。少年の名は、ハリー・ポッター。

第２章　傷痕

　仰向けに横たわったまま、ハリーはまるで全力疾走のあとのように荒い息をしていた。生々しい夢で目を覚ましたハリーは、両手を顔にギュッと押しつけていた。その指の下で稲妻の形をした額《ひたい》の古傷が、まるで真っ赤に焼けた針金を押しつけられたかのように痛んだ。

　ベッドに起き上がり、片手で傷を押さえながら暗がりの中、ハリーはもう一方の手をベッド脇の小机に置いてあるメガネに伸ばした。メガネをかけると寝室の様子がはっきり見える。街灯の明かりが、窓の外からカーテン越しにぼんやりと霞むようなオレンジ色の光で部屋を照らしていた。

　ハリーはもう一度指で傷痕《きずあと》をなぞった。まだ疼《うず》いている。枕元の明かりを点《つ》け、ベッドから這《は》い出して部屋の奥にある洋簞笥《ようだんす》を開け、ハリーは簞笥の扉裏の鏡を覗《のぞ》き込んだ。やせた十四歳の自分が見つめ返している。くしゃくしゃの黒い髪の下で、輝く緑の目が戸惑った表情をしている。ハリーは鏡に映る稲妻形の傷痕《きずあと》をじっくり調べた。いつもと変わりはない。しかし、傷はまだ刺すように痛んでいた。

目が覚める前にどんな夢を見ていたのか、思い出そうとした。あまりにも生々しかった……二人は知っている。三人目は知らない……ハリーは顔をしかめ、夢を思い出そうと懸命に集中した……。暗い部屋がぼんやりと思い出された……暖炉マットに蛇がいた……小男はピーター、別名ワームテールだ……そして、冷たいかん高い声……ヴォルデモート卿《きょう》の声だ。そう思っただけで、胃袋に氷の塊《かたまり》が滑り落ちるような感覚が走った……。

ハリーは固く目を閉じて、ヴォルデモートの姿を思い出そうとしたが、できない……ヴォルデモートの椅子がくるりとこちらを向き、座っている何物かが見えた。ハリー自身それを見た瞬間、恐ろしい戦慄《せんりつ》で目が覚めた。それだけは覚えている……それとも傷痕の痛みで目が覚めたのだろうか？

それに、あの老人はだれだったのだろう？　たしかに年老いた男がいた。その男が床に倒れるのを、ハリーは見た。なんだかすべて混乱している。ハリーは両手に顔を埋《うず》めて、いまいる寝室の様子を遮《さえぎ》るようにし、あの薄明かりの部屋のイメージをしっかりとらえようとした。

しかし、とらえようとすればするほど、まるで手から水が漏《も》れるように、細かなことが指の間からこぼれ落ちていく……ヴォルデモートとワームテールがだれかを殺したと話していた。だれだったかハリーは名前を思い出せなかった……それにほかにもだれかを殺す計画を話していた……僕を……。

ハリーは顔から手を離し、目を開けて自分の部屋をじっと見回した――普通ではないなにかを見つけようとしているかのように。たまたまこの部屋には、異常なほどたくさん普通ではないものがある。開けっぱなしの大きな木のトランクがベッドの足元に置いてあり、中から大鍋《おおなべ》や箒《ほうき》、黒いローブの制服、呪文集が数冊覗《のぞ》いていた。机の上には大きな鳥籠《とりかご》。いつもなら雪のように白いふくろうのヘドウィグが止まっているのだが、いまは空っぽだった。鳥籠に占領されていない机の隅に、羊皮紙《ようひし》の巻紙が散らばっている。

ベッド脇の床には、寝る前に読んでいた本が開いたまま置かれていた。本の中の写真はみな動き回っている。あざやかなオレンジ色のローブを着た選手たちが、箒に乗り赤いボールを投げ合いながら、写真から出たり入ったりしていた。

ハリーは本のところまで歩いていき、拾い上げた。ちょうど選手の一人が十五メートルの高さにあるゴール・リングに見事なシュートを決めて得点したところだ。ハリーはピシャリと本を閉じた。クィディッチでさえ――ハリーがこれぞ最高のスポーツだと思っているものでさえ――いまはハリーの気を逸《そ》らせてはくれなかった。『キャノンズと飛ぼう』をベッド脇の小机に置くと、ハリーは部屋を横切り窓のカーテンを開け、下の通りの様子を窺《うかが》った。

プリベット通りは、土曜日の明け方の郊外に見られるきちんとした町並みはこうでなければならない、といった模範的なたたずまいだった。どの家のカーテンも閉まったままで、まだ暗い街には、見渡すかぎり人っ子一人、猫の子一匹いなかった。

でも、何か……なにか……ハリーは落ち着かないままベッドにもどり、座り込んでもう一度傷痕《きずあと》を指でなぞった。痛みが気になったわけではない。痛みやけがなら、ハリーはいままでいやというほど味わってきた。一度など右腕の骨が全部なくなり、一晩痛い思いをして再生させたこともある。それからほどなく、その右腕を三十センチもある毒牙が刺し貫いた。飛行中の箒から十五メートルも落下したのはまさに昨年のことだ。とんでもない事故やけがなら、もう慣れっこだった。ホグワーツ魔法魔術学校に学び、しかも、なぜか知らないうちに事件を呼び寄せてしまうハリーにとって、それは避けられないことだった。

ちがう。気になるのは、傷が痛む原因だ。前回は、ヴォルデモートが近くにいたからだった……しかし、いまここにヴォルデモートがいるはずがない……ヴォルデモートがプリベット通りに潜んでいるなんて、ばかげた考えだ。ありえない……。

ハリーは静寂の中で耳を澄ませた。階段の軋《きし》む音、マントの翻《ひるがえ》る音が聞こえるのではないかと、どこかでそんな気がしたのだろう。ちょうどそのとき、隣の部屋からいとこのダドリーが巨大ないびきをかく音が聞こえ、ハリーはびくりとした。

ハリーは心の中で頭を振った。なんてばかなことを……この家にいるのは、ハリーのほかにおじのバーノンとおばのペチュニア、そしてダドリーだけだ。悩みも痛みもない夢を貪るように、全員まだ眠りこけている。ハリーは、ダーズリー一家が眠っている間が一番好きだ。起きていたからといって、ハリーのためになにかをしてくれるわけではない。

バーノン、ペチュニア、ダドリーの三人が、ハリーにとっての唯一の親戚なのだが、一家はマグル（魔法族ではない）で、魔法と名がつくものはなんでも忌《い》み嫌っていた。つまり、ハリーをまるで犬の糞《くそ》並みに扱うのだった。

この三年間、ハリーがホグワーツに行って長期間不在だった理由を、「セント・ブルータス更生不能非行少年院」に行っていると言いふらして取り繕《つくろ》っていた。ハリーのように半人前の魔法使いは、ホグワーツの外では魔法を使ってはいけないことを一家はよく知っていた。それでもこの家でなにかがおかしくなると、やはりハリーが咎《とが》められるはめになるのだった。

魔法世界での生活がどんなものかを、ハリーはただの一度たりとこの一家を前に話すことはなかった。朝になって起きてきたこの連中に、傷が痛むだとか、ヴォルデモートが心配だとか打ち明けるなど、まさにお笑い種《ぐさ》だ。

だが、そのヴォルデモートこそ、そもそもハリーがダーズリー一家と暮らすようになった原因なのだ。ヴォルデモートがいなければ、ハリーは額《ひたい》に稲妻形の傷を受けることもなかったろう。ヴォルデモートがいなければ、ハリーはいまでも両親と一緒に過ごしていたろうに……。

あの夜、ハリーはまだ一歳だった。ヴォルデモート――十一年間、徐々に勢力を増していった今世紀最強の闇の魔法使い――がハリーの家にやってきて父親と母親を殺したあの夜、ヴォルデモートは杖《つえ》をハリーに向け、呪いをかけた。勢力を伸ばす過程で、何人ものおとなの魔法使いや魔女を処分した、その呪いを。ところが――信じられないことに、呪いが効かなかった。幼子《おさなご》を殺すどころか、呪いはヴォルデモート自身に撥《は》ね返った。ハリーは、額に稲妻のような切り傷を受けただけで生き残り、ヴォルデモートは辛《かろ》うじて命を取り止めるだけの存在となった。力は失せ、命も絶えなんとする姿で、ヴォルデモートは逃げ去った。隠された魔法社会で、魔法使いや魔女が何年にもわたり戦々恐々としてきたその恐怖が取り除かれ、ヴォルデモートの家来は散り散りになり、ハリー・ポッターは有名になった。

十一歳の誕生日に、はじめて自分が魔法使いだと知ったことだけでもハリーにとっては十分なショックだったのに、その上、魔法界ではだれもが自分の名前を知っていると知ったときは、さらに気まずい思いに身が縮んだ。ホグワーツ校に着くと、どこに行ってもみながハリーを振り返り、ささやき交わした。しかし、いまではハリーもそれに慣れっこになっていた。この夏が終われば、ハリーはホグワーツ校の四年生になる。ホグワーツのあの城にもどる日を、ハリーは指折り数えて待っていた。

しかし、学校に帰るまでにはまだ二週間もある。ハリーはやり切れない気持ちで部屋の中を見回し、誕生祝いカードに目を止めた。七月末の誕生日に二人の親友から送られたカードだ。あの二人に傷痕《きずあと》が痛むと手紙を書いたら、なんと言うだろう？

たちまち、ハーマイオニー・グレンジャーが驚いてかん高くさけぶ声が、ハリーの頭の中で鳴り響いた。

「傷痕が痛むんですって？　ハリー、それって、大変なことよ……ダンブルドア先生に手紙を書かなきゃ！　それから、私、『よくある魔法病と傷害』を調べるわ……呪いによる傷痕に関して、なにか書いてあるかもしれない……」

そう、それこそハーマイオニーらしい忠告だ。すぐホグワーツの校長のところに行くこと、その間に本で調べること。ハリーは窓から群青色に塗り込められた空を見つめた。この場合、本が役に立つとはとうてい思えない。ハリーの知るかぎり、ヴォルデモートの呪いほどのものを受けて生き残ったのは、自分一人だけだ。つまり、ハリーの症状が、『よくある魔法病と傷害』に載っているとはほとんど考えられない。校長に知らせるといっても、ダンブルドアが夏休みをどこで過ごしているのか、ハリーには見当もつかない。長い銀色のひげを蓄えたダンブルドアが、例の踵《かかと》まで届く丈長のローブに三角帽子姿でどこかのビーチに寝そべり、例の曲がった鼻に日焼け止めクリームを塗り込んでいる姿を一瞬想像して、ハリーは吹き出しそうになった。ダンブルドアがどこにいようとも、ハリーのペットふくろうのヘドウィグはきっと見つけるにちがいない。たとえ住所がわからなくても、ヘドウィグはいままで一度も手紙を届けそこなったことはない。でも、なんと書けばいいのだろう？

ダンブルドア先生
休暇中にお邪魔してすみません。でも今朝傷痕《きずあと》が疼《うず》いたのです。
さようなら
ハリー・ポッター

頭の中で考えただけでも、こんな文句はばかげている。
ハリーはもう一人の親友、ロン・ウィーズリーがどんな反応を示すか想像してみた。そばかすだらけの鼻の高いロンの顔が、ふと目の前に現れた。当惑した表情だ。

「傷が痛いって？　だけど……だけど……『例のあの人』がいま君のそばにいるわけないよ。そうだろ？　だって……もしいるなら、君、わかるはずだろ？　また君を殺そうとするはずだろ？　ハリー、僕、わかんないけど、呪いの傷痕って、いつでも少しはズキズキするものなんじゃないかなぁ……パパに聞いてみるよ……」

ロンの父親は魔法省の「マグル製品不正使用取締局」に勤めるれっきとした魔法使いだが、ハリーの知るかぎり、呪いに関してはとくに専門家ではなかった。いずれにせよ、たった数分、傷が疼いたからといって自分がびくびくしているなどと、ウィーズリー家の人たちに知られたくはない。ウィーズリー夫人はハーマイオニーよりも大騒ぎして心配するだろうし、ロンの双子の兄、十六歳になるフレッドとジョージは、ハリーを意気地なしだと笑うかもしれない。ウィーズリー一家はハリーが世界中で一番好きな家族だ。明日にもウィーズリー家から泊まりにくるようにと招待状が届くはずだ（ロンがなにかクィディッチ・ワールドカップのことを話していたし）。せっかくの滞在中に、傷痕はどうかと何度も心配そうに聞かれたりするのは、ハリーはなんだかいやだった。

ハリーは拳《こぶし》で額《ひたい》を揉《も》んだ。本当は（自分でそうだと認めるのは恥ずかしいが）、だれか――父親や母親のような人が欲しかった。おとなの魔法使いで、そんなばかげたことを、と思わずにハリーの相談に乗ってくれる相手、自分のことを心配してくれるだれか、闇の魔術の経験があるだれか……。

とたんに答えが舞い降りてきた。こんな簡単な、こんな明白なことを思いつくのに、こんなに時間がかかるなんて――シリウスだ。

ハリーはベッドから飛び降り、急いで部屋の反対側にある机に座った。羊皮紙《ようひし》を一巻引き寄せ、鷲《わし》羽根ペンにインクを含ませ、「シリウス、元気ですか」と書き出した。だが、そこでペンが止まった。どうやったらうまく説明できるのだろう。はじめからシリウスを思い浮かべなかったことに、ハリーは自分でもまだ驚いていた。しかし、そんなに驚くことではないのかもしれない――そもそも、シリウスが自分の名付け親だと知ったのはほんの二か月前のことなのだから。

シリウスが、それまでハリーの人生にまったく姿を見せなかった理由は簡単だった――アズカバン監獄にいたのだ。吸魂鬼《ディメンター》という眼を持たず魂を吸い取る鬼に監視《かんし》された、恐ろしい魔法界の監獄、アズカバンだ。そこを脱獄したシリウスを追って、吸魂鬼はホグワーツにやってきた。しかし、シリウスは無実だった――殺人の罪に問われていたが、真にその殺人を犯したのはヴォルデモートの家来、ワームテールだった。ワームテールは死んだと、だれもがそう思っている。しかし、ハリー、ロン、ハーマイオニーは、そうでないことを知っている。先学期、三人はワームテールに正対した。だが、三人の話を信じたのはダンブルドア校長だけだった。

あの輝かしい一時間の間だけ、ハリーはついにダーズリーたちと別れることができると思った。シリウスが、汚名を濯《すす》いだら一緒に暮らそうと言ってくれた一瞬だ。しかし、そのチャンスはたちまち奪われてしまった――ワームテールを、魔法省に引き渡す前に逃がしてしまったのだ。シリウスは身を隠さなければ命を落とすことになる。ハリーは、シリウスがバックビークという名のヒッポグリフの背に乗って逃亡するのを助けた。それ以来ずっと、シリウスは逃亡生活を続けている。ワームテールを逃がしさえしなかったらシリウスと暮らせたという思いが、夏休み中ずっとハリーの頭を離れなかった。もう少しでダーズリーから永久に逃れることができたのにと思うと、この家にもどるのは二倍も辛かった。

一緒に暮らせはしないが、それでもシリウスはハリーの役に立っていた。学用品を全部自分の部屋に持ち込むことができるのも、シリウスのおかげだ。これまではダーズリー一家がけっしてそれを許してくれなかった。常々ハリーをなるべく惨《みじ》めにしておきたいという思いがある上にハリーの力を恐れてもいるダーズリー一家は、夏休みになるとハリーの学校用のトランクを階段下の物置に入れて鍵をかけ、ハリーの手に触れられないようにしたのだった。ところが、あの危険な殺人犯がハリーの名付け親だとわかると、ダーズリーたちの態度は一変した――シリウスは無実だとダーズリーたちに告げるのを、ハリーは都合よく忘れることにした。

プリベット通りにもどってからハリーは、シリウスの手紙を二通受け取った。二回とも、ふくろうが届けたのではなく（魔法使いは普通ふくろうを使う）、派手な色をした大きな南国の鳥が持ってきた。ヘドウィグはケバケバしい侵入者がお気に召さず、その鳥が帰路に着く前に自分の水受け皿から水を飲むのをなかなか承知しなかった。

ハリーは、この鳥たちが気に入っていた。椰子《やし》の木や白い砂浜の気分にさせてくれるからだ。シリウスがどこにいようとも（手紙が途中で他人の手に渡ることも考えられるので、シリウスは居場所を明かさなかった）、元気で暮らしていて欲しいとハリーは願った。強烈な太陽の光の下では、なぜか吸魂鬼も長生きしないような気がする。たぶん、それでシリウスは南へ行ったのだろう。

シリウスの手紙は、ベッド下の床板の緩くなったところに隠してあった。この隙間はとても役に立つ。二通とも元気そうで、必要なときにはいつでも連絡するようにと念が押されていた。そうだ。いまこそシリウスが必要だ。よし……。

夜明け前の冷たい灰色の光が、ゆっくりと部屋に忍び込み、机のライトが薄暗くなるように感じられた。太陽が昇り、部屋の壁が金色に映え、バーノンとペチュニアのおじおばの部屋から人の動く気配がしはじめたとき、ハリーはくしゃくしゃに丸めた羊皮紙《ようひし》を片づけ、机をきれいにして、いよいよ書き終えた手紙を読みなおした。


シリウスおじさん、元気ですか。

この間はお手紙をありがとう。あの鳥はとても大きくて、窓から入るのがやっとでした。

こちらはなにも変わっていません。ダドリーのダイエットはあまりうまくいっていません。昨日、ダドリーがこっそりドーナッツを部屋に持ち込もうとするのを、おばさんが見つけました。こんなことが続くようなら小遣いを減らさなければいけないと、二人がダドリーに言うと、ダドリーはものすごく怒ってプレイステーションを窓から投げ捨てました。これはゲームをして遊ぶコンピューターのようなものです。ばかなことをしたものです。だって、もうダドリーの気をまぎらすものはなにもないんですから。メガ・ミューチレーション・パート3で遊べなくなってしまったのですから。

僕は大丈夫です。なぜなら、僕が頼めばあなたがやってきて、ダーズリー一家はコウモリに変えられてしまうと、みんな怖がっているからです。

でも、今朝、気味の悪いことが起こりました。傷痕《きずあと》がまた痛んだのです。この前に痛んだのは、ヴォルデモートがホグワーツにいたからでした。でも、いまは僕の身近にいるとは考えられません。そうでしょう？　呪いの傷痕って、何年もあとに痛むことがあるのですか？

ヘドウィグがもどってきたら、この手紙を持たせます。いまは餌《えさ》を捕りに出かけています。

バックビークによろしく。

ハリー

よし、これでいい、とハリーは思った。夢のことを書いてもしょうがない。ハリーは、あまり不安がっているように思われたくはなかった。羊皮紙《ようひし》をたたみ、机の脇に置いて、ヘドウィグが帰り次第いつでも出せるようにした。それから立ち上がり、伸びをして、もう一度洋箪笥《ようだんす》を開けた。扉裏の鏡に映る自分を見もせず、ハリーは朝食に下りていくために着替えはじめた。

第3章　招待状

ハリーがキッチンに下りてきたときには、もうダーズリー一家はテーブルに着いていた。ハリーが入ってこようが座ろうが、だれも見向きもしない。バーノンおじさんの大きな赤ら顔は「デイリー・メール」新聞の陰に隠れたまま、ペチュニアおばさんは馬のような歯の上で唇をきっちり結び、グレープフルーツを四つに切っているところだった。

ダドリーは機嫌が悪く、なんだかいつもより余計に空間を占領しているようだ。これはただ事ではない。なにしろそのいつもでさえ、四角いテーブルの一辺はダドリー一人がまるまる占領しているのだ。ペチュニアおばさんがおろおろ声で「さあ、かわいいダドちゃん」と言いながら、グレープフルーツの四半分を砂糖もかけずにダドリーの皿に取り分ける。すると、ダドリーはおばさんを怖い顔で睨《にら》みつけた。夏休みに入り、学校から通信簿を持って家に帰ってきたときから、ダドリーの生活は最悪の状態に一変していた。

おじもおばも、ダドリーの成績が悪いことに関しては、いつものように都合のよい言い訳で納得していた。ペチュニアは、ダドリーの才能の豊かさを先生が理解していないだけだと言い張ったし、バーノンは、ガリ勉の女々しい男の子なんか息子に持ちたくないと主張した。いじめをしているという叱責《しっせき》も、二人は難なくやり過ごした――「ダドちゃんは元気がいいだけよ。ハエ一匹殺せやしないわ！」とおばさんは涙ぐんだ。

ところが、通信簿の最後の通信欄に短く、しかも適切な言葉で書かれた養護の先生の報告だけには、さすがのおじおばもグウの音も出なかった。ペチュニアは、ダドリーは骨太なだけで、体重だって子犬がコロコロ太っているのと同じだし、育ち盛りの男の子はたっぷり食べ物が必要だと泣きさけんだ。しかしペチュニアがどうわめこうとも、もはや学校には、ダドリーに合うようなサイズのニッカーボッカーの制服がないのは確かだった。養護の先生には、おばの目には見えないものが見えていたのだ。ピカピカの壁に指紋を見つけることや、お隣さんの動向に関しては鋭さを発揮するおばの目が、見ようとしなかっただけなのだ。しかし、養護の先生は、ダドリーがこれ以上栄養をとる必要がないどころか、体重も大きさも小鯨なみに育っていることを見抜いていた。

そこで——ダドリーがさんざん癇癪《かんしゃく》を起こし、ハリーの部屋の床がぐらぐら揺れるほどの言い争いをし、ペチュニアおばさんがたっぷり涙を流すのをすませると、食事制限が始まったのだ。スメルティングズ校の養護教師から送られてきたダイエット表が、冷蔵庫に貼りつけられた。ダドリーの好物——ソフト・ドリンク、ケーキ、チョコレート、バーガー類——は全部冷蔵庫から消え失せ、代わりに果物、野菜、その他バーノンおじさんが「ウサギの餌《えさ》」と呼ぶものが詰め込まれた。ダドリーの気分が少しでもよくなるように、ペチュニアおばさんは家族全員が揃ってダイエットするよう主張した。今度はグレープフルーツの四半分がハリーに配られた。見るからにダドリーのよりずっと小さい。ペチュニアおばさんは、ダドリーのやる気を保つ一番の方法は、少なくとも、ハリーよりダドリーのほうがたくさん食べられるようにすることだと思っているらしい。

ただし、ペチュニアは、二階の床板の緩くなったところになにが隠されているかを知らない。ハリーが全然ダイエットなどしていないことに、おばはまったく気づいていないのだ。この夏をニンジンの切れ端だけで生き延びるはめになりそうな気配を察したハリーは、すぐにヘドウィグを飛ばして友に助けを求めた。友達はこの一大事に敢然《かんぜん》と立ち上がってくれた。ハーマイオニーの家からもどったヘドウィグは、「砂糖なし」スナックのいっぱい詰まった大きな箱を持ってきた（ハーマイオニーの両親は歯医者なのだ)。ホグワーツの森番ハグリッドは、わざわざお手製のロックケーキを袋一杯送ってよこした(ハリーはこれには手をつけなかった。ハグリッドのお手製はいやというほど経験ずみだ)。一方、ウィーズリーおばさんは、家族のペットふくろうのエロールに大きなフルーツケーキといろいろなミートパイを持たせてよこし、年老いてよぼよぼのエロールは、哀れにもこの大旅行から回復するのにまるまる五日もかかった。そしてハリーの誕生日には(ダーズリー一家は完全に無視していたが)、最高のバースデー・ケーキが四つも届いた。ロン、ハーマイオニー、ハグリッド、そしてシリウスからだ。まだ二つ残っている。

そんなわけで、ハリーは早く二階にもどってちゃんとした朝食をとりたいと思いながら、愚痴《ぐち》もこぼさずにグレープフルーツを食べはじめた。

バーノンおじさんは、気に入らんとばかり大きくフンと鼻を鳴らし、新聞を脇に置くと、四半分のグレープフルーツを見下ろした。

「これっぽっちか?」バーノンおじさんはおばに向かって不服そうに言った。

ペチュニアはおじをきっと睨《にら》み、ダドリーのほうを顎《あご》で指してうなずいてみせた。ダドリーはもう自分の四半分を平らげ、豚のような目でハリーの分をいやしげに眺めていた。

バーノンおじさんは、巨大なもじゃもじゃの口ひげがざわつくほど深いため息をついて、スプーンを手にした。

玄関のベルが鳴った。バーノンが重たげに腰を上げ、廊下に出ていった。電光石火、母親がヤカンに気を取られている隙に、ダドリーはおじさんのグレープフルーツの残りをかすめ取った。

玄関先でだれかが話をし、笑い、バーノンおじさんが短く答えているのがハリーの耳に入った。それから玄関の戸が閉まり、廊下から紙を破る音が聞こえてきた。

ペチュニアおばさんはテーブルにティーポットを置き、おじはどこに行ったのかと、きょろきょろキッチンを眺め回した。待つほどのこともなく、一分ほど後におじがもどってきた。カンカンになっている様子だ。

「こい」ハリーに向かってバーノンが吠えた。「居間に。すぐにだ」

わけがわからず、いったい自分がなにをやったのだろうと考えながら、ハリーは立ち上がり、おじについてキッチンの隣の部屋に入った。入るなり、バーノンがドアをピシャリと閉めた。

「それで」

暖炉のほうに突進し、くるりとハリーに向きなおると、いまにもハリーを逮捕しそうな剣幕《けんまく》でおじが言った。

「それで」

「それでなんだって言うんだ？」と言えたらどんなにいいだろう。しかし、こんな朝早くから、バーノンおじさんの虫の居所を試すのはよくない。それでなくとも欠食状態でかなりいらいらしているのだから。そこでハリーは、おとなしく驚いたふりをして見せるだけでがまんすることにした。

「こいつがいま届いた」

おじさんはハリーの鼻先で紫色の紙切れをひらひら振った。

「おまえに関する手紙だ」

ハリーはますますこんがらがった。いったいだれが、おじ宛に僕に関する手紙を書いたのだろう？　郵便配達を使って手紙をよこすような知り合いがいたかな？

バーノンはハリーをぎろりと睨《にら》むと、手紙を見下ろし、読み上げた。

親愛なるダーズリー様、御奥様

私どもはまだ面識がございませんが、ハリーから息子のロンのことはいろいろお聞き及びでございましょう。

ハリーがお話ししたかと思いますが、クィディッチ・ワールドカップの決勝戦が、次の月曜の夜に行われます。夫のアーサーが、魔法省のゲーム・スポーツ部に伝《つて》がございまして、とてもよい席を手に入れることができました。

つきましては、ハリーを試合に連れていくことをお許しいただけませんでしょうか。これは一生に一度のチャンスでございます。イギリスが開催地になるのは三十年ぶりのことで、切符はとても手に入りにくいのです。もちろん、それ以後夏休みの間ずっと、喜んでハリーをわが家にお預かりいたしますし、学校にもどる汽車にも無事乗せるようにいたします。

お返事は、なるべく早く、ハリーから普通の方法で私どもにお送りいただくのがよろしいかと存じます。なにしろマグルの郵便配達は、私どもの家に配達にきたことがございませんし、家がどこにあるのかを知っているかどうかも定《さだ》かではございませんので。

ハリーにまもなく会えることを楽しみにしております。

敬具
モリー・ウィーズリー

追伸　切手は不足していないでしょうね。

読み終えると、おじは胸ポケットに手を突っ込んでなにか別の物を引っ張り出した。

「これを見ろ」おじがうなった。

おじは、ウィーズリー夫人の手紙が入っていた封筒を掲げている。ハリーは吹き出したいのをやっとこらえた。封筒一杯に一分の隙もなく切手が貼ってあり、真ん中に小さく残った空間に詰め込むように、ダーズリー家の住所が細々とした字で書かれていた。

「切手は不足していなかったね」

ハリーは、ウィーズリー夫人がごくごく当たり前のまちがいを犯しただけだというような調子を取り繕《つくろ》った。おじの目が一瞬光った。

「郵便配達は感づいたぞ」

おじが歯噛《はが》みをした。

「手紙がどこからきたのか、やけに知りたがったぞ、やつは。だから玄関のベルを鳴らしたのだ。『奇妙だ』と思ったらしい」

ハリーはなにも言わなかった。ほかの人には、切手を貼りすぎたくらいでバーノンおじさんがなぜ目くじらを立てるのかがわからなかったろう。しかしずっと一緒に暮らしてきたハリーには、いやというほどわかる。ほんのちょっとでもまともな範囲から外れると、この一家はぴりぴりするのだ。ウィーズリー夫人のような連中と関係があるのだとだれかに感づかれることを（どんなに遠い関係でも）、ダーズリー一家は一番恐れていた。

バーノンおじさんはまだハリーを睨《ね》めつけていた。ハリーはなるべく感情を顔に表さないように努力した。なにもばかなことを言わなければ、人生最高の楽しみが手に入るかもしれないのだ。バーノンがなにか言うまで、ハリーは黙っていることにした。しかし、おじは睨《にら》み続けるだけなので、ハリーのほうから沈黙を破ることにした。

「それじゃ――僕、行ってもいいですか？」

バーノンの大きな赤ら顔が、かすかにびりりと震えた。口ひげが逆立った。口ひげの陰でなにが起こっているのか、ハリーにはわかる気がした。おじさんの最も根深い二種類の感情が対立して、激しく闘っている。ハリーを行かせることは、ハリーを幸福にすることだ。この十三年間、おじはそれを躍起になって阻止してきた。しかし、夏休みの残りを、ハリーがウィーズリー家で過ごすことを許せば、期待していたより二週間も早く厄介払いができる。ハリーがこの家にいるのは、バーノンおじさんにとってこの上なくおぞましいことだった。考える時間を稼ぐために、という感じで、おじはウィーズリー夫人の手紙にもう一度視線を落とした。

「この女はだれだ？」

名前のところを汚らわしそうに眺めながら、バーノンが聞いた。

「おじさんはこの人に会ったことがあるよ。僕の友達のロンのお母さんで、ホグ――学校から学期末に汽車で帰ってきたとき、迎えにきてた人」

うっかり「ホグワーツ特急」と言いそうになったが、そんなことをすれば確実におじを怒らせてしまう。ダーズリー家では、ハリーの学校の名前は、だれもただの一度も口に出したことはなかった。

バーノンおじさんはひどく不愉快なものを思い出そうとしているかのように、巨大な顔を歪《ゆが》めた。

「ずんぐりした女か？」しばらくしておじさんがうなった。「赤毛の子供がうじゃうじゃの？」

ハリーは眉《まゆ》をひそめた。自分の息子を棚に上げて、バーノンがだれかを「ずんぐり」と呼ぶのはあんまりだ。ダドリーは、三歳のときからいまかいまかと恐れられていたことをついに実現し、いまでは縦より横幅のほうが大きくなっている。

おじはもう一度手紙を眺め回していた。

「クィディッチ」おじが声をひそめて吐《は》き出すように言った。「クィディッチ――このくだらんものはなんだ？」

ハリーはまたむかむかした。

「スポーツです」手短に答えた。「競技は、箒《ほうき》に――」

「もういい、もういい！」

バーノンが声を張り上げた。かすかにうろたえたのを見て取り、ハリーは少し満足した。自分の家の居間で、「箒」などという言葉を聞くとは、おじさんにはがまんできないらしい。逃げるように、おじはまた手紙を眺め回した。その唇の動きを、ハリーは「普通の方法で私どもにお送りいただくのがよろしいかと」と読み取った。バーノンがしかめ面をした。

「どういう意味だ、この『普通の方法』っていうのは？」

吐き棄てるようにおじが言った。

「僕たちにとって普通の方法」おじに止める間も与えず、ハリーは言葉を続けた。「つまり、ふくろう便のこと。それが魔法使いの普通の方法だよ」

バーノンおじさんは、まるでハリーが汚らしい罵《ののし》りの言葉でも吐いたかのように、カンカンになった。怒りで震えながら、おじは神経を尖らせて窓の外を見た。まるで隣近所が窓ガラスに耳を押しつけて聞いているとでも思っているかのようだった。

「何度言ったらわかるんだ？　この屋根の下で『不自然なこと』を口にするな」

赤ら顔を紫にして、おじが凄《すご》んだ。

「恩知らずめが。わしとペチュニアのお陰で、そんなふうに服を着ていられるものを――」

「ダドリーが着古したものだけどね」ハリーは冷たく言った。

まさに、お下がりのコットンシャツは、大きすぎて、袖《そで》を五つ折りにしてたくし上げないと手が使えなかったし、丈はぶかぶかなジーンズの膝《ひざ》下まであった。

「わしに向かってその口のききようはなんだ！」おじさんは怒り狂って震えていた。

しかしハリーは引っ込まなかった。ダーズリー家のばかばかしい規則を、一つ残らず守らなければならなかったのはもう昔の話だ。ハリーはダーズリー一家のダイエットに従ってはいなかったし、バーノンがクィディッチ・ワールドカップに行かせまいとしても、そうはさせないつもりだ。うまく抵抗できればの話だけれど。

ハリーは深く息を吸って気持ちを落ち着けた。

「じゃ、僕、ワールドカップを見にいけないんだ。もう行ってもいいですか？　シリウスに書いてる手紙を書き終えなきゃ。ほら——僕の名付け親」

やったぞ。殺し文句を言ってやった。バーノンおじさんの顔から紫色がブチになって消えていくのが見えた。まるで混ぜそこなったクロスグリ・アイスクリーム状態だ。

「おまえ——おまえはやつに手紙を書いているのか？」

おじさんの声は平静を装っていた——しかし、ハリーは、もともと小さいおじの瞳が、恐怖でもっと縮んだのを見た。

「うん――まあね」ハリーはさりげなく言った。

「もうずいぶん長いこと手紙を出してなかったから。それに、僕からの便りがないと、ほら、なにか悪いことが起こったんじゃないかって心配するかもしれないし」

ハリーはここで言葉を切り、言葉の効果を楽しんだ。きっちり分け目をつけたバーノンおじさんのたっぷりした黒い髪の下で、歯車がどう回っているのかが見えるようだ。シリウスに手紙を書くのをやめさせれば、シリウスはハリーが虐待されていると思うだろう。クィディッチ・ワールドカップに行ってはならんと言えば、ハリーは手紙にそれを書き、ハリーが虐待されていることをシリウスが知ってしまう。バーノンおじさんの採るべき道はただ一つ。巨大な口ひげのついた頭の中が透けて見えるかのように、ハリーにはバーノンの頭にその結論ができ上がっていくのが見える気がした。ハリーはニンマリしないよう、なるべく無表情を装った。すると――。

「まあ、よかろう。そのいまいましい……そのばかばかしい……そのワールドカップとやらに行ってよい。手紙を書いてこの連中――このウィーズリーとかに、迎えにくるように言え。いいか。わしはおまえをどこへやらわからんところへ連れていく暇はない。それから、夏休みはあとずっとそこで過ごしてよろしい。それから、おまえの――おまえの名付け親に……そやつに言うんだな……おまえが行くことになったと、そう言うんだぞ」

「オッケーだよ」ハリーは朗らかに言った。

ハリーは居間の入口に向きなおり、飛び上がって「ヤッタ!」とさけびたいのをこらえながら歩き出した。行けるんだ……ウィーズリーのところに行けるんだ。クィディッチ・ワールドカップに行けるんだ!

廊下に出ると、ダドリーにぶつかりそうになった。ドアの陰に潜んで、ハリーが叱られるのを盗み聞きしようとしていたにちがいない。ハリーがにっこり笑っているのを見て、ダドリーはショックを受けたようだった。

「すばらしい朝食だったね? 僕、満腹さ。君は?」ハリーが言った。

ダドリーが驚いた顔をするのを見て笑いながら、ハリーは階段を一度に三段ずつ駆け上がり、飛ぶように自分の部屋にもどった。

最初に目に入ったのは帰宅していたヘドウィグだった。籠《かご》の中から、大きな琥珀《こはく》色の目でハリーを見つめ、なにか気に入らないことがあるような調子で嘴《くちばし》をカチカチ鳴らした。いったいなにが気に入らないのかはすぐにわかった。

「あいたっ!」

小さな灰色のふかふかしたテニスボールのようなものが、ハリーの頭の横にぶつかった。ハリーは頭を揉《も》みながら、ぶつかったものを探した。豆ふくろうだ。片方の手のひらに収まるくらい小さいふくろうが、迷子の花火のように、興奮して部屋中をヒュンヒュン飛び回っている。気がつくと、豆ふくろうはハリーの足元に手紙を落としていた。かがんで見ると、ロンの字だ。封筒の中には走り書きの手紙が入っていた。

ハリー――パパが切符を手に入れたぞ――アイルランド対ブルガリア。月曜の夜だ。ママがマグルに手紙を書いて、君が家に泊まれるよう頼んだよ。もう手紙が届いているかもしれない。マグルの郵便ってどのぐらい速いか知らないけど。どっちにしろ、ピッグにこの手紙を持たせるよ。

ハリーは「ピッグ」という文字を眺めた。それから豆ふくろうを眺めた。こんどは天井のランプの傘のまわりをブンブン飛び回っている。こんなに「ピッグ（豚）」らしくないふくろうは見たことがない。ロンの文字を読みちがえたのかもしれない。ハリーはもう一度手紙を読んだ。

マグルがなんと言おうと、君を迎えにいくよ。ワールドカップを見逃す手はないからな。ただ、パパとママは一応マグルの許可をお願いするふりをしたほうがいいと思ったんだ。連中がイエスと言ったら、そう書いてピッグをすぐ送り返してくれ。日曜の午後五時に迎えにいくよ。連中がノーと言っても、ピッグをすぐ送り返してくれ。やっぱり日曜の午後五時に迎えにいくから。
ハーマイオニーは今日の午後にくるはずだ。パーシーは就職した——魔法省の国際魔法協力部だ。家にいる間、外国のことはいっさい口にするなよ。さもないと、うんざりするほど聞かされるからな。

じゃあな。

ロン

「落ち着けよ！」豆ふくろうに向かってハリーが声をかけた。今度はハリーの頭のところまで低空飛行して、ピーピー狂ったように鳴いている。受取人にちゃんと手紙を届けたことが誇らしくてしかたがないらしい。
「ここへおいで。返事を出すのに君が必要なんだから！」
豆ふくろうはヘドウィグの籠《かご》の上にパタパタ舞い降りた。ヘドウィグは、それ以上近づけるものなら近づいてごらん、とでも言いたそうな冷たい目で見上げた。
ハリーはもう一度鷲《わし》羽根ペンを取り、新しい羊皮紙《ようひし》を一枚つかみ、こう書いた。

ロン。すべてオッケーだ。マグルは行ってもいいって言った。明日の午後五時に会おう。待ち遠しいよ。

ハリー

ハリーはメモ書きを小さくたたみ、豆ふくろうの足にくくりつけたが、興奮してぴょんぴょん飛び上がるものだから、結ぶのにひと苦労だ。メモがきっちりくくりつけられるのを待って、豆ふくろうは出発した。窓からブーンと飛び出し、姿が見えなくなった。

ハリーはヘドウィグに近寄った。

「長旅できるかい？」

ヘドウィグは威厳たっぷりにホーと鳴いた。

「これをシリウスに届けられるね？」ハリーは手紙を取り上げた。

「ちょっと待って……一言書き加えるから」

羊皮紙をもう一度広げ、ハリーは急いで追伸を書いた。

　僕に連絡したいときは、これから夏休み中ずっと、友達のロン・ウィーズリーのところにいます。ロンのパパがクィディッチ・ワールドカップの切符を手に入れてくれたんだ！

書き終えた手紙を、ハリーはヘドウィグの足にくくりつけた。ヘドウィグはいつにも増してじっとしていた。本物の「郵便配達ふくろう」がどう振る舞うべきかを、ハリーにしっかり見せてやろうとしているようだ。

「君がもどるころ、僕、ロンのところにいるから。わかったね？」

ヘドウィグは愛情を込めてハリーの指を噛《か》み、柔らかいシュッという羽音をさせて大きな翼を広げ、開け放った窓から高々と飛び立っていった。

ハリーはヘドウィグの姿が見えなくなるまで見送り、それからベッド下に這《は》い込んで、緩んだ床板をこじ開け、バースデー・ケーキの大きな塊《かたまり》を引っ張り出した。床に座ってそれを食べながら、ハリーは幸福感がひたひたとあふれてくるのを味わった。ハリーにはケーキがある。ダドリーにはグレープフルーツしかない。明るい夏の日だ。明日にはプリベット通りを離れる。傷痕《きずあと》はもうなんともない。それに、クィディッチ・ワールドカップを見にいく。

いまは、なにかを心配しろというほうがむりだ——たとえ、ヴォルデモート卿《きょう》のことだって。

第４章　ふたたび「隠れ穴」へ

翌日十二時までに、学用品やその他の大切な持ち物たちが全部、ハリーのトランクに詰め込まれた。――父親から譲り受けた「透明《とうめい》マント」、シリウスにもらった箒《ほうき》、去年、ウィーズリー兄弟のフレッドとジョージからもらったホグワーツ校の「忍《しの》びの地図《ちず》」など――。緩んだ床板の下の隠し場所から食べ物をすべて出して空にし、呪文集や羽根ペンを忘れていないか部屋の隅々まで念入りに調べたあと、九月一日までの日にちを数えていた壁の表もはがす。ホグワーツに帰る日まで、表の日付けに毎日×印をつけるのがハリーには楽しみだった。

プリベット通り四番地には極度に緊張した空気がみなぎっていた。魔法使いの一行がまもなくこの家にやってくるというので、ダーズリー一家はがちがちに緊張し、同時にいらだっていた。ウィーズリー一家が日曜の五時にやってくるとハリーが知らせたとき、おじのバーノンはまちがいなく度胆を抜かれた。

「きちんとした身なりでくるように言ってやったろうな、連中に」

おじさんはすぐさま歯をむき出してどなった。

「おまえの仲間の服装を、わしは見たことがある。まともな服を着てくるぐらいの礼儀は持ち合わせておくもんだ。それだけだ」

不吉な予感がハリーの頭にちらりとよぎった。ウィーズリー夫妻が、「まとも」とバーノンたちが呼ぶような格好をしているのを見たことがない。子供たちは、休み中はマグルの服を着ることもあるが、ウィーズリー夫妻はよれよれの度合いこそちがえ、いつも長いローブを着ていた。隣近所がなんと思うかなどハリーは気にならなかった。ただ、もしウィーズリー一家がダーズリーたちが持つ「魔法使い」の最悪のイメージそのものの姿で現れたら、ダーズリーたちがどんなに失礼な態度を取るかを思うと心配だった。

バーノンおじさんは一張羅《いっちょうら》の背広を着込んでいた。他人が見たら、これは歓迎の気持ちの表れだと思うかもしれない。しかし、ハリーにはわかっていた。おじは威風《いふう》堂々、威嚇《いかく》的に見えるようにしたかったのだ。

一方ダドリーは、なぜか縮んだように見える。ついにダイエット効果が現れたというわけではなく、恐怖のなせるわざなのだ。ダドリーが以前に魔法使いに会ったときには、ズボンの尻から豚の尻尾《しっぽ》がくるりと飛び出すはめとなり、おじとおばはロンドンの私立病院で尻尾の除去に高い金を払うことになった。だから、ダドリーが尻のあたりを終始そわそわなでながら、前回と同じ的《まと》を敵に見せまいと蟹《かに》歩きで部屋から部屋へ歩いていくのも、まったく理由がないわけではない。

昼食の間、ほとんど沈黙が続いた。ダドリーは、カッテージチーズとセロリおろしの食事に文句も言わなかった。ペチュニアおばさんはなんにも食べない。腕を組み、唇をギュッと結び、ハリーに向かってさんざん投げつけたい悪口雑言を噛《か》み殺してでもいるように、舌をもごもごさせている。

「当然、車でくるんだろうな？」テーブル越しにバーノンが吠えた。

「えぇと」ハリーは考えてもみなかった。

ウィーズリー一家はどうやってハリーを迎えにくるのだろう？　もう車は持っていない。昔持っていた中古のフォード・アングリアは、いまはホグワーツの「禁じられた森」で野生化している。でも、ウィーズリーおじさんは昨年、魔法省から車を借りている。また今日も借りるのだろうか？

「そうだと思うけど」ハリーは答えた。

バーノンおじさんはフンと口ひげに鼻息をかけた。いつもなら、ウィーズリー氏はどんな車を運転しているのかと聞くところだ。おじは、どのくらい大きい、どのくらい高価な車を持っているかで他人の品定めをするのが常だ。しかし、たとえフェラーリに乗ってきたとしても、それでバーノンがウィーズリー氏を気に入るとは思えなかった。

ハリーはその日の午後、ほとんど自分の部屋にいた。まるで動物園からサイが逃げたと警告されたかのように、数秒おきにレースのカーテンから外を覗くおばのペチュニアを見るに見かねたからだ。五時十五分前になってようやくハリーは二階から下りて居間に入った。

ペチュニアおばさんは、強迫観念に囚われたようにクッションのしわを伸ばしていた。バーノンおじさんは新聞を読むふりをしていたが、小さい目はじっと止まったままだ。本当は全神経を集中して車の近づく音を聞き取ろうとしているのが、ハリーにはよくわかった。ダドリーは肘掛《ひじかけ》椅子に体を押し込み、ぶくぶくした両手を尻に敷き、両脇から尻の穴をがっちり固めている。ハリーはこの緊張感に耐えられず、居間を出て玄関脇の階段に腰掛け、時計を見つめた。興奮と不安で心臓がどきどきしていた。

五時になり、五時が過ぎた。背広を着込んだバーノンおじさんは汗ばみはじめ、玄関の戸を開けて通りを端から端まで眺め、それから急いでまた首を引っ込めた。

「連中は遅れとる！」ハリーに向かってバーノンがどなった。

「わかってる。たぶん――えぇと――道が込んでるとか、そんなんじゃないかな」

五時を十分過ぎ……やがて十五分過ぎ……ハリー自身も不安になりはじめた。五時半、おじとおばが居間でブツブツと短い言葉を交わしているのが聞こえた。

「失礼ったらありゃしない」

「わしらにほかの約束があったらどうしてくれるんだ」

「遅れてくれば夕食に招待されるとでも思ってるんじゃないかしら」

「そんなことには、絶対にならんぞ」

そう言うなり、おじが立ち上がって居間を往《い》ったり来たりする足音が聞こえた。

「連中はあいつめを連れてすぐ帰る。長居は無用。もちろんやつらがくればの話だが。日をまちがえとるんじゃないか。まったく、あの連中ときたら時間厳守など端《はな》から念頭にありゃせん。さもなきゃ、安物の車を運転していて、途中でぶっ壊れ――あああああああーーーーーーっ！」

ハリーは飛び上がった。居間のドアの向こう側で、ダーズリー一家三人がパニックになって、部屋の隅に逃げ込む音が聞こえる。次の瞬間、ダドリーが恐怖に引きつった顔で廊下に飛び出てきた。

「どうした？　なにが起こったんだ？」ハリーが聞いた。

しかし、ダドリーは口もきけない。両手でぴったり尻をガードしたダドリーは、そのままドタドタと、それなりに急いでキッチンに駆け込んだ。ハリーは急いで居間に入った。

板を打ちつけて塞いだ暖炉の中から、バンバンたたいたりガリガリこすったりの大きな音がしていた。暖炉の前には、石炭を積み上げた形の電気ストーブが置いてある。

「あれはなんなの？」

ペチュニアおばさんは後ずさりして壁に張りつき、怖々《こわごわ》暖炉を見つめ、喘《あえ》ぎながら言った。

「バーノン、なんなの？」

二人の疑問は、一秒も経たないうちに解けた。塞がれた暖炉の中から声が聞こえてきた。

「いたいっ！　だめだ、フレッド――もどってもどって。なにか手違いがあったみたいだ――ジョージに、だめだって言いなさい――痛い！　ジョージ、だめだ。場所がない。早くもどって、ロンに言いなさい――」

「パパ、ハリーには聞こえてるかもしれないよ――ハリーが、ここから出してくれるかもしれない――」電気ストーブの後ろから、板をドンドンと拳《こぶし》でたたく大きな音がした。

「ハリー？　聞こえるかい？　ハリー？」

ダーズリー夫婦が、怒り狂ったクズリのつがいのごとくハリーを振り向いた。

「これはなんだ？」おじがうなった。「何事なんだ？」

「みんなが——煙突飛行粉《フルーパウダー》でここにこようとしたんだ」ハリーは吹き出しそうになるのをぐっとこらえた。「みんなは暖炉の火を使って移動できるんだ。——でも、この暖炉は塞がれてるから——ちょっと待って——」

ハリーは暖炉に近づき、打ちつけた板越しに声をかけた。

「ウィーズリーおじさん？　聞こえますか？」

バンバンたたく音がやんだ。煙突の中のだれかが「しーっ！」と言った。

「ウィーズリーおじさん。ハリーです……この暖炉は塞がれているんです。ここからは出られません」

「ばかな！」ウィーズリー氏の声だ。「暖炉を塞ぐとは、まったくどういうつもりだ？」

「電気の暖炉なんです」ハリーが説明した。

「ほう？」ウィーズリー氏の声がはずんだ。「『気電』、そう言ったかね？　プラグを使うやつ？　そりゃまた、ぜひ見ないと……どうすりゃ……あいたっ！　ロンか！」

ロンの声が加わって聞こえてきた。

「ここでなにをもたもたしてるんだい？　なにかまちがったの？」

「どういたしまして、ロン」フレッドの皮肉たっぷりな声が聞こえた。「ここは、まさにおれたちの目指したドンヅマリさ」

「ああ、まったく人生最高の経験だよ」ジョージの声は、壁にべったり押しつけられているかのようにつぶれていた。

「まあ、まあ……」ウィーズリー氏がだれに言うともなく言った。「どうしたらいいか考えているところだから……うむ……これしかない……ハリー、下がっていなさい」

ハリーはソファーのところまで下がった。バーノンおじさんは逆に前に出た。

「ちょっと待った！」バーノンが暖炉に向かって声を張り上げた。「いったい全体、なにをやらかそうと──？」

バーン。

暖炉の板張りが破裂し、電気ストーブが部屋を横切って吹き飛んだ。瓦礫《がれき》や木っ端《こぱ》と一緒くたになって、ウィーズリー氏、フレッド、ジョージ、ロンが吐き出されてきた。ペチュニアおばさんは悲鳴を上げ、コーヒーテーブルにぶつかって仰向けに倒れたが、床に倒れ込む寸前、バーノンおじさんがそれを辛《かろ》うじて支え、大口を開けたまま物も言えずにウィーズリー一家を見つめた。揃いもそろって燃えるような赤毛一家で、フレッドとジョージはそばかすの一つ一つまでそっくりだ。

した。

「これでよし、と」

ウィーズリー氏が息を切らし、長い緑のローブの埃《ほこり》を払い、曲がったメガネをなおした。

「ああ——ハリーのおじさんとおばさんでしょうな！」

やせて背が高く、髪が薄くなりかかったウィーズリー氏が、手を差し出しておじのバーノンに近づいた。バーノンは、おばのペチュニアを引きずって、二、三歩後ずさりした。口をきくどころではない。一張羅《いっちょうら》の背広は埃で真っ白、髪も口ひげも埃まみれで、一気に三十歳も年を取ったように見えた。

「あぁ——いや——申し訳ない」

手を下ろし、吹き飛んだ暖炉を振り返りながら、ウィーズリー氏が言った。

「すべて私のせいです。まさか到着地点で出られなくなるとは思いませんでしたよ。実は、お宅の暖炉を、『煙突《えんとつ》飛行《ひこう》ネットワーク』に組み込みましてね——なに、ハリーを迎えにくるために、今日の午後にかぎってですがね。マグルの暖炉は、厳密には結んではいかんのですが——しかし、『煙突飛行規制委員会』にちょっとしたコネがありましてね、その者が細工してくれたんです。なに、あっという間に元通りにできますので、ご心配なく。子供たちを送り返す火を起こして、それからお宅の暖炉をなおし、そのあとで私は『姿くらまし』いたしますから」

賭けてもいい、ダーズリー夫婦には、一言もわからなかったにちがいない。二人は雷に打たれたように、あんぐり大口を開け、ウィーズリー氏を見つめたままでいる。ペチュニアおばさんはよろよろと立ち上がり、おじの陰に隠れた。

「やあ、ハリー！」ウィーズリー氏が朗らかに声をかけた。「トランクは準備できているかね？」

「二階にあります」ハリーもにっこりした。

「おれたちが取ってくる」そう言うなり、フレッドはハリーにウィンクし、ジョージと一緒に部屋を出ていった。一度、真夜中にハリーを救い出したことがあるので、二人はハリーの部屋がどこにあるのかを知っている。たぶん、二人ともダドリーを――ハリーからいろいろ話を聞いていたダドリーを――一目見たくて出ていったのだろうと、ハリーはそう思った。

「さぁて」ウィーズリー氏は、なんとも気まずい沈黙を破る言葉を探して、腕を少しぶらぶらさせながら言った。

「なかなか――えへん――なかなかいいお住まいですな」

いつもは染《し》み一つない居間が、埃《ほこり》とレンガのかけらで埋まっているいま、ダーズリー夫婦にはこの台詞がすんなり納得できはしない。バーノンおじさんの顔にまた血が上り、ペチュニアおばさんは口の中で舌をもごもごやりはじめた。それでも怖くてなにも言えないようだった。

ウィーズリー氏はあたりを見回した。マグルに関するものはなんでも大好きなのだ。テレビとビデオのそばに行って調べたくてむずむずしているのが、ハリーにはわかる。

「みんな『気電』で動くのでしょうな?」ウィーズリー氏が知ったかぶりをした。

「ああ、やっぱり。プラグがある。私はプラグを集めていましてね」

ウィーズリー氏はバーノンに向かってそうつけ加えた。

「それに電池も。電池のコレクションは相当なものでして。妻などは私がどうかしてると思ってるらしいのですがね。でもこればっかりは」

バーノンおじさんもウィーズリー氏を奇人だと思ったにちがいない。おばのペチュニアを隠すようにして、ほんのわずか右にそろりと体を動かした。まるでウィーズリー氏がいまにも二人に飛びかかって攻撃すると思っているようだ。

ダドリーが突然居間にもどってきた。トランクがゴッツンゴッツン階段に当たる音が聞こえたので、音に怯《おび》えてキッチンから出てきたのだなと、ハリーには察しがついた。

ダドリーはウィーズリー氏を恐ろしげに見つめながら壁伝いにそろそろと歩き、母親と父親の陰に隠れようとした。しかし残念ながら、バーノンおじさんの図体でさえ、ペチュニアおばさんを隠すのには十分でも、ダドリーを覆い隠すにはとうてい間に合わない。

「ああ、この子が君のいとこか。そうだね、ハリー?」ウィーズリー氏はなんとかして会話を成り立たせようと、勇敢にも、もう一言突っ込みを入れた。

「そう。ダドリーです」ハリーが答えた。

ハリーはロンと目を見交わし、急いで互いに顔を背けた。吹き出したくてがまんできなくなりそうだった。ダドリーは尻が抜け落ちるのを心配しているかのように、しっかり尻を押さえたままだ。ところがウィーズリー氏は、この奇怪な行動を心から心配したようだった。

ウィーズリー氏の、次に口を開いたその口調に気持ちが表れていた。ダーズリー夫婦がウィーズリー氏を変だと思ったと同じように、ウィーズリー氏もダドリーを変だと思ったらしい。それがハリーにははっきりわかった。ただ、ウィーズリー氏の場合は恐怖心からではなく、気の毒に思う気持ちからだというところがちがっていた。

「ダドリー、夏休みは楽しいかね?」ウィーズリー氏がやさしく声をかけた。

ダドリーはヒッと低い悲鳴を上げた。巨大な尻に当てた手が、さらにきつく尻を締めつけたのをハリーは見た。

フレッドとジョージがハリーの学校用トランクを持って居間に入ってきた。入るなり部屋をさっと見渡し、ダドリーを見つけると、二人の顔がそっくり同じに悪戯《いたずら》っぽい笑顔に変わった。

「あー、では」ウィーズリー氏が言った。「そろそろ行こうか」

ウィーズリー氏がローブの袖《そで》をたくし上げて杖《つえ》を取り出すと、ダーズリー一家がひと塊《かたまり》になって壁に張りついた。

「インセンディオ！　燃えよ！」ウィーズリー氏が背後の壁の穴に向かって杖を向けた。

たちまち暖炉に炎が上がり、何時間も燃え続けていたかのように、パチパチと楽しげな音を立てた。ウィーズリー氏はポケットから小さな巾着袋《きんちゃくぶくろ》を取り出し、紐《ひも》を解き、中の粉をひと摘み炎の中に投げ入れた。すると炎はエメラルド色に変わり、いっそう高く燃え上がった。

「さあ、フレッド、行きなさい」ウィーズリー氏が声をかけた。

「いま行くよ。あっ、しまった――ちょっと待って――」フレッドが言った。

フレッドのポケットから、菓子袋が落ち、中身がそこら中に転がり出した――色あざやかな包み紙に包まれた、大きなうまそうなヌガーだった。

フレッドは急いで中身をかき集め、ポケットに突っ込み、ダーズリー一家に愛想よく手を振って炎に向かってまっすぐ進み、火の中に入ると「隠れ穴《かくれあな》！」と唱えた。ペチュニアおばさんが身震いしながらあっと息を呑《の》んだ。ヒュッという音とともに、フレッドの姿が消えた。

「よし。次はジョージ。おまえとトランクだ」ウィーズリー氏が言った。

ジョージがトランクを炎まで運ぶのをハリーが手伝い、トランクを縦にして抱えやすくした。「隠れ穴！」とさけんだジョージは、もう一度鳴ったヒュッという音とともに消えた。

「ロン、次だ」ウィーズリー氏が言った。

「じゃあね」ロンがダーズリー一家に明るく声をかけた。ハリーににっこり笑いかけてからロンは火の中に入り、「隠れ穴！」とさけんで姿を消した。

ハリーとウィーズリー氏だけがあとに残った。

「それじゃ……さよなら」ハリーはダーズリー一家に挨拶した。

ダーズリー一家はなにも言わない。ハリーは炎に向かって歩いた。暖炉の端のところまできたとき、ウィーズリー氏が手を伸ばしてハリーを引き止めた。ウィーズリー氏は唖然としてダーズリーたちの顔を見ていた。

「ハリーがさよならと言ったんですよ。聞こえなかったんですか？」

「いいんです」ハリーがウィーズリー氏に言った。「ほんとに、そんなことどうでもいいんです」

ウィーズリー氏はハリーの肩をつかんだままだった。

「来年の夏まで甥御《おいご》さんに会えないんですよ」ウィーズリー氏は軽い怒りを込めてバーノンに向かって言った。「もちろん、さよならを言うのでしょうね」

バーノンおじさんの顔が激しく歪《ゆが》んだ。居間の壁を半分吹き飛ばしたばかりの男から礼儀を説教されることに、ひどい屈辱を感じているらしい。

しかしウィーズリー氏の手には杖《つえ》がにぎられたままだ。バーノンの小さな目がちらっと杖を見た。それから口惜しそうに「それじゃ、さよならだ」と言った。

「じゃあね」ハリーはそう言うと、エメラルド色の炎に片足を入れた。暖かい息を吹きかけられるような心地よさだ。そのとき突然背後で、ゲエゲエとひどく吐く声が聞こえ、ペチュニアおばさんの悲鳴が上がった。

ハリーが振り返ると、ダドリーはもはや両親の背後に隠れてはいなかった。コーヒーテーブルの横に膝《ひざ》をつき、三十センチほどもある紫色のぬるぬるしたものを口から突き出して、ゲエゲエ、ゲホゲホ咽《む》せ込んでいた。一瞬なんだろうと当惑したが、ハリーはすぐにその三十センチのなにやらがダドリーの舌だとわかった――そして、色あざやかなヌガーの包み紙が一枚、ダドリーのすぐ前の床に落ちているのを見つけた。

ペチュニアおばさんはダドリーの脇に身を投げ出し、ふくれ上がった舌の先をつかんでもぎ取ろうとした。当然、ダドリーはわめき、いっそうひどく咽せ込み、母親を振り放そうともがいた。バーノンおじさんが大声でわめくわ、両腕を振り回すわで、ウィーズリー氏は、なにを言おうにも大声を張り上げなければならなかった。

「ご心配なく。私がちゃんとしますから！」そうさけぶと、ウィーズリー氏は手を伸ばし、杖《つえ》を掲げてダドリーのほうに歩み寄った。しかし、ペチュニアおばさんがますますひどい悲鳴を上げ、ダドリーに覆いかぶさってウィーズリー氏からかばおうとした。

「本当に、大丈夫ですから！」ウィーズリー氏は困り果てて言った。

「簡単な処理ですよ――ヌガーなんです――息子のフレッドが――しょうのないやんちゃ者で――しかし、単純な『肥《ふと》らせ術』です――まあ、私はそうじゃないかと……どうかお願いです。元にもどせますから――」

ダーズリー一家はそれで納得するどころか、ますますパニック状態に陥った。ペチュニアはヒステリーを起こして、泣きわめきながらダドリーの舌をちぎり取ろうとがむしゃらに引っ張り、ダドリーは母親と自分の舌の重みで窒息しそうになり、バーノンは完全にキレて、サイドボードの上にあった陶器の置物をひっつかみ、ウィーズリー氏めがけて力まかせに投げつけた。ウィーズリー氏が身をかわしたので、陶器は爆破された暖炉にぶつかって粉々になった。

「まったく！」ウィーズリー氏は怒って杖を振り回した。「私は助けようとしているのに！」

手負いのカバのようなうなり声を上げ、バーノンおじさんがまた別の置物を引っつかんだ。

「ハリー、行きなさい！　いいから早く！」杖をバーノンに向けたまま、ウィーズリー氏がさけんだ。「私がなんとかするから！」

こんなおもしろいものを見逃したくはなかったが、バーノンおじさんの投げた二つ目の置物が耳元をかすめたこともあって、結局はウィーズリー氏にまかせるのが一番よいとハリーは思った。火に足を踏み入れ、「隠れ穴！」とさけびながら後ろを振り返ると、居間の最後の様子がちらりと見えた。バーノンおじさんがつかんでいた三つ目の置物をウィーズリー氏が杖で吹き飛ばし、ペチュニアおばさんはダドリーに覆いかぶさって悲鳴を上げ、ダドリーの舌はぬめぬめしたニシキヘビのようにのたくっていた。次の瞬間、ハリーは急旋回を始めた。エメラルド色の炎が勢いよく燃え上がり、そして、ダーズリー家の居間はさっと視界から消えていった。

第5章　ウィーズリー・ウィザード・ウィーズ

ハリーは肘《ひじ》をピッタリ脇につけ、ますますスピードを上げて旋回した。ぼやけた暖炉の影が次々と矢のように通り過ぎ、やがてハリーは気分が悪くなって目を閉じた。しばらく目を閉じたままじっとしていると回転のスピードが落ちてきた。今度は止まる直前に手を突き出したので、顔からつんのめらずにすんだ。そこはウィーズリー家のキッチンの暖炉だった。

「やつは食ったか?」

フレッドがハリーを助け起こしながら、興奮して聞いた。

「ああ」ハリーは立ち上がりながら答えた。「いったいなんだったの?」

「ベロベロ飴《あめ》さ」

フレッドがうれしそうに言った。

「ジョージとおれとで発明したんだ。だれかに試したくて夏休みに入ってからずっとカモを探してた……」

狭いキッチンに笑いがはじけた。ハリーが見回すと、洗い込まれた白木のテーブルにロンとジョージが座り、ほかにもハリーの知らない赤毛が二人座っていた。すぐにだれだか察しがついた。ビルとチャーリー――ウィーズリー家の長男と次男だ。

「やあ、ハリー、調子はどうだい？」

ハリーに近いほうの一人がにこっと笑って大きな手を差し出した。ハリーが握手すると、タコや水ぶくれが手に触れた。ルーマニアでドラゴンの仕事をしているチャーリーにちがいない。チャーリーは双子の兄弟と同じような体つきで、ひょろりと背の高いパーシーやロンに比べると背が低く、がっしりしていた。人のよさそうな大振りの顔は雨風に鍛えられ、顔中ソバカスだらけで、それがまるで日焼けのように見えた。腕は筋骨隆々で、片腕に大きなてかてかした火傷の痕《あと》があった。

ビルがほほえみながら立ち上がって、ハリーと握手した。ビルにはちょっと驚かされた。魔法銀行のグリンゴッツに勤めていること、ホグワーツでは首席だったことを聞かされていたハリーは、パーシーがやや歳を取ったような感じだろうと、ずっとそう想像していた。規則を破るとうるさくて、周囲を仕切るのが好きなタイプだ。ところが、ビルは――ぴったりの言葉はこれしかない――かっこいい。背が高く、髪を伸ばしてポニーテールにしていた。片耳に牙《きば》のようなイヤリングをぶら下げている。服装は、ロックコンサートに行っても場違いの感がしないだろう。ただし、ブーツは牛革ではなくドラゴン革であることにハリーは気づいた。

みながそれ以上言葉を交わさないうちに、ポンと小さな音がして、ジョージの肩のあたりにウィーズリーおじさんがどこからともなく現れた。ハリーがこれまで見たこともないほど怒った顔をしている。

「フレッド！　冗談じゃすまんぞ！」おじさんがさけんだ。「あのマグルの男の子に、いったいなにをやった？」

「おれ、なんにもあげなかったよ」

フレッドがまた悪戯《いたずら》っぽくニヤッとしながら答えた。

「おれ、落としちゃっただけだよ……拾って食べたのはあいつが悪いんだ。おれが食えって言ったわけじゃない」

「わざと落としたろう！」ウィーズリーおじさんが吠えた。「あの子が食べると、わかっていたはずだ。おまえは、あの子がダイエット中なのを知っていただろう――」

「あいつのベロ、どのくらい大きくなった？」ジョージが熱っぽく聞いた。

「ご両親がやっと私に縮めさせてくれたときには、一メートルを超えていたぞ！」

ハリーもウィーズリー家の息子たちも、また大爆笑だった。

「笑いごとじゃない！」

ウィーズリーおじさんがどなった。

「こういうことがマグルと魔法使いの関係を著しくそこなうのだ！　父さんが半生かけてマグルの不当な扱いに反対する運動をしてきたというのに、よりによってわが息子たちが――」

「おれたち、あいつがマグルだからあれを食わせたわけじゃない！」フレッドが憤慨した。

「そうだよ。あいつがいじめっ子の悪《わる》だからやったんだ。そうだろ、ハリー？」ジョージが相槌《あいづち》を打った。

「うん、そうですよ、ウィーズリーおじさん」ハリーも熱を込めて言った。

「それとこれとはちがう！」ウィーズリーおじさんが怒った。「母さんに言ったらどうなるか――」

「私になにをおっしゃりたいの？」

後ろから声がした。ウィーズリーおばさんがキッチンに入ってきたところだった。小柄でふっくらしていて、とても面倒見のよさそうな顔をしているが、いまは訝《いぶか》しげに目を細めていた。

「まあ、ハリー、こんにちは」ハリーを見つけるとおばさんは笑いかけた。それからまたすばやくその目を夫に向けた。

「アーサー、何事なの？　聞かせて」

ウィーズリーおじさんはためらった。ジョージとフレッドのことでどんなに怒っても、実はなにが起こったかをウィーズリーおばさんに話すつもりはないのだと、ハリーにはわかった。

ウィーズリーおじさんがおろおろとおばさんを見つめ、沈黙が漂ったそのとき、キッチンの入口に、ウィーズリーおばさんの陰から少女が二人現れた。一人はたっぷりした栗色の髪、前歯がちょっと大きい女の子、ハリーとロンの親友のハーマイオニー・グレンジャー。もう一人は、小柄な赤毛のロンの妹、ジニーだ。二人ともハリーに笑いかけ、ハリーもにっこり笑い返した。するとジニーが真っ赤になった――ハリーがはじめて「隠れ穴」にきたとき以来、ジニーはハリーにお熱だった。

「アーサー、いったいなんなの？　言ってちょうだい」

ウィーズリーおばさんの声が、今度は険しくなっていた。

「モリー、大したことじゃない」おじさんが口ごもった。

「フレッドとジョージが、ちょっと――だが、もう言って聞かせた――」

「今度はなにをしでかしたの？　まさか、ウィーズリー・ウィザード・ウィーズじゃないでしょうね――」ウィーズリーおばさんが詰め寄った。

「ロン、ハリーを寝室に案内したらどう？」ハーマイオニーが入口から声をかけた。

「ハリーならもう知ってるよ」ロンが答えた。「僕の部屋だし、前のときもそこだったー―」

「みんなで行きましょう」ハーマイオニーが意味ありげな言い方をした。

「あっ」ロンもピンときた。「オッケー」

「うん、僕たちも行くよ」ジョージが言ったが――。

「あなたたちは、ここにいなさい」おばさんが凄《すご》んだ。

ハリーとロンはそろそろとキッチンから抜け出し、ハーマイオニー、ジニーと一緒に狭い廊下を渡り、ぐらぐらする階段を上の階へ、じぐざぐと上っていった。

「ウィーズリー・ウィザード・ウィーズって、なんなの？」階段を上りながらハリーが聞いた。

ロンもジニーも笑い出したが、ハーマイオニーは笑わなかった。

「ママがね、フレッドとジョージの部屋を掃除してたら、注文書が束になって出てきたんだ」

ロンが声をひそめた。

「二人が発明した物の価格表で、長ーいリストさ。悪戯《いたずら》おもちゃの。『だまし杖《づえ》』とか、『ひっかけ菓子』だとか、いっぱいだ。すごいよ。僕、あの二人があんなにいろいろ発明してたなんて知らなかった……」

「昔っからずっと、二人の部屋から爆発音が聞こえてたけど、なにか作ってるなんて考えもしなかったわ。あの二人はうるさい音が好きなだけだと思ってたの」とジニーも言った。

「ただ、作った物がほとんど――っていうか、全部だな――ちょっと危険なんだ」

ロンが続ける。

「それに、ね、あの二人、ホグワーツでそれを売って稼ごうと計画してたんだ。ママがカンカンになってさ。もうなにも作っちゃいけませんって二人に言い渡して、注文書を全部焼き捨てちゃった……ママったら、その前からあの二人にはさんざん腹を立ててたんだ。二人が『O《ふ》・W《くろ》・L《う》試験』でママが期待してたような点を取らなかったからね」

O・W・Lは、「普通魔法レベル」試験の略だ。ホグワーツ校の生徒は十五歳でこの試験を受ける。

「それから大論争があったの」ジニーが続けた。「ママは、二人にパパみたいに『魔法省』に入って欲しかったの。でも二人はどうしても『悪戯《いたずら》専門店』を開きたいって、ママに言ったの」

ちょうどそのとき、二つ目の踊り場のドアが開き、四角い縁のメガネをかけた、迷惑千万という顔がひょこっと飛び出した。

「やあ、パーシー」ハリーが挨拶した。

「ああ、しばらく、ハリー」パーシーが応じた。

「だれがうるさく騒いでいるのかと思ってね。僕、ほら、ここで仕事中なんだ――役所の仕事で報告書を仕上げなくちゃならない。――階段でドスンドスンされたんじゃ、集中しにくくってかなわない」

「ドスンドスンなんかしてないぞ」ロンがいらついた声を出す。「僕たち、歩いてるだけだ。すみませんね。魔法省極秘のお仕事のお邪魔をいたしまして」

「なんの仕事なの？」ハリーが聞いた。

「『国際魔法協力部』の報告書でね」パーシーが気取って言った。「大鍋《おおなべ》の厚さを標準化しようとしてるんだ。輸入品にはわずかに薄いのがあってね――漏《も》れ率が年間約三パーセント増えてるんだ――」

「世界がひっくり返るよ。その報告書で」ロンが言った。「『日刊予言者新聞《にっかんよげんしゃしんぶん》』の一面記事だ。きっと。『鍋が漏る』って」

パーシーの顔に少し血が上った。

「ロン、おまえはばかにするかもしれないが」パーシーが熱っぽく言った。「なんらかの国際基準を設定しないと、いまに市場はペラペラの底の薄い製品であふれ、深刻な危険が――」

「はい、はい、わかったよ」

ロンはそう言うとまた階段を上がりはじめ、パーシーは部屋のドアをバタンと閉めた。ハリー、ハーマイオニー、ジニーがロンのあとについて、そこからまた三階上まで階段を上がっていく途中で、下のキッチンからガミガミどなる声が上まで響いてきた。ウィーズリーおじさんがおばさんに「ベロベロ飴《あめ》」の一件を話してしまったらしい。

家の一番上にあるロンの寝室は、ハリーが前に泊まったときとあまり変わってはいなかった。相変わらずロンの贔屓《ひいき》のクィディッチ・チーム、チャドリー・キャノンズのポスターが、壁と切妻《きりづま》の天井に貼られ、飛び回ったり手を振ったりしている。カエルの卵が入っていた窓際の水槽には、とびきり大きなカエルが一匹入っていた。ロンの老ネズミ、スキャバーズはもうここにはいない。代わりに、プリベット通りのハリーに手紙を届けた灰色の豆ふくろうがいた。小さい鳥籠《とりかご》の中で、飛び上がったり飛び下りたり、興奮してさえずっている。

「静かにしろ、ピッグ」

部屋に詰め込まれた四つのベッドのうち二つの間をすり抜けながら、ロンが言った。

「フレッドとジョージがここで僕たちと一緒なんだ。だって、二人の部屋はビルとチャーリーが使っているし、パーシーは仕事をしなくちゃならないからって自分の部屋をひとり占めしてるんだ」

「ねえ――どうしてこのふくろうのことピッグって呼ぶの？」ハリーがロンに聞いた。

「この子がばかなんですもの。ほんとはピッグウィジョンていう名前なの」ジニーが言った。

「うん、名前はちっともばかじゃないんだけどね」ロンが皮肉っぽく言った。「ジニーがつけた名なんだ。かわいい名前だと思って」ロンがハリーに説明した。「それで、僕は名前を変えようとしたんだけど、もう手遅れで、こいつ、ほかの名前だと応えないんだ。それでピッグになったわけさ。ここに置いとかないと、エロールやヘルメスがうるさがるんだ。それを言うなら僕だってうるさいんだけど」

ピッグウィジョンは籠の中でかん高くホッホッと鳴きながら、うれしそうに飛び回っていた。ハリーはロンの言葉を真に受けはしなかった。ロンのことはよく知っている。老ネズミのスキャバーズのことも始終ボロクソに言っていたくせに、ハーマイオニーの猫、クルックシャンクスがスキャバーズを食ってしまったと思ったときには、ロンがどれほど嘆いたか。

「クルックシャンクスは？」ハリーは今度はハーマイオニーに聞いた。

「庭だと思うわ。庭小人《にわこびと》を追いかけるのが好きなのよ。はじめて見たものだから」

「パーシーは、それじゃ、仕事が楽しいんだね？」

ベッドに腰掛け、チャドリー・キャノンズが天井のポスターから出たり入ったりするのを眺めながら、ハリーが言った。

「楽しいかだって？」ロンは憂鬱そうに言った。「パパに帰れとでも言われなきゃ、パーシーは家に帰らないと思うな。ほとんど病気だね。パーシーのボスのことには触れるなよ。クラウチ氏によれば……クラウチさんに僕が申し上げたように……クラウチ氏の意見では……クラウチさんが僕におっしゃるには……きっとこの二人、近いうちに婚約発表するるぜ」

「ハリー、あなたのほうは、夏休みはどうだったの？」ハーマイオニーが聞いた。

「私たちからの食べ物の小包とか、いろいろ届いた？」

「うん、ありがとう。ほんとに命拾いした。ケーキのお陰で」

「それに、便りはあるのかい？　ほら――」

ハーマイオニーの顔を見て、ロンは言葉を切り、黙り込んだ。ロンはシリウスのことを聞きたかったのだなと、ハリーにはわかった。ロンもハーマイオニーもシリウスが魔法省の手を逃れるのにずいぶん深くかかわったので、ハリーの名付け親であるシリウスのことを、ハリーと同じくらい心配していた。しかし、ジニーの前でシリウスの話をするのはよくない。三人とダンブルドア先生以外はだれも、シリウスがどうやって逃げたのかを知らなかったし、無実であることも信じていなかった。

「どうやら下での論争は終わったみたいね」

ハーマイオニーが気まずい沈黙をごまかすために言った。ジニーがロンからハリーへとなにか聞きたそうな視線を向けていたからだ。

「下りていって、お母様が夕食の支度をするのを手伝いましょうか？」

「うん、オッケー」ロンが答えた。

四人はロンの部屋を出て、下りていった。キッチンにはウィーズリーおばさん一人しかいなかった。ひどくご機嫌斜めらしい。

「庭で食べることにしましたよ」

四人が入っていくと、おばさんが言った。

「ここじゃ十一人はとても入り切らないわ。お嬢ちゃんたち、お皿を外に持っていってくれる？　ビルとチャーリーがテーブルを準備してるわ。そこのお二人さん、ナイフとフォークをお願い」

おばさんがロンとハリーに呼びかけながら、杖《つえ》を流しに入っているジャガイモの山に向けたが、どうやら杖の振り方が激しすぎたらしく、ジャガイモは弾丸のように皮から飛び出し、壁や天井にぶつかって落ちてきた。

「まあ、なんてこと！」

おばさんのピシッという言葉とともに、杖《つえ》が塵取《ちりと》りに向けられた。食器棚に掛かっていた塵取りがピョンと飛び降り、床を滑ってジャガイモを集めて回った。

「あの二人ときたら！」

おばさんは今度は戸棚から鍋《なべ》やフライパンを引っ張り出しながら、鼻息も荒くしゃべり出した。フレッドとジョージのことだなとハリーにはわかった。

「あの子たちがどうなるやら、私にはわからないわ。まったく。志ってものがまるでないんだから。できるだけたくさん厄介事を引き起こそうってこと以外には」

おばさんは大きな銅製のソース鍋をキッチンのテーブルにドンと置き、杖をその中で回しはじめた。かき回すにつれて、杖の先から、クリームソースが流れ出した。

「脳みそがないってわけじゃないのに――」

おばさんはいらいらとしゃべりながら、ソース鍋を竈《かまど》に載せ、杖をもう一振りして火を焚《た》きつけた。

「でも頭のむだ使いをしてるのよ。いますぐ心を入れ替えないと、あの子たち、ほんとにどうしようもなくなるわ。ホグワーツからあの子たちのことで受け取ったふくろう便ときたら、他の子のを全部合わせた数より多いんだから。このまいったら、ゆくゆくは『魔法不適正使用取締局』のごやっかいになることでしょうよ」

ウィーズリーおばさんが杖を、ナイフやフォークの入った引き出しに向けて一突きすると、引き出しが勢いよく開いた。庖丁が数本引き出しから舞い上がり、キッチンを横切って飛んだので、ハリーとロンは飛び退《の》いて道をあけた。庖丁は、塵取りが集めて流しにもどしたばかりのジャガイモを、切り刻みはじめた。

「どこで育て方をまちがえたのかしらね」

ウィーズリーおばさんは杖を置くと、またソース鍋をいくつか引っ張り出した。

「もう何年もおんなじことの繰り返し。次から次と。あの子たち、言うことを聞かないんだから――んまっ、またダわ！」

おばさんがテーブルから杖を取り上げると、杖がチューチューと大きな声を上げて、巨大なゴム製のおもちゃのネズミになってしまったのだ。

「また『だまし杖《づえ》』だわ！」おばさんがどなった。「こんなものを置きっぱなしにしちゃいけないって、あの子たち、何度言ったらわかるのかしら？」

本物の杖を取り上げておばさんが振り向くと、竈にかけたソース鍋が煙を上げていた。

「行こう」引き出しからナイフやフォークをひとつかみ取り出しながら、ロンがあわてて言った。「外に行ってビルとチャーリーを手伝おう」

二人はおばさんをあとに残して、勝手口から裏庭に出た。

二、三歩も行かないうちに、二人はハーマイオニーの猫、赤毛でがに股のクルックシャンクスが裏庭から飛び出てくるのに出会った。瓶《びん》洗いブラシのような尻尾《しっぽ》をピンと立て、足の生えた泥んこのジャガイモのようなものを追いかけている。ハリーはそれが「庭小人《にわこびと》」だとすぐにわかった。身の丈せいぜい三十センチの庭小人は、ゴツゴツした小さな足をパタパタさせて庭を疾走し、ドアのそばに散らかっていたゴム長靴に頭から突っ込んだ。クルックシャンクスがゴム長靴に前足を一本突っ込み、捕まえようと引っかくのを、庭小人が中でゲタゲタ笑っている声が聞こえた。一方、家の前からは、なにかがぶつかる大きな音が聞こえてきた。前庭に回ると、騒ぎの正体がわかった。ビルとチャーリーが二人とも杖《つえ》を構え、使い古したテーブルを二つ、芝生の上に高々と飛ばし、互いにぶつけて落としっこをしていた。フレッドとジョージは応援し、ジニーは笑い、ハーマイオニーはおもしろいやら心配やらの複雑な顔で、生け垣のそばではらはら見ている。

ビルのテーブルがものすごい音でぶちかましをかけ、チャーリーのテーブルの脚を一本もぎ取った。上のほうからカタカタと音がして、みなが見上げると、パーシーの頭が三階の窓から突き出していた。

「静かにしてくれないか？」パーシーがどなった。

「ごめんよ、パース」ビルがニヤッとした。「鍋底《なべぞこ》はどうなったい？」

「最悪だよ」パーシーは気難しい顔でそう言うと、窓をバタンと閉めた。

ビルとチャーリーはクスクス笑いながら、テーブルを二つ並べて安全に芝生に降ろした。ビルが杖を一振りしてもげた脚を元にもどしたあとで、どこからともなくテーブルクロスを取り出した。

七時になると、二卓のテーブルは、ウィーズリーおばさんの腕を振るったご馳走がいく皿もいく皿も並べられ、重みでうなっていた。紺碧《こんぺき》に澄み渡った空の下で、ウィーズリー家の九人と、ハリー、ハーマイオニーとが食卓に着いた。ひと夏中、次第に古くなっていくケーキで生きてきた者にとって、これは天国だった。はじめのうち、ハリーはしゃべるよりもっぱら聞き役に回り、チキンハム・パイ、茹《ゆ》でたジャガイモ、サラダと食べ続けた。

テーブルの一番端で、パーシーが父親に鍋底の報告書について話していた。

「火曜日までに仕上げますって、僕、クラウチさんに申し上げたんですよ」

パーシーがもったいぶって言った。

「クラウチさんが思ってらしたより少し早いんですが、僕としては、何事も余裕を持ってやりたいので。クラウチさんは僕が早く仕上げたらお喜びになると思うんです。だって、僕たちの部はいまものすごく忙しいんですよ。なにしろワールドカップの手配なんかがいろいろ。『魔法ゲーム・スポーツ部』からの協力があってしかるべきなんですが、これがないんですねぇ。ルード・バグマンが――」

「私はルードが好きだよ」

ウィーズリー氏がやんわりと言った。

「ワールドカップのあんなにいい切符を取ってくれたのもあの男だよ。ちょっと恩を売ってあってね。弟のオットーが面倒を起こして――不自然な力を持つ芝刈り機のことで――私がなんとか取り繕《つくろ》ってやった」

「まあ、もちろん、バグマンは好かれるくらいが関の山ですよ」

パーシーが一蹴した。

「でも、いったいどうして部長にまでなれたのか……クラウチさんと比べたら！　クラウチさんだったら、部下がいなくなったのに、どうなったのか調査もしないなんて考えられませんよ。バーサ・ジョーキンズがもう一月《ひとつき》も行方不明なのはご存知でしょう？　休暇でアルバニアに行って、それっきりだって？」

「ああ、そのことは私もルードにたずねた」ウィーズリーおじさんは眉《まゆ》をひそめた。

「ルードは、バーサは以前にも何度かいなくなったと言うんだ――もっとも、これが私の部下だったら、私は心配するだろうが……」

「まあ、バーサはたしかに救いようがないですよ」パーシーが言った。

「これまで何年も、部から部へと盥《たらい》回しにされて、役に立つというより厄介者だし……しかし、それでもバグマンはバーサを探す努力をすべきですよ。クラウチさんが個人的にも関心をお持ちのようです——バーサは一度うちの部にいたことがあるんで。それに、僕はクラウチさんがバーサのことをなかなか気に入っていたのだと思うんですよ——それなのに、バグマンは笑うばかりで、バーサはたぶん地図を見まちがえて、アルバニアでなくオーストラリアにでも行ったのだろうって言うんですよ。しかし——」

パーシーは、大げさなため息をつき、ニワトコの花のワインをぐいっと飲んだ。

「——僕たちの『国際魔法協力部』はもう手一杯で、他の部の捜索どころではないんですよ。ご存知のように、ワールドカップのすぐあとに、もう一つ大きな行事を組織するのでね」

パーシーはもったいぶって咳《せき》ばらいをすると、テーブルの反対端のほうに目をやり、ハリー、ロン、ハーマイオニーを見た。

「お父さんは知ってますね、僕が言ってること」ここでパーシーはちょっと声を大きくした。「あの極秘のこと」

ロンはまたかという顔でハリーとハーマイオニーにささやいた。

「パーシーのやつ、仕事に就いてからずっと、なんの行事かって僕たちに質問させたくて、この調子なんだ。厚底鍋《あつぞこなべ》の展覧会かなにかだろ」

テーブルの真ん中で、ウィーズリーおばさんがビルとイヤリングのことで言い合っていた。最近つけたばかりらしい。

「……そんなとんでもない大きい牙《きば》なんかつけて、まったく、ビル、銀行でみんななんと言ってるの？」

「ママ、銀行じゃ、僕がちゃんとお宝を持ち込みさえすれば、だれも僕の服装なんか気にしやしないよ」ビルが辛抱強く話した。

「それに、あなた、髪もおかしいわよ」ウィーズリーおばさんは杖《つえ》をやさしくもてあそびながら言った。「私に切らせてくれるといいんだけどねぇ……」

「あたし、好きよ」ビルの隣に座っていたジニーが言った。「ママったら古いんだから。それに、ダンブルドア先生のほうが断然長いわ……」

ウィーズリーおばさんの隣では、フレッド、ジョージ、チャーリーが、ワールドカップの話で持ち切りだった。

「絶対アイルランドだ」チャーリーはポテトを口一杯頬張ったまま、もごもご言った。「準決勝でペルーをペシャンコにしたんだから」

「でも、ブルガリアにはビクトール・クラムがいるぞ」フレッドが言った。

「クラムはいい選手だが一人だ。アイルランドはそれが七人だ」

チャーリーがきっぱり言い、そして続けた。

「イングランドが勝ち進んでりゃなぁ。あれはまったく赤っ恥だった。まったく」

「どうしたの?」

ハリーが引き込まれて聞いた。プリベット通りでぐずぐずしている間、魔法界から切り離されていたことがとても悔やまれた。ハリーはクィディッチに夢中だった。グリフィンドール・チームでは一年生のときからずっとシーカーで、世界最高の競技用箒《ほうき》、ファイアボルトを持っていた。

「トランシルバニアにやられた。三九〇対一〇だ」チャーリーががっくりと答えた。「なんてざまだ。それからウェールズはウガンダにやられたし、スコットランドはルクセンブルクにボロ負けだ」

庭が暗くなってきたので、ウィーズリーおじさんが蠟燭《ろうそく》を作り出し、灯《あか》りを点《つ》けた。それからデザート——手作りのストロベリー・アイスクリームだ。みんなが食べ終わるころ、夏の蛾がテーブルの上を低く舞い、芝草とスイカズラの香りが暖かい空気を満たしていた。ハリーはとても満腹で、平和な気分に満たされ、クルックシャンクスに追いかけられてゲラゲラ笑いながらバラの茂みを逃げ回っている数匹の庭小人《にわこびと》を眺めていた。

ロンがテーブルをずっと見渡し、みなが話に気を取られているのを確かめてから、低い声でハリーに聞いた。

「それで――シリウスから、近ごろ便りはあったのかい？」

ハーマイオニーが振り向いて聞き耳を立てた。

「うん」ハリーもこっそり言った。「二回あった。元気みたいだよ。僕、おととい手紙を書いた。ここにいる間に返事がくるかもしれない」

ハリーは突然シリウスに手紙を書いた理由を思い出した。そして、一瞬、ロンとハーマイオニーに傷痕《きずあと》がまた痛んだこと、悪夢で目が覚めたことを打ち明けそうになった……しかし、いまは二人を心配させたくなかった。ハリー自身がとても幸せで平和な気持ちなのだから。

「もうこんな時間」

ウィーズリーおばさんが腕時計を見ながら急に言った。

「みんなもう寝なくちゃ。全員よ。ワールドカップに行くのに、夜明け前に起きるんですからね。ハリー、学用品のリストを置いていってね。明日、ダイアゴン横丁で買ってきてあげますよ。みんなの買い物もするついでがあるし。ワールドカップのあとは時間がないかもしれないわ。前回の試合なんか、五日間も続いたんだから」

「わーっ――こんどもそうなるといいな！」ハリーが熱くなった。

「あー、僕は逆だ」パーシーがしかつめらしく言った。「五日間もオフィスを空けたら、未処理の書類の山がどんなになっているかと思うとぞっとするね」

「そうとも。まただれかがドラゴンの糞を忍び込ませるかもしれないし。な、パース」フレッドが言った。

「あれは、ノルウェーからの肥料のサンプルだ！」

パーシーが顔を真っ赤にして言った。

「僕への個人的なものじゃなかったんだ！」

「個人的だったとも」

フレッドが、テーブルを離れながらハリーにささやいた。

「おれたちが送ったんだから」

第6章　移動キー

ウィーズリーおばさんに揺り動かされて目を覚ましたハリーは、たったいまロンの部屋で横になったばかりなのにという気がした。

「ハリー、出かける時間ですよ」

おばさんは小声でそう言うと、ロンを起こしにいった。

ハリーは手探りでメガネを探してかけ、起き上がった。外はまだ暗い。ロンは母親に起こされると、わけのわからないことをブツブツつぶやいていた。ハリーの足元のくしゃくしゃになった毛布の中から、ぐしゃぐしゃ頭の大きな体が二つ現れた。

「もう時間か？」フレッドが朦朧《もうろう》としながら言った。

四人は黙って服を着た。眠くてしゃべるどころではない。それからあくびをしたり、伸びをしたりしながら、キッチンへと下りていった。

ウィーズリーおばさんは竈《かまど》にかけた大きな鍋《なべ》をかき回していた。ウィーズリーおじさんはテーブルに座って、大きな羊皮紙《ようひし》の切符の束を検《あらた》めていた。四人が入ってくるとおじさんは目を上げ、両腕を広げて着ている洋服がみんなによく見えるようにした。ゴルフ用のセーターのようなものと、よれよれのジーンズという出で立ちで、ジーンズが少しだぶだぶなのを太い革のベルトで吊り上げている。

「どうかね？」おじさんが心配そうに聞いた。「隠密に行動しなければならないんだが――マグルらしく見えるかね、ハリー？」

「うん」ハリーはほほえんだ。「とってもいいですよ」

「ビルとチャーリーと、パぁーパぁーパぁーシーは？」ジョージが大あくびを噛《か》み殺しそこないながら言った。

「ああ、あの子たちは『姿現わし』で行くんですよ」おばさんは大きな鍋を「よいしょ」とテーブルに運び、みなの皿にオートミールを分けはじめた。

「だから、あの子たちはもう少しお寝坊できるの」

ハリーは「姿現わし」が難しい術だということは知っていた。ある場所から姿を消して、そのすぐあとに別な場所に現れる術だ。

「それじゃ、連中はまだベッドかよ？」フレッドがオートミールの皿を引き寄せながら、不機嫌に言った。「僕たちはなんで『姿現わし術』を使っちゃいけないんだい?」

「あなたたちはまだその年齢じゃないのよ。テストも受けてないでしょ」

おばさんがぴしゃりと言った。

「ところで女の子たちはなにをしてるのかしら?」

おばさんはせかせかとキッチンを出ていき、階段を上がる足音が聞こえてきた。

「『姿現わし』はテストに受からないといけないの?」ハリーが聞いた。

「そうだとも」

切符をジーンズの尻ポケットにしっかりとしまいながら、ウィーズリーおじさんが答えた。

「先日も、無免許で『姿現わし術』を使った魔法使い二人に、『魔法運輸部』が罰金を科したんだよ。そう簡単じゃないんだよ、『姿現わし』は。きちんとやらないと、やっかいなことになりかねない。その二人にしたって術を使ったはいいが、結局バラけてしまったんだ」

ハリー以外のみながぎくりとのけ反った。

「あの――バラけたって?」ハリーが聞いた。

「体の半分が置いてけぼりだ」

ウィーズリーおじさんがオートミールにたっぷり糖蜜をかけながら答えた。

「当然、にっちもさっちもいかない。どっちにも動けない。『魔法事故リセット部隊』がきて、なんとかしてくれるのを待つばかりだ。いやはや、事務的な事後処理が大変だったよ。置き去りになった体のパーツを目撃したマグルのことやらなんやらで……」

ハリーは突然、両足と目玉が一個、プリベット通りの歩道に置き去りになっている光景を思い浮かべた。

「助かったんですか？」ハリーは驚いて聞いた。

「そりゃ、大丈夫」おじさんはこともなげに言った。

「しかし、相当の罰金だ。それに、あの連中がまたすぐに術を使うこともないだろう。『姿現わし』は悪戯《いたずら》半分にやってはいけないんだよ。大のおとなでも、使わない魔法使いが大勢いる。箒《ほうき》のほうがいいってね――遅いが、安全だ」

「でもビルやチャーリーやパーシーはできるんでしょう？」

「チャーリーは二回目のテストで受かったんだ」

フレッドがニヤッとした。

「一回目はすべってね。姿を現す目的地より八キロも南に現れちゃってさ。気の毒に、買い物していたばあさんの上にだ。そうだったろ？」

「そうよ。でも、二度目に受かったわ」みなが大笑いの最中、おばさんがきびきびとキッチンにもどってきた。

「パーシーなんか、二週間前に受かったばかりだ」ジョージが言った。「それからは毎朝、一階まで『姿現わし』で下りてくるのさ。できるってことを見せたいばっかりに」

廊下に足音がして、ハーマイオニーとジニーがキッチンに入ってきた。二人とも眠そうで、血の気のない顔をしていた。

「どうしてこんなに早起きしなきゃいけないの？」

ジニーが目をこすりながらテーブルに着いた。

「結構歩かなくちゃならないんだ」おじさんが言った。

「歩く？」ハリーが言った。「え？　僕たちワールドカップ会場まで、歩いていくんですか？」

「いや、いや、それは何キロも向こうだ」ウィーズリーおじさんがほほえんだ。「少し歩くだけだよ。マグルの注意を引かないようにしながら、大勢の魔法使いが集まるのは非常に難しい。私たちは普段でさえ、どうやって移動するかについては細心の注意を払わなければならない。ましてや、クィディッチ・ワールドカップのような一大イベントとなればなおさらだ――」

「ジョージ！」

ウィーズリーおばさんの鋭い声が飛んだ。全員が飛び上がった。

「どうしたの？」ジョージがしらばっくれたが、だれもだまされなかった。

「ポケットにあるものはなに？」

「なんにもないよ！」

「嘘おっしゃい！」おばさんは杖《つえ》をジョージのポケットに向けて唱えた。

「アクシオ！　出ておいで！」

あざやかな色の小さな物が数個、ジョージのポケットから飛び出した。ジョージが捕まえようとしたが、その手をかすめ、小さな物はウィーズリーおばさんが伸ばした手にまっすぐ飛び込んだ。

「捨てなさいって言ったでしょう！」

おばさんはカンカンだ。まぎれもなくあの「ベロベロ飴《あめ》」を手に掲げている。

「全部捨てなさいって言ったでしょう！　ポケットの中身を全部お出し。さあ、二人とも！」

情けない光景だった。どうやら双子はこの飴を、隠密にできるだけたくさん持ち出そうとしたらしい。「呼び寄せ呪文」を使わなければ、ウィーズリーおばさんはとうてい全部を見つけ出すことができなかったろう。

「アクシオ！　出てこい！　アクシオ！」

おばさんはさけび、飴は思いもよらないところから、ピュンピュン飛び出してきた。ジョージのジャケットの裏地や、フレッドのジーンズの折り目からまで出てきた。

「僕たち、それを開発するのに六か月もかかったんだ！」「ベロベロ飴《あめ》」を放り捨てる母親に向かって、フレッドがさけんだ。

「おや、ご立派な六か月の過ごし方ですこと！」母親もさけび返した。『O《ふ》・W《く》・L《ろ》試験《う》』の点が低かったのも当然だわね」

そんなこんなで、出発のときはとても和やかとは言えない雰囲気だった。ウィーズリーおばさんは、しかめ面のままでおじさんの頬にキスしたが、双子はおばさんよりもっと恐ろしく顔をしかめていた。双子はリュックサックを背負い、母親に口もきかずに歩き出した。

「それじゃ、楽しんでらっしゃい」おばさんが言った。

「お行儀よくするのよ」離れていく双子の背中に向っておばさんが声をかけたが、二人は振り向きもせず、返事もしなかった。

「ビルとチャーリーとパーシーは、お昼ごろそっちへやりますから」

おばさんがおじさんに言った。おじさんは、ハリー、ロン、ハーマイオニー、ジニーを連れ、ジョージとフレッドに続いて、まだ暗い庭へと出ていくところだった。

外は肌寒く、月が出ていた。右前方の地平線が鈍い緑色に縁取られていることだけが、夜明けの近いことを示している。ハリーは、何千人もの魔法使いがクィディッチ・ワールドカップの地を目指して急いでいる姿を想像し、足を速めてウィーズリーおじさんと並んで歩きながら聞いた。

「マグルたちに気づかれないように、みんないったいどうやってそこに行くんですか？」

「組織的な大問題だったよ」おじさんがため息をついた。「問題はだね、およそ十万人もの魔法使いがワールドカップにくるというのに、当然だが、全員を収容する広い魔法施設がないということでね。マグルが入り込めないような場所はあるにはある。でも、考えてもごらん。十万人もの魔法使いを、ダイアゴン横丁や九と四分の三番線にぎゅう詰めにしたらどうなるか。そこで人里離れた恰好《かっこう》な荒地を探し出し、できるかぎりの『マグル避《よ》け』対策を講じなければならなかったというわけだ。魔法省を挙げて、何か月もこれに取り組んできたよ。まずは、当然のことだが、到着時間を少しずつずらした。安い切符を手にした者は、二週間前に着いていないといけない。マグルの交通機関を使う魔法使いも少しはいるが、バスや汽車にあんまり大勢詰め込むわけにもいかない――なにしろ世界中から魔法使いがやってくるのだから――」

「『姿現わし』をする者ももちろんいるが、現れる場所を、マグルの目に触れない安全なポイントに設定しないといけない。たしか、手ごろな森があって、『姿現わし』ポイントに使ったはずだ。『姿現わし』をしたくない者、またはできない者は、『移動キー《ポートキー》』を使う。これは、あらかじめ指定された時間に、魔法使いたちをある地点から別の地点に移動させるのに使う鍵だ。必要とあれば、これで大集団を一度に運ぶこともできる。イギリスには二百個の『移動キー』が戦略的拠点に設置されたんだよ。そして、わが家に一番近い鍵が、ストーツヘッド・ヒルのてっぺんにある。いまは、そこに向かっているんだ」

ウィーズリーおじさんは行く手を指さした。オッタリー・セント・キャッチポールの村のかなたに、大きな黒々とした丘が盛り上がっている。

「『移動キー』って、どんなものなんですか？」ハリーは興味を引かれた。

「そうだな。なんでもありだよ」ウィーズリーおじさんが答えた。「当然、目立たないものだ。マグルが拾って、もてあそんだりしないように……マグルがガラクタだと思うようなものだ……」

一行は村に向かって、暗い湿っぽい小道をただひたすら歩いた。静けさを破るのは、自分の足音だけ。村を通り抜けるころ、ゆっくりと空が白みはじめた。墨を流したような夜空が薄れ、群青色に変わった。ハリーは手も足も凍えついていた。おじさんが何度も時計を確かめた。

ストーツヘッド・ヒルを登りはじめると、息切れで話をするどころではなくなった。あちこちでウサギの巣穴につまずいたり、黒々と生い茂った草の塊《かたまり》に足を取られたりしながら、一息一息がハリーの胸に突き刺さるようだった。足が動かなくなりはじめたとき、やっとハリーは平らな地面を踏みしめた。

「ふーっ」

ウィーズリーおじさんは喘《あえ》ぎながらメガネを外し、セーターで拭いた。

「やれやれ、ちょうどいい時間だ――あと十分ある……」

ハーマイオニーが最後に上ってきた。ハァハァと脇腹を押さえている。

「さあ、あとは『移動キー』があればいい」

ウィーズリーおじさんはメガネをかけなおし、目を凝らして地面を見つめた。

「そんなに大きいものじゃない……さあ、探して……」

一行はバラバラになって探した。探しはじめてほんの二、三分も経たないうちに、大きな声がしんとした空気を破った。

「ここだ、アーサー！　息子や、こっちだ。見つけたぞ！」

丘の頂の向こう側に、星空を背に長身の影が二つ立っていた。

「エイモス！」

ウィーズリーおじさんが、大声の主のほうににこにこと大股で近づいていった。みなもおじさんのあとに従った。

おじさんは、褐色のゴワゴワした顎《あご》ひげの、血色のよい顔の魔法使いと握手した。男は左手にかびだらけの古いブーツをぶら下げていた。

「みんな、エイモス・ディゴリーさんだよ」おじさんが紹介した。「『魔法生物規制管理部』にお勤めだ。息子さんのセドリックはみんな知ってるね？」

セドリック・ディゴリーは、十七歳のとてもハンサムな青年だ。ホグワーツの六年生で、ハッフルパフ寮のクィディッチ・チームではキャプテンを務め、シーカーでもあった。

「やあ」セドリックがみなを見回した。

こちらも「やあ」と挨拶を返したが、フレッドとジョージは黙って頭を下げただけだった。去年、自分たちの寮、グリフィンドールのチームを、セドリックがクィディッチ開幕戦で打ち負かしたことが、いまだに許しがたいようだ。

「アーサー、ずいぶん歩いたかい？」セドリックの父親が聞いた。

「いや、まあまあだ」おじさんが答えた。「村のすぐ向こう側に住んでるからね。そっちは？」

「朝の二時起きだよ。なあ、セド？　まったく、こいつが早く『姿現わし』のテストを受ければいいのにと思うよ。いや……愚痴は言うまい……クィディッチ・ワールドカップだ。たとえガリオン金貨一袋やるからと言われたって、それで見逃せるものじゃない——もっとも切符二枚で金貨一袋分くらいはしたがな。いやしかし、わたしのところは二枚だから、まだ楽なほうだったがな……」

エイモス・ディゴリーは人のよさそうな顔で、ウィーズリー家の三人の息子と、ハリー、ハーマイオニー、ジニーを見回した。

「全部君の子かね、アーサー？」

「まさか。赤毛の子だけだよ」ウィーズリー氏は子供たちを指さした。「この子はハーマイオニー、ロンの友達だ——こっちがハリー、やっぱり友達だ——」

「おっと、どっこい」エイモス・ディゴリーが目を丸くした。「ハリー？　ハリー・ポッターかい？」

「あ——ええ」ハリーが答えた。

だれかに会うたびにしげしげと見つめられることに、ハリーはもう慣れっこになっていたし、視線がすぐに額《ひたい》の稲妻形の傷痕《きずあと》に走るのにも慣れてはいたが、そのたびになんだか落ち着かない気持ちになった。

「セドが、もちろん、君のことを話してくれたよ」エイモス・ディゴリーが言葉を続けた。「去年、君と対戦したことも詳しく話してくれた……わたしは息子に言ったね、こう言った——セド、そりゃ、孫子《まごこ》の代まで語り伝えることだ。そうだとも……

おまえはハリー・ポッターに勝ったんだ！」

ハリーはなんと答えてよいやらわからなかったので、ただ黙っていた。フレッドとジョージの二人が、揃ってまたしかめ面になり、セドリックはちょっと困ったような顔をした。

「父さん、ハリーは——箒《ほうき》から落ちたんだよ」セドリックが口ごもった。「そう言ったでしょう……事故だったって……」

「ああ。でもおまえは落ちなかった。そうだろうが？」

エイモスは息子の背中をバシンとたたき、快活に大声で言った。

「うちのセドは、いつも謙虚なんだ。いつだってジェントルマンだ……しかし、最高の者が勝つんだ。ハリーだってそう言うさ。そうだろうが、え、ハリー？　一人は箒から落ち、一人は落ちなかった。天才じゃなくったって、どっちがうまい乗り手かわかるってもんだ！」

「そろそろ時間だ」

ウィーズリーおじさんがまた懐中時計を引っ張り出しながら、話題を変えた。

「エイモス、ほかにだれかくるのかどうか、知ってるかね？」

「いいや、ラブグッド家はもう一週間前から行ってるし、フォーセット家は切符が手に入らなかった」エイモス・ディゴリーが答えた。「この地域には、ほかにはだれもいないと思うが、どうかね？」

「私も思いつかない」ウィーズリーおじさんが言った。

「さあ、あと一分だ……準備しないと……」

おじさんはハリーとハーマイオニーのほうを見た。

「『移動キー《ポート》』に触っていればいい。それだけだよ。指一本でいい――」

背中のリュックが嵩張《かさば》って簡単ではなかったが、エイモス・ディゴリーの掲げた古ブーツのまわりに九人がぎゅうぎゅうと詰め合った。

一陣の冷たい風が丘の上を吹き抜ける中、全員がぴっちりと輪になってただ立っていた。だれもなにも言わない。マグルがいまここに上がってきてこの光景を見たら、どんなに奇妙に思うだろう。ハリーはちらっとそんなことを考えた……薄明かりの中、大の男二人を含めて九人もの人間が、汚らしい古ブーツにつかまって、なにかを待っている……。

「三秒……」

ウィーズリーおじさんが片方の目で懐中時計を見たままつぶやいた。

「二……一……」

突然だった。ハリーは、急に臍《へそ》の裏側がぐいっと前方に引っ張られるような感じがして、両足が地面を離れた。ロンとハーマイオニーがハリーの両脇にいて、互いの肩がぶつかり合うのを感じた。風のうなりと色の渦の中を、全員が前へ前へとスピードを上げていった。ハリーの人差し指はブーツに張りつき、まるで磁石でハリーを引っ張り、前進させているようだった。そして――。

ハリーの両足が地面を打った。ロンが折り重なってハリーの上に倒れ込んだ。ハリーの頭の近くに、「移動キー《ポートキー》」がドスンと重々しい音を立てて落ちてきた。

見上げると、ウィーズリーおじさん、ディゴリーさん、セドリックはしっかり立ったままだったが、強い風に吹きさらされた姿となっている。三人以外はみな地べたに転がっていた。

アナウンスの声が聞こえた。

「五じ七ふーん。ストーツヘッド・ヒルからとうちゃーく」

第7章　バグマンとクラウチ

ハリーはロンとのもつれを解いて立ち上がった。どうやら霧深い辺鄙《へんぴ》な荒地のようなところに到着したらしい。目の前に、疲れて不機嫌な顔の魔法使いが二人立っていた。一人は大きな金時計を持ち、もう一人は太い羊皮紙《ようひし》の巻紙と羽根ペンを持っている。二人ともマグルの格好をしてはいたが、素人丸出しだった。時計を持ったほうは、ツイードの背広に太腿《ふともも》までのゴム引きを履いていたし、相方はキルトにポンチョの組み合わせだった。

「おはよう、バージル」

ウィーズリーおじさんが古ブーツを拾い上げ、キルトの魔法使いに渡しながら声をかけた。受け取ったほうは、自分の脇にある「使用済み移動キー《ポートキー》」用の大きな箱にそれを投げ入れた。箱には古新聞やらジュースの空き缶、穴のあいたサッカーボールなどが入っていた。

「やあ、アーサー」バージルは疲れた声で答えた。

「非番なのかい、え？　まったく運がいいなあ……わたしらは夜通しここだよ……さ、早くそこをどいて。五時十五分に黒い森から大集団が到着する。ちょっと待ってくれ。君のキャンプ場を探すから……ウィーズリー……ウィーズリーと……」

バージルは羊皮紙《ようひし》のリストを調べた。

「ここから四百メートルほどあっち。歩いていって最初に出くわすキャンプ場だ。管理人はロバーツさんという人だ。ディゴリー……二番目のキャンプ場……ペインさんを探してくれ」

「ありがとう、バージル」

ウィーズリーおじさんは礼を言って、みなについてくるよう合図した。

一行は荒涼とした荒地を歩きはじめた。霧でほとんどなにも見えない。二十分も歩くと、目の前にゆらりと小さな石造りの小屋が見えてきた。横に門がある。その向こうに、ゴーストのように白くぼんやりと何百というテントが立ち並んでいるのが見えた。テントは広々としたなだらかな傾斜地に立ち、地平線上に黒々と見える森へと続いていた。そこでディゴリー父子に別れを告げ、ハリーたちは小屋の戸口へ近づいていった。

戸口に男が一人、テントのほうを眺めて立っていた。一目見てハリーは、この周辺数キロ四方で、本物のマグルはこの人一人だろうと察しをつけた。足音を聞きつけて男が振り返り、こちらを見た。

「おはよう！」ウィーズリーおじさんが明るい声で言った。

「おはよう」マグルも挨拶した。

「ロバーツさんですか？」

「あいよ。そうだが」ロバーツさんが答えた。「そんで、おめえさんは？」

「ウィーズリーです――テントを二張り、二、三日前に予約しましたよね？」

「あいよ」ロバーツさんはドアに貼りつけたリストを見ながら答えた。「おめえさんの場所はあそこの森の端だ。一泊だけかね？」

「そうです」ウィーズリーおじさんが答えた。

「そんじゃ、いますぐ払ってくれるんだろうな？」ロバーツさんが言った。

「え――ああ――いいですとも――」

ウィーズリーおじさんは小屋からちょっと離れ、ハリーを手招きした。

「ハリー、手伝っておくれ」ウィーズリーおじさんはポケットから丸めたマグルの札束を引っ張り出し、一枚一枚はがしはじめた。

「これは――っと――十かね？　あ、なるほど、数字が小さく書いてあるようだ――すると、これは五かな？」

「二十ですよ」ハリーは声を低めて訂正した。ロバーツさんが一言一句聞き漏《も》らすまいとしているので、気が気ではなかった。

「ああ、そうか。……どうもよくわからんな。こんな紙切れ……」

「おめえさん、外国人かね？」ちゃんとした金額を揃えてもどってきたウィーズリー氏に、ロバーツさんが聞いた。

「外国人？」おじさんはきょとんとしてオウム返しに答えた。

「金勘定ができねえのは、おめえさんがはじめてじゃねえ」ロバーツさんはウィーズリーおじさんをじろじろ眺めながら言った。「十分ほど前にも、二人ばっかり、車のホイールキャップぐれえでっけえ金貨で払おうとしたな」

「ほう、そんなのがいたかね？」おじさんはどぎまぎしながら言った。

ロバーツさんは釣銭を出そうと、四角い空き缶をゴソゴソ探っている。

「いままでこんなに混んだこたあねえ」霧深いキャンプ場にまた目を向けながら、ロバーツさんが唐突に言った。「何百ってぇ予約だ。客はだいたいふらっと現れるもんだが……」

「そうかね？」ウィーズリーおじさんは釣銭をもらおうと手を差し出したが、ロバーツさんは釣をよこさなかった。

「そうよ」ロバーツさんは考え深げに言った。

「あっちこっちからだ。外国人だらけだ。それもただの外国人じゃねえ。変わり者よ。なあ？　キルトにポンチョ着て歩き回ってるやつもいる」

「いけないのかね？」ウィーズリーおじさんが心配そうに聞いた。

「なんて言うか……その……集会かなにかみてえな」ロバーツさんが言った。「お互いに知り合いみてえだし。大がかりなパーティかなんか――」

そのとき、どこからともなく、ニッカーボッカーズを履いた魔法使いが小屋の戸口の横に現れた。

「オブリビエイト！　忘れよ！」

杖《つえ》をロバーツさんに向け、鋭い呪文が飛んだ。

とたんにロバーツさんの目が虚ろになり、八文字眉《はちもんじまゆ》も解け、夢見るようなとろんとした表情になった。ハリーは、これが記憶を消された瞬間の症状だと知った。

「キャンプ場の地図だ」ロバーツさんはウィーズリー氏に向かって穏やかに言った。「それと、釣だ」

「どうも、どうも」ウィーズリー氏は礼を言った。

ニッカーズを履いた魔法使いが、キャンプ場の入口までつき添ってくれた。疲れ切った様子で、無精ひげを生やし、目の下に濃い隈《くま》ができていた。ロバーツさんの聞こえないところまでくると、その魔法使いがウィーズリーおじさんにボソボソ言った。

「あの男はなかなかやっかいでね。『忘却術《ぼうきゃく》』を日に十回もかけないと機嫌が保てないんだ。しかもルード・バグマンがまた困り者で。あちこち飛び回ってはブラッジャーがどうの、クアッフルがどうのと大声でしゃべっている。マグル安全対策なんてどこ吹く風だ。まったく、これが終わったらどんなにほっとするか。それじゃアーサー、またな」

「姿くらまし術」で、その魔法使いは消えた。

「バグマンさんて、『魔法ゲーム・スポーツ部』の部長さんでしょ？」ジニーが驚いて言った。「マグルのいるところでブラッジャーとか言っちゃいけないぐらい、わかってるはずじゃないの？」

「そのはずだよ」ウィーズリーおじさんはほほえみながらそう言うと、みなを引き連れてキャンプ場の門をくぐった。

「しかし、ルードは安全対策にはいつも、少し……なんと言うか……甘いんでね。スポーツ部の部長としちゃ、こんなに熱心な部長はいないがね。なにしろ、自分がクィディッチのイングランド代表選手だったし。それに、プロチームのウイムボーン・ワスプスじゃ最高のビーターだったんだ」

霧の立ちこめるキャンプ場を、一行は長いテントの列を縫って歩き続けた。ほとんどのテントはごく当たり前に見えた。テントの主が、なるべくマグルらしく見せようと努力していることは確かだ。しかし、煙突をつけてみたり、ベルを鳴らす引き紐《ひも》や風見鶏をつけたところでボロが出ている。しかも、あちこちにどう見ても魔法仕掛けと思えるテントがあり、これではロバーツさんが疑うのもむりはないとハリーは思った。キャンプ場の真ん中あたりに、縞《しま》模様のシルクでできた、まるで小さな城のような絢爛《けんらん》豪華なテントがあり、入口に生きた孔雀が数羽つながれていた。もう少し行くと、三階建てに尖塔《せんとう》が数本立っているテントがあった。そこから少し先に、前庭つきのテントがあり、鳥の水場や日時計、噴水まで揃っていた。

「毎度のことだ」ウィーズリーおじさんがほほえんだ。「大勢集まると、どうしても見栄を張りたくなるらしい。ああ、ここだ。ご覧、この場所が私たちのだ」

たどり着いた所は、キャンプ場の一番奥で、森の際だった。その空地に小さな立て札が打ち込まれ、〝うーいづり〟と書いてある。

「最高のスポットだ！」ウィーズリーおじさんはうれしそうに言った。

「競技場はちょうどこの森の反対側だから、こんなに近いところはないよ」

おじさんは肩にかけていたリュックを降ろした。

「よし、と」おじさんは興奮気味に言った。「魔法は、厳密に言うと、許されない。これだけの数の魔法使いがマグルの土地に集まっているのだからな。テントは手作りでいくぞ！　そんなに難しくはないだろう……マグルがいつもやっていることだし……さあ、ハリー、どこから始めればいいと思うかね？」

ハリーは生まれてこのかた、キャンプなどしたことがなかった。ダーズリー家では、休みの日にハリーをどこかへ連れていってくれた例《ためし》がない。いつも近所のフィッグばあさんのところへ預けて置き去りにした。だが、ハーマイオニーと二人で考え、柱や杭がどこに打たれるべきかを解明した。ウィーズリーおじさんは、木槌《きづち》を使う段になると、完全に興奮状態だったので、役に立つどころか足手まといだった。それでもなんとかみなで、二人用の粗末なテントを二張り立ち上げた。

みなちょっと下がって、自分たちの手作り作品を眺め、大満足だった。だれが見たって、これが魔法使いのテントだとは気づくまい、とハリーは思った。しかし、ビル、チャーリー、パーシーが到着したら、全部で十人になってしまうのが問題だ。ハーマイオニーもこの問題に気づいたようだ。おじさんが四つん這《ば》いになってテントに入っていくのを見ながら、ハーマイオニーは「どうするつもりかしら」という顔でハリーを見た。

「ちょっと窮屈かもしれないよ」おじさんが中から呼びかけた。「でも、みんななんとか入れるだろう。入って、中を見てごらん」

ハリーは身をかがめて、テントの入口をくぐり抜けた。そのとたん、口があんぐり開いた。ハリーは、古風なアパートに入り込んでいた。寝室とバスルーム、キッチンの三部屋だ。おかしなことに、家具や置物が、フィッグばあさんの部屋とまったく同じ感じだ。不揃いな椅子には、鉤針編《かぎばりあ》みが掛けられ、おまけに猫の臭いがぷんぷんしていた。

「あまり長いことじゃないし」

おじさんはハンカチで頭の禿《は》げたところをゴシゴシこすり、寝室に置かれた四個の二段ベッドを覗きながら言った。

「同僚のパーキンズから借りたのだがね。やっこさん、気の毒にもうキャンプはやらないんだ――腰痛で」

おじさんは埃《ほこり》まみれのヤカンを取り上げ、中を覗いて「水がいるな……」と言った。

「マグルがくれた地図に、水道の印があるよ」

ハリーに続いてテントに入ってきたロンが言った。テントの中がこんなに不釣合いに大きいのに、なんとも思わないようだった。

「キャンプ場の向こう端だ」

「よし、それじゃ、ロン、おまえはハリーとハーマイオニーの三人で、水を汲みにいってくれないか――」ウィーズリーおじさんはヤカンとソース鍋《なべ》を二つ三つよこした。「――それから、ほかの者は薪《まき》を集めにいこう」

「でも、竈《かまど》があるのに」ロンが言った。「簡単にやっちゃえば――？」

「ロン、マグル安全対策だ！」ウィーズリーおじさんは期待に顔を輝かせていた。「本物のマグルがキャンプするときは、外で火を起こして料理するんだ。そうやっているのを見たことがある！」

女子用テントをざっと見学してから――男子用より少し小さかったが、猫の臭いはしなかった――ハリー、ロン、ハーマイオニーの三人は、ヤカンとソース鍋をぶら下げながらキャンプ場を通り抜けていった。

朝日が初々しく昇り、霧も晴れ、いまはあたり一面に広がったテント村が見渡せる。三人はまわりを見るのがおもしろくて、ゆっくり進んだ。世界中にどんなにたくさん魔法使いや魔女がいるのか、ハリーはようやく実感がわいてきた。これまでは他の国の魔法使いのことなど考えてもみなかった。

他のキャンパーも次々と起き出していた。最初にごそごそするのは、小さな子供のいる家族だ。ハリーは幼いチビッコ魔法使いを見るのははじめてだった。大きなピラミッド形のテントの前で、まだ二歳にもなっていない小さな男の子が、しゃがんだままうれしそうに杖《つえ》で草地のナメクジを突っついていた。ナメクジは、ゆっくりとサラミ・ソーセージぐらいにふくれ上がった。三人が男の子のすぐそばまでくると、テントから母親が飛び出してきた。

「ケビン、何度言ったらわかるの？　いけません。パパの――杖に――さわっちゃ――きゃあ！」母親が巨大ナメクジを踏みつけ、ナメクジが破裂した。母親の叱る声に交じって、小さな男の子の泣きさけぶ声が静かな空気を伝って三人を追いかけてくる――「ママがナメクジをつぶしちゃったぁ！　つぶしちゃったぁ！」

そこから少し歩くと、ケビンよりちょっと年上のおチビ魔女が二人、おもちゃの箒《ほうき》に乗っているのが見えた。爪先が露を含んだ草々をかすめる程度までしか上がらない箒だ。魔法省の役人が一人、さっそくそれを見つけて、ハリー、ロン、ハーマイオニーの横を急いで通り過ぎながら、困惑した口調でつぶやいた。

「こんな明るい中で！　親は朝寝坊を決め込んでいるんだ。きっと――」

あちこちのテントから、おとなの魔法使いや魔女が顔を覗かせ、朝餉《あさげ》のしたくに取りかかっていた。なにやらこそこそしていると思うと、杖で火を起こしていたり、マッチを擦《す》りながら、こんなことで絶対に火がつくものかと怪訝《けげん》な顔をしている者もいた。三人のアフリカ系魔法使いが、全員白い長いローブを着て、ウサギのようなものをあざやかな紫の炎であぶりながら、まじめな会話をしている。かと思えば、中年のアメリカ魔女たちが、テントとテントの間にピカピカ光る横断幕を張り渡し、その下に座って楽しそうに噂《うわさ》話にふけっていた。幕には「魔女裁判の町セーレムの魔女協会」と書いてある。テントを通り過ぎるたびに、聞き覚えのない言葉を使った会話が断片的にハリーの耳に聞こえてきた。一言もわかりはしなかったが、どの声も興奮していた。

「あれっ――僕の目がおかしいのかな。それともなにもかも緑になっちゃったのかな？」ロンが言った。

ロンの目のせいではなかった。三人は、三つ葉のクローバーでびっしりと覆われたテントの群れに足を踏み入れていた。まるで、変わった形の小山がにょっきり地上に生え出したようだ。開いているテントの入口からは、にこにこしている住人が見える。そのとき背後からだれかが三人を呼んだ。

「ハリー！　ロン！　ハーマイオニー！」

同じグリフィンドールの四年生、シェーマス・フィネガンだ。やはり三つ葉のクローバーで覆われたテントの前に座っている。そばにいる黄土色の髪をした女性はきっと母親だろう。それに親友の、同じくグリフィンドール生のディーン・トーマスも一緒だった。

三人はテントに近づいて挨拶した。

「この飾りつけ、どうだい？」シェーマスはにっこりした。「魔法省は気に入らないみたいだけど」

「あら、国の紋章を出してなにが悪いって言うの？」フィネガン夫人が口を挟んだ。

「ブルガリアなんか、あちらさんのテントになにをぶら下げているか見てごらんよ。あなたたちは、もちろん、アイルランドを応援するんでしょう?」

夫人はハリー、ロン、ハーマイオニーを、きらりと見ながら聞いた。

フィネガン夫人に、ちゃんとアイルランドを応援するからと約束して、三人はまた歩きはじめた。もっともロンは、「あの連中に取り囲まれてちゃ、ほかになんとも言いようがないよな?」とこぼした。

「ブルガリアのテントには、なにがいっぱいぶら下がってるのかしら」とハーマイオニー。

「見にいこうよ」ハリーが大きなキャンプ群を指さした。そこには赤、緑、白のブルガリア国旗が翩翻《へんぽん》と翻《ひるがえ》っていた。

こちらのテントには植物こそ飾りつけられてはいなかったが、どのテントにもまったく同じポスターがべたべた貼られていた。真っ黒なゲジゲジ眉《まゆ》の、無愛想な顔のポスターだ。もちろん顔は動いていたが、ただ瞬きして顔をしかめるだけだった。

「クラムだ」ロンがそっと言った。

「なあに?」とハーマイオニー。

「クラムだよ!　ビクトール・クラム。ブルガリアのシーカーの!」

「とっても気難しそう」ハーマイオニーは、三人に向かって瞬きしたり睨《にら》んだりしている大勢のクラムの顔を見回しながら言った。

「とっても気難しそうだって?」ロンは目をぐりぐりさせた。「顔なんかどうだって関係ないだろ? すっげぇんだから。それにまだほんとに若いんだ。十八かそこらだよ。天才なんだから。まあ、今晩、見たらわかるよ」

キャンプ場の隅にある水道には、すでに何人かが並んでいた。ハリー、ロン、ハーマイオニーも列に加わった。三人のすぐ前で、男が二人、大論争をしていた。一人は年寄りの魔法使いで、花模様の長いネグリジェを着ている。もう一人はまちがいなく魔法省の役人だ。細縞《ほそじま》のズボンを差し出し、困り果てて泣きそうな声を上げている。

「アーチー、とにかくこれを履いてくれ。聞き分けてくれよ。そんな格好で歩いたらだめだ。門番のマグルがもう疑いはじめてる――」

「わしゃ、マグルの店でこれを買ったんだ」年寄り魔法使いが頑固に言い張った。

「マグルが着るものじゃろ」

「それはマグルの女性が着るものだよ、アーチー。男のじゃない。男はこっちを着るんだ」

魔法省の役人は、細縞のズボンをひらひら振った。

「わしゃ、そんなものは着んぞ」アーチーじいさんが腹立たしげに言った。

「わしゃ、大事なところにさわやかな風が通るのがいいんじゃ。ほっとけ」

これを聞いて、ハーマイオニーはクスクス笑いが止まらなくなり、苦しそうに列を抜けた。もどってきたときには、アーチーは水を汲み終わって、どこかに行ってしまったあとだった。

汲んだ水の重みで、三人はいままでよりさらにゆっくり歩いてキャンプ場を引き返した。

あちこちでまた顔見知りに出会った。ホグワーツの生徒やその家族たちだ。ハリーの寮のクィディッチ・チームのキャプテンだったオリバー・ウッドもいた。ウッドは卒業したばかりだったが、自分のテントにハリーを引っ張っていき両親にハリーを紹介したあと、プロチームのパドルミア・ユナイテッドと二軍入りの契約を交わしたばかりだと興奮してハリーに告げた。次に出会ったのはハッフルパフの四年生、アーニー・マクミラン。それからまもなくして、チョウ・チャンに出会った。とてもかわいい子で、レイブンクローのシーカーでもある。チョウ・チャンはハリーにほほえみかけて手を振り、ハリーも手を振り返したが、水をどっさり撥《は》ねこぼして洋服の前を濡らしてしまった。ロンがニヤニヤするのをなんとかしたいばかりに、ハリーは大急ぎで、いままで会ったことがない同じ年頃の少年たちの一大集団を指さした。

「あの子たち、だれだと思う？」ハリーが聞いた。「ホグワーツの生徒、じゃないよね？」

「どっか外国の学校の生徒だと思うな」ロンが答えた。「学校がほかにもあるってことは知ってるよ。ほかの学校の生徒に会ったことはないけど。ビルはブラジルの学校にペンパルがいたな……もう何年も前のことだけど……それでビルは学校同士の交換訪問旅行に行きたかったんだけど、家《うち》じゃお金が出せなくて。ビルが行かないって書いたらペンパルがすごく腹を立てて、帽子に呪いをかけて送ってよこしたんだ。お陰でビルの耳が萎《しな》びちゃってさ」

ハリーは笑ったが、魔法学校がほかにもあると聞いて驚いたことは黙っていた。キャンプ場にこれだけ多くの国の代表が集まっているのを見たいま、ホグワーツ以外にも魔法学校があるということに気づかなかった自分は愚かだと思った。ハーマイオニーをちらりと見ると、まったく平気な顔をしていた。他にも魔法学校があることをなにかの本で読んだにちがいない。

「遅かったなあ」三人がやっとウィーズリー家のテントにもどると、ジョージが言った。

「いろんな人に会ったんだ」水を降ろしながらロンが言った。「まだ火を起こしてないのか？」

「親父がマッチと遊んでてね」フレッドが言った。

ウィーズリーおじさんは、火を点《つ》ける作業がうまくいかなかったらしい。しかし、努力が足りなかったわけではない。折れたマッチが、おじさんのまわりにぐるりと散らばっていた。しかも、おじさんは、わが人生最高のとき、という顔をしていた。

「うわっ！」おじさんは、マッチを擦《す》って火を点《つ》けはするのだが、驚いてすぐ取り落としてしまうのだ。

「ウィーズリーおじさん、こっちにきてくださいな」ハーマイオニーがやさしくそう言うと、マッチ箱をおじさんの手から取り、正しいマッチの使い方を教えはじめた。

やっと火が点いた。しかし、料理ができるようになるまで、それから少なくとも一時間はかかる。それでも、見物するものには事欠かなかった。ウィーズリー家のテントは、いわば競技場への大通りに面しているらしく、魔法省の役人が気ぜわしく行き交った。通りがかりに、みながおじさんに丁寧に挨拶していく。おじさんは、ひっきりなしに解説した。自分の子供たちは魔法省のことをいやというほど知っているのでもはや関心はなく、主にハリーとハーマイオニーのための説明だった。

「いまのはカスバート・モックリッジ。小鬼《ゴブリン》連絡室の室長だ……こちらにやってくるのがギルバート・ウィンプル。実験呪文委員会のメンバーだ。あの角《つの》が生えてからもうずいぶん経つな……やあ、アーニー……アーノルド・ピーズグッドだ。『忘却術士《ぼうきゃくじゅつし》』――ほら、『魔法事故リセット部隊』の隊員だ……そして、あれがボードとクローカー……『無言者《むごんしゃ》』だ……」

「え？　なんですか？」

「神秘部に属している。極秘事項を扱う部署だ。いったいあの部門はなにをやっているのやら……」

ついに火の準備が整った。卵とソーセージを料理しはじめたとたん、ビル、チャーリー、パーシーが森のほうからゆっくりと歩いてきた。

「パパ、ただいま『姿現わし』ました」パーシーが大声で言った。

「ああ、ちょうどよかった。昼食だ！」

卵とソーセージの皿が半分ほど空になったとき、ウィーズリーおじさんが急に立ち上がってにこにこと手を振った。大股で近づいてくる魔法使いがいた。

「これは、これは！」おじさんが言った。「時の人！　ルード！」

ルード・バグマンはハリーがこれまでに出会っただれよりも――あの花模様ネグリジェのアーチーじいさんも含めて――一番目立っていた。あざやかな黄色と黒の太い横縞《よこじま》が入ったクィディッチ用の長いローブを着ている。胸に巨大なスズメバチが一匹描かれていた。たくましい体つきの男が、少し緩んだという感じだった。イングランド代表チームでプレイしていたころにはへこんでいただろうと思われる大きな腹のあたりで、ローブがパンパンになっていた。鼻はつぶれている（迷走ブラッジャーにつぶされたにちがいない）。しかし、丸いブルーの瞳、短いブロンドの髪、ばら色の顔が、育ちすぎた少年のような感じを与えていた。

「よう、よう！」バグマンがうれしそうに呼びかけた。まるで踵《かかと》にバネがついているようにはずんで、完全に興奮しまくっている。「わが友、アーサー」

バグマンはフーッフーッと息を切らしながら、焚《た》き火に近づいた。

「どうだい、この天気は。え？　どうだい！　こんな完全な日和《ひより》はまたとないだろう？　今夜は雲ひとつないぞ……それに準備は万全……おれの出る幕はほとんどないな！」

バグマンの背後を、げっそりやつれた魔法省の役人が数人、遠くのほうで魔法火が燃えている印の火花を指さしながら急いで通り過ぎた。魔法火は、六メートルもの上空に紫の火花を上げていた。

パーシーが急いで進み出て、握手を求めた。ルード・バグマンが担当の部を取り仕切るやり方が気に入らなくとも、それはそれ、バグマンに好印象を与えるほうが大切らしい。

「ああ――そうだ」ウィーズリーおじさんはニヤッとした。「息子のパーシーだ。魔法省に勤めはじめたばかりでね――こっちはフレッド――おっと、ジョージだ。すまん――こっちがフレッドだ――ビル、チャーリー、ロン――娘のジニーだ――それからロンの友人のハーマイオニー・グレンジャーとハリー・ポッターだ」

ハリーの名前を聞いて、バグマンがほんのわずかたじろぎ、目があのおなじみの動きで、ハリーの額《ひたい》の傷痕《きずあと》を探った。

「みんな、こちらはルード・バグマンさんだ。だれだか知ってるね。この人のお陰でいい席が手に入ったんだ――」

バグマンはにっこりして、そんなことはなんでもないというふうに手を振った。

「試合に賭ける気はないかね、アーサー？」

バグマンは黄色と黒のローブのポケットに入った金貨をチャラつかせながら、熱心に誘った。相当額の金貨のようだ。

「ロディ・ポントナーが、ブルガリアが先取点を挙げると賭けた――いい賭け率にしてやったよ。アイルランドのフォワードの三人は、近来にない強豪だからね――それと、アガサ・ティムズお嬢さんは、試合が一週間続くと賭けて、自分の持っている養鰻場《ようまんじょう》の半分を張ったね」

「ああ……それじゃ、賭けようか」ウィーズリーおじさんが言った。

「そうだな……アイルランドが勝つほうにガリオン金貨一枚じゃどうだ？」

「一ガリオン？」バグマンは少しがっかりしたようだったが、気を取りなおした。

「よし、よし……ほかに賭ける者は？」

「おいおい、この子たちにギャンブルは早すぎる」おじさんが言った。「妻のモリーがいやがる――」

「賭けるよ。三十七ガリオン、十五シックル、三クヌートだ」

ジョージと二人で急いでコインをかき集めながら、フレッドが言った。

「まずアイルランドが勝つ――でも、ビクトール・クラムがスニッチを捕る。あ、それから、『だまし杖《づえ》』も賭け金に上乗せするよ」

「バグマンさんに、そんなつまらない物をお見せしてはだめじゃないか――」

パーシーが口をすぼめて非難がましく言ったが、バグマンはつまらない物とは思わなかったらしい。それどころか、フレッドから杖を受け取ると、子供っぽい顔が興奮で輝き、杖がガアガア大きな鳴き声を上げてゴム製のおもちゃの鶏に変わると、大声を上げて笑った。

「すばらしい！　こんなに本物そっくりな杖を見たのは久しぶりだ。わたしならこれに五ガリオン払ってもいい！」

パーシーは驚いて、こんなことは承知できないとばかりに身を強ばらせた。

「おまえたち」ウィーズリーおじさんが声をひそめた。「賭けはやって欲しくないね……貯金の全部だろうが……母さんが――」

「お堅いことを言うな、アーサー！」ルード・バグマンが興奮気味にポケットをチャラチャラ言わせながら声を張り上げた。「もう子供じゃないんだ。自分たちのやりたいことはわかってるさ！　アイルランドが勝つが、クラムがスニッチを捕るって？　そりゃありえないな、お二人さん、そりゃないよ……二人にすばらしい倍率をやろう……その上、おかしな杖《つえ》に五ガリオンつけよう。それじゃ……」

バグマンがすばやくノートと羽根ペンを取り出して双子の名前を書きつけるのを、ウィーズリーおじさんはなす術もなく眺めていた。

「サンキュ」バグマンがよこした羊皮紙《ようひし》メモを受け取り、ローブの内ポケットにしまいながら、ジョージが言った。

バグマンは上機嫌でウィーズリーおじさんに向きなおった。

「お茶がまだだったな？　バーティ・クラウチをずっと探しているんだが。ブルガリア側の責任者がゴネていて、おれには一言もわからん。バーティならなんとかしてくれるだろう。かれこれ百五十か国語が話せるし」

「クラウチさんですか？」体を突っ張らせて不服そうにしていたパーシーが、突然堅さをかなぐり捨て、興奮でのぼせ上がった。

「あの方は二百か国語以上話します！　水中人《マーピープル》のマーミッシュ語、小鬼《ゴブリン》のゴブルディグック語、トロール語、トロールの……」

「トロール語なんてだれだって話せるよ」フレッドがばかばかしいという調子で言

った。「指さしてブーブー言えばいいんだから」

パーシーはフレッドに思い切りいやな顔を向け、乱暴に焚《た》き火をかき回してヤカンをグラグラッと沸騰させた。

「バーサ・ジョーキンズのことは、なにか消息があったかね、ルード？」

バグマンがみなと一緒に草むらに座り込むと、ウィーズリーおじさんがたずねた。

「なしのつぶてだ」バグマンは気楽に言った。「だが、そのうち現れるさ。あのしょうのないバーサのことだ……漏《も》れ鍋《なべ》みたいな記憶力。方向音痴。迷子になったのさ。絶対まちがいない。十月ごろになったら、ひょっこり役所にもどってきて、まだ七月だと思ってるだろうよ」

「そろそろ捜索人を出したほうがいいんじゃないのか？」

パーシーがバグマンにお茶を差し出すのを見ながら、ウィーズリーおじさんが遠慮がちに提案した。

「バーティ・クラウチはそればっかり言ってるなあ」バグマンは丸い目を見開いて無邪気に言った。「しかし、いまはただの一人もむだにはできん。おっ――噂《うわさ》をすればだ！　バーティ！」

焚き火のそばに魔法使いが一人「姿現わし」でやってきた。ルード・バグマンとはものの見事に対照的だ。バグマンは昔所属していたチームのスズメバチ模様のユニフォームを着て、草の上に足を投げ出している。バーティ・クラウチはしゃきっと背筋を伸ばし、非の打ちどころのないスーツにネクタイ姿の初老の魔法使いだ。短い銀髪の分け目は不自然なまでにまっすぐで、歯ブラシ状の口ひげは、まるで定規を当てて刈り込んだようだ。靴もピカピカに磨き上げられている。一目見てハリーは、パーシーがなぜこの人を崇拝しているかがわかった。パーシーは規則を厳密に守ることが大切だと固く信じているし、クラウチ氏はマグルの服装に関する規則を完璧に守っていた。銀行の頭取だと言っても通用するだろう。バーノンおじさんでさえこの人の正体を見破れるかどうか疑問だ、とハリーは思った。

「ちょっと座れよ、バーティ」ルードはそばの草むらをポンポンたたいて朗らかに言った。

「いや、ルード、遠慮する」クラウチ氏の声が少しいらだっていた。「ずいぶんあちこち君を探したのだ。ブルガリア側が、貴賓席《きひんせき》をあと十二席設けろと強く要求しているのだ」

「ああ、そういうことを言ってたのか。わたしはまた、あいつが毛抜きを貸してくれと頼んでいるのかと思った。訛《なま》りがきつくて」

「クラウチさん！」パーシーは息もつけぬ様子でそう言うと、首だけ上げてお辞儀をしたので、ひどい猫背に見えた。「よろしければお茶はいかがですか？」

「ああ」クラウチ氏は少し驚いた様子でパーシーを見た。

「いただこう——ありがとう、ウェーザビー君」

フレッドとジョージが飲みかけのお茶に咽《む》せて、カップの中にゲホゲホ咳《せき》込んだ。

パーシーは耳元をポッと赤らめ、急いでヤカンを準備した。

「ああ、それにアーサー、君とも話したかった」

クラウチ氏は鋭い目でウィーズリーおじさんを見下ろした。

「アリ・バシールが襲撃してくるぞ。空飛ぶ絨毯《じゅうたん》の輸入禁止について君と話したいそうだ」

ウィーズリーおじさんは深いため息をついた。

「そのことについては先週ふくろう便を送ったばかりだ。何百回言われても答えは同じだよ。絨毯は『魔法をかけてはいけない物品登録簿』に載っていて、『マグルの製品』だと定義されている。しかし、言ってわかる相手かね？」

「だめだろう」クラウチ氏がパーシーからカップを受け取りながら言った。「わが国に輸出したくて必死だから」

「まあ、イギリスでは箒《ほうき》に取って代わることはあるまい？」バグマンが言う。

「アリは、家族用乗り物として市場に入り込む余地があると考えている」クラウチ氏が言った。「私の祖父が、十二人乗りのアクスミンスター織の絨毯を持っていた

——もちろん絨毯《じゅうたん》が禁止になる前だがね」

まるで、クラウチ氏の先祖がみな厳格に法を遵守《じゅんしゅ》したことに、毛ほども疑いを持たれたくないという言い方だった。

「ところで、バーティ、忙しくしてるかね」バグマンがのどかに言った。

「かなり」クラウチ氏は愛想のない返事をした。「五大陸にわたって『移動《ポート》キー』を組織するのは並大抵のことではありませんぞ。ルード」

「二人とも、これが終わったらほっとするだろうね」ウィーズリーおじさんが言った。

バグマンが驚いた顔をした。

「ほっとだって！　こんなに楽しんだことはないのに……それに、その先も楽しいことが待ちかまえているじゃないか。え？　バーティ、そうだろうが？　まだまだやることはたくさんある。だろう？」

クラウチ氏は眉《まゆ》を吊り上げてバグマンを見た。

「まだそのことは公にしないとの約束だろう。詳細がまだ——」

「ああ、詳細なんか！」バグマンはうるさいユスリカの群れを追いはらうかのように手を振った。「みんな署名したんだ。そうだろう？　みんな合意したんだ。そうだろう？　ここにいる子供たちにも、どのみちまもなくわかることだ。賭けてもいい。

だって、事はホグワーツで起こるんだし——」

「ルード、さあ、ブルガリア側に会わないと」クラウチ氏はバグマンの言葉を遮《さえぎ》り、鋭く言った。

「お茶をごちそうさま、ウェーザビー君」

飲んでもいないお茶をパーシーに押しつけるようにして返し、クラウチ氏はバグマンが立ち上がるのを待った。お茶の残りをぐいっと飲み干し、ポケットの金貨を楽しげにチャラチャラ言わせ、バグマンはふたたび立ち上がった。

「じゃ、あとで！　みんな、貴賓席《きひんせき》でわたしと一緒になるよ——わたしが解説するんだ！」

手を振るバグマンに、軽く頭を下げるクラウチ。二人とも同時に「姿くらまし」で消えた。

「パパ、ホグワーツでなにがあるの？」フレッドがすかさず聞いた。

「あの二人、なんのことを話してたの？」

「すぐにわかるよ」ウィーズリーおじさんがほほえんだ。

「魔法省が解禁するときまでは機密情報だ」パーシーが頑《かたく》なに言った。「クラウチさんが明かさなかったのは正しいことなんだ」

「おい、黙れよ、ウェーザビー」フレッドが言った。

夕方が近づくにつれ、興奮の高まりがキャンプ場を覆う雲のようにはっきりと感じ取れた。夕暮れには、凪《な》いだ夏の空気さえ、期待で打ち震えているかのようだった。試合を待つ何千人という魔法使いたちを夜の帳《とばり》がすっぽりと覆うと、最後の慎みも吹き飛んだ。あからさまな魔法の印があちこちで上がっても、魔法省はもはやお手上げだとばかりに戦うのをやめていた。

行商人がそこいら中ににょきにょきと「姿現わし」した。超珍品のみやげ物を盆やカートに山と積んでいる。光るロゼット――アイルランドは緑でブルガリアは赤だ――これが黄色い声で選手の名前をさけぶ。踊る三つ葉のクローバーがびっしり飾られた緑の尖《とん》り帽子。本当に吠えるライオン柄《がら》のブルガリアのスカーフ。打ち振ると国歌を演奏する両国の国旗。本当に飛ぶファイアボルトのミニチュア模型。コレクター用の有名選手の人形は、手に載せると自慢げに手のひらの上を歩き回っていた。

「夏休み中ずっと、このために小遣いを貯めてたんだ」

ハリー、ハーマイオニーと一緒に物売りの間を歩き、みやげ物を買いながらロンがハリーに言った。ロンは踊るクローバー帽子と大きな緑のロゼットを買ったくせに、ブルガリアのシーカー、ビクトール・クラムのミニチュア人形も買った。ミニ・クラムはロンの手の中を往《い》ったり来たりしながら、ロンの緑のロゼットを見上げて顔をしかめた。

「わあ、これ見てよ！」

ハリーは真鍮《しんちゅう》製の双眼鏡のようなものがうずたかく積んであるカートに駆け寄った。ただし、この双眼鏡には、あらゆる種類のおかしなつまみやダイヤルがびっしりついていた。

「万眼鏡《オムニオキュラー》だよ」セールス魔ンが熱心に売り込んだ。

「アクション再生ができる……スローモーションで……必要なら、プレイを一コマずつ静止させることもできる。大安売り――一個十ガリオンだ」

「こんなのさっき買わなきゃよかった」ロンは踊るクローバーの帽子を指さしてそう言うと、万眼鏡をいかにも物欲しげに見つめた。

「三個ください」ハリーはセールス魔ンにきっぱり言った。

「いいよ――気を使うなよ」ロンが赤くなった。

ハリーが両親からちょっとした財産を相続したこと、そしてロンよりずっと金持ちだということ――このことで、ロンはいつも神経過敏になる。

「クリスマス・プレゼントは、なしだよ」

ハリーは万眼鏡をロンとハーマイオニーの手に押しつけながら言った。

「しかも、これから十年ぐらいはね」

「いいとも」ロンがにっこりした。

「うわあぁ、ハリー、ありがとう」ハーマイオニーが言った。

「じゃ、私が三人分のプログラムを買うわ。ほら、あれ――」

財布がだいぶ軽くなり、三人はテントにもどった。ビル、チャーリー、ジニーの三人も、みな緑のロゼットを着けていた。ウィーズリーおじさんはアイルランド国旗を持っている。フレッドとジョージは、全財産をはたいてバグマンに渡したので、なにもなしだった。

そのとき、どこか森の向こうから、ゴーンと深く響く音が聞こえ、同時に木々の間に赤と緑のランタンがいっせいに明々と灯《とも》り、競技場への道を照らし出した。

「いよいよだ！」ウィーズリーおじさんも、みなに負けず劣らず興奮していた。

「さあ、行こう！」

第8章　クィディッチ・ワールドカップ

買い物をしっかりにぎりしめ、ウィーズリー氏を先頭にみな急ぎ足で、ランタンに照らされた小道を森へと入っていった。周辺のそこかしこで動き回る、何千人もの魔法使いたちのさんざめきが聞こえた。さけんだり笑ったりする声や歌声が切れぎれに聞こえてくる。熱狂的な興奮の波が次々と伝わっていく。ハリーも顔が緩みっぱなしだ。大声で話したりふざけたりしながら、ハリーたちは森の中を二十分ほど歩いた。ついに森のはずれに出ると、そこは巨大なスタジアムの影の中だった。ハリーには競技場を囲む壮大な黄金の壁のほんの一部しか見えなかったが、その巨大さは、大聖堂なら優に十個はすっぽり収まるだろうと思った。

「十万人入れるよ」圧倒されたハリーの顔を読んで、ウィーズリー氏が言った。

「魔法省の特務隊五百人が、まる一年がかりで準備したんだ。『マグル避《よ》け呪文』で一分の隙もない。この一年というもの、この近くまできたマグルは、突然急用を思いついてあわてて引き返すことになった……気の毒に」

ウィーズリーおじさんは、最後に愛情込めてつけ加えた。おじさんが先に立って一番近い入口に向かったが、そこもすでに魔法使いや魔女がぐるりと群がり、大声でさけび合っていた。

「特等席！」魔法省の魔女が入口で切符を検《あらた》めながら言った。「最上階貴賓席《きひんせき》！　アーサー、まっすぐ上がって。一番高いところまでね」

観客席への階段は深紫色の絨毯《じゅうたん》が敷かれていた。一行は大勢に交じって階段を上った。途中、観客が少しずつ、右や左のドアからそれぞれのスタンド席へと消えていく。ウィーズリー一行は上り続け、いよいよ階段のてっぺんにたどり着いた。そこは小さなボックス席で、観客席の最上階、しかも両サイドにある金色のゴールポストのちょうど中間に位置していた。紫に金箔《きんぱく》の椅子が二十席ほど、二列に並んでいる。ハリーはウィーズリー家のみなと一緒に前列に並んだ。そこから見下ろすと、想像さえしたことのない光景が広がっていた。

十万人の魔法使いたちが着席したスタンドは、細長い楕円形のピッチに沿って階段状にせり上がっている。競技場そのものから発すると思われる神秘的な金色の光が、あたりに満ち広がっていた。高みからの眺めでは、ピッチはビロードのように滑らかに見える。両サイドに三本ずつ、十五メートルの高さのゴールポストが立っている。

貴賓席の真正面、ちょうどハリーの目の位置に、巨大な黒板があった。見えない巨人の手が書いたり消したりしているかのように、金文字が黒板の上をサッと走ってはサッと消えた。しばらく眺めていると、それがピッチの右端から左端までの幅で点滅する広告板だとわかった。

ブルーボトル――ご家族全員にぴったりの箒――安全で信頼できて、しかも防犯ブザーつき…
ミセス・ゴシゴシの魔法万能汚れ落とし――手間知らず、汚れ知らず…
グラドラグス・魔法ファッション――ロンドン・パリ・ホグズミード…

ハリーは広告板から目を離し、ボックス席にだれかがいないかと振り返って見た。まだだれもいない。ただ、後ろの列の、奥から二番目の席に小さな生き物が座っていた。短すぎる足を、椅子の前方にちょこんと突き出し、キッチン・タオルをトーガ風にかぶっている。顔を両手で覆っているが、長いコウモリのような耳になんとなく見覚えがあった……。

「ドビー？」ハリーは半信半疑で呼びかけた。

小さな生き物は、顔を上げ、指を開いた。とてつもなく大きな茶色の目と、大きさも形も大型トマトそっくりの鼻が指の間から現れた。ドビーではなかったが、屋敷《やしき》しもべ妖精《ようせい》にちがいない。ハリーの友達のドビーも、かつては屋敷しもべだった。ハリーはドビーをかつての主人、マルフォイ一家から自由にしてやったのだ。

「旦那《だんな》さまはあたしのこと、ドビーってお呼びになりましたか？」

しもべ妖精は指の間から怪訝《けげん》そうに、かん高い声でたずねた。ドビーの声も高かったが、もっと高く、か細い、震えるようなキーキー声だ。ハリーは――屋敷しもべ妖精の場合はとても判断しにくいが――これはたぶん女性だろうと思った。ロンとハーマイオニーがくるりと振り向き、よく見ようとした。二人とも、ハリーからドビーのことをずいぶん聞いてはいたが、ドビーに会ったことはない。ウィーズリーおじさんまでも興味を持って振り返った。

「ごめんね。僕の知っている人じゃないかと思って」ハリーがしもべ妖精に言った。

「でも、旦那さま、あたしもドビーをご存知です！」かん高い声が答えた。貴賓席《きひんせき》の照明がとくに明るいわけではないのに、まぶしそうに顔を覆っている。

「あたしはウィンキーでございます。旦那さま。――あなたさまは――」

焦げ茶色の目がハリーの傷痕《きずあと》をとらえたとたん、小皿くらいに大きく見開かれた。

「あなたさまは、まぎれもなくハリー・ポッターさま！」

「うん、そうだよ」

「ドビーが、あなたさまのことをいつもお噂《うわさ》してます！」

ウィンキーは尊敬で打ち震えながら、ほんの少し両手を下にずらした。

「ドビーはどうしてる？　自由になって元気にやってる？」ハリーが聞いた。

「ああ、旦那さま」ウィンキーは首を振った。「ああ、それがでございます。けっして失礼を申し上げるつもりはございませんが、あなたさまがドビーを自由になさったのは、ドビーのためになったのかどうか、あたしは自信をお持ちになれません」

「どうして？」ハリーは不意を衝《つ》かれた。「ドビーになにかあったの？」

「ドビーは自由で頭がおかしくなったのでございます。旦那さま」

ウィンキーが悲しげに言った。

「身分不相応の高望みでございます、旦那さま。勤め口が見つからないのでございます」

「どうしてなの？」

ウィンキーは声を半オクターブ落としてささやいた。

「仕事にお手当てをいただこうとしているのでございます」

「お手当て？」ハリーはぽかんとした。「だって——なぜ給料をもらっちゃいけないの？」

ウィンキーがそんなこと考えるだに恐ろしいという顔で少し指を閉じたので、また顔半分が隠れてしまった。

「屋敷しもべはお手当てなどいただかないのでございます！」

ウィンキーは押し殺したようなキーキー声で言った。

「だめ、だめ、だめ。あたしはドビーにおっしゃいました。ドビー、どこかよいご家庭を探して落ち着きなさいって、そうおっしゃいました。旦那《だんな》さま、ドビーはのぼせて、思い上がっているのでございます。屋敷しもべ妖精にふさわしくないのでございます。ドビー、あなたがそんなふうに浮かれていらっしゃったら、しまいには、ただの小鬼《ゴブリン》みたいに、『魔法生物規制管理部』に引っ張られることになっても知らないからって、あたし、そうおっしゃったのでございます」

「でも、ドビーは、もう、少しぐらい楽しい思いをしてもいいいんじゃないかな」ハリーが言った。

「ハリー・ポッターさま、屋敷しもべは楽しんではいけないのでございます」

ウィンキーは顔を覆った手の下で、きっぱりと言った。

「屋敷しもべは、言いつけられたことをするのでございます。あたしは、ハリー・ポッターさま、高いところがまったくお好きではないのでございますが――」

ウィンキーはボックス席の前端をちらりと見てゴクッと生唾を飲んだ。

「――でも、ご主人さまがこの貴賓席《きひんせき》に行けとおっしゃいましたので、あたしはいらっしゃいましたのでございます」

「君が高いところが好きじゃないと知ってるのに、どうしてご主人様は君をここによこしたの？」ハリーは眉《まゆ》をひそめた。

「ご主人さまは——ご主人さまは自分の席をあたしに取らせたのです。ハリー・ポッターさま、ご主人さまはとてもお忙しいのでございます」

ウィンキーは隣の空席のほうに頭を傾げた。

「ウィンキーは、ハリー・ポッターさま、ご主人さまのテントにおもどりになりたいのでございます。でも、ウィンキーは言いつけられたことをするのでございます。ウィンキーはよい屋敷しもべでございますから」

ウィンキーはボックス席の前端をもう一度恐る恐る見て、それからまた完全に手で目を覆ってしまった。ハリーはみなのほうを見た。

「そうか、あれが屋敷しもべ妖精なのか？」ロンがつぶやいた。「へんてこりんなんだね？」

「ドビーはもっとへんてこだったよ」ハリーの言葉に力が入った。

ロンは万眼鏡を取り出し、向かいの観客席にいる観衆を見下ろしながら、あれこれ試しはじめた。

「スッゲェ！」ロンが万眼鏡の横の「再生つまみ」をいじりながら声を上げた。

「あそこにいるおっさん、何回でも鼻をほじるぜ……ほら、また……ほら、また……」

一方ハーマイオニーは、ビロードの表紙に房飾りのついたプログラムに、熱心に目を通していた。

「試合に先立ち、チームのマスコットによるマスゲームがあります」ハーマイオニーが読み上げた。

「ああ、それはいつも見応えがある」ウィーズリーおじさんが言った。「ナショナルチームが自分の国からなにか生き物を連れてきてね、ちょっとしたショーをやるんだよ」

それから三十分の間に、貴賓席《きひんせき》も徐々に埋まってきた。ウィーズリーおじさんは、続けざまに握手していた。かなり重要な魔法使いたちにちがいない。パーシーは、まるでハリネズミが置いてある椅子に座ろうとしているかのように、ひっきりなしに椅子から飛び上がっては、ピンと直立不動の姿勢を取った。魔法大臣コーネリウス・ファッジ閣下直々のお出ましにいたっては、パーシーはあまりに深々と頭を下げたので、メガネが落ちて割れてしまった。大いに恐縮したパーシーは、杖《つえ》でメガネを元通りにし、それからはずっと椅子に座っていた。それでも、コーネリウス・ファッジがハリーに、昔からの友人のように親しげに挨拶するのを、羨《うらや》ましげな目で見ていた。

ファッジとハリーは以前に会ったことがある。ファッジは、まるで父親のような仕草でハリーと握手し、元気かと声をかけ、自分の両脇にいる魔法使いにハリーを紹介した。

「ご存知、ハリー・ポッターですよ」

ファッジは、金の縁取りをした豪華な黒ビロードのローブを着たブルガリアの大臣に大声で話しかけたが、大臣は言葉がまったくわからない様子だった。

「ハリー・ポッターですぞ……ほら、ほら、ご存知でしょうが。だれだか……『例のあの人』から生き残った男の子ですよ……まさか、知ってるでしょうね――」

ブルガリアの大臣は突然ハリーの額《ひたい》の傷痕《きずあと》に気づき、それを指さしながら、なにやら興奮してワアワアわめき出した。

「なかなか通じないものだ」ファッジがうんざり顔でハリーに言った。「私はどうも言葉は苦手だ。こうなると、バーティ・クラウチが必要だ。ああ、クラウチのしもべ妖精が席を取っているな……いや、なかなかやるものだわい。ブルガリアの連中が寄ってたかってよい席を全部せしめようとしている……ああ、ルシウスのご到着だ！」

ハリー、ロン、ハーマイオニーは急いで振り返った。後列のちょうどウィーズリーおじさんの真後ろが三席空いていて、そこに向かって席伝いに歩いてくるのは、ほかならぬしもべ妖精ドビーの昔の主人――ルシウス・マルフォイとその息子ドラコ、それに女性が一人――ハリーはドラコの母親だろうと思った。

ホグワーツへのはじめての旅からずっと、ハリーとドラコは敵同士だった。顎《あご》の尖《とが》った青白い顔にプラチナ・ブロンドの髪のドラコは、父親に瓜二つだ。母親もブロンドで、背が高くほっそりしている。「なんていやな臭いなんでしょう」という表情さえしていなかったら、この母親は美人なのに、と思わせた。

「ああ、ファッジ」マルフォイ氏は魔法大臣のところまでくると、手を差し出して挨拶した。「お元気ですかな？　妻のナルシッサとははじめてでしたな？　息子のドラコもまだでしたか？」

「これはこれは、お初にお目にかかります」ファッジは笑顔でマルフォイ夫人にお辞儀をした。

「ご紹介いたしましょう。こちらはオブランスク大臣――オバロンスクだったかな――ミスター、ええと――とにかく、ブルガリア魔法大臣閣下です。どうせ私の言っていることは一言もわかっとらんのですから、まあ、気にせずに。ええと、ほかにはだれか――アーサー・ウィーズリー氏はご存知でしょうな？」

一瞬、緊張が走った。ウィーズリー氏とマルフォイ氏が睨《にら》み合った。ハリーは、以前に二人が顔を合わせたときのことを、ありありと覚えている。フローリシュ・アンド・ブロッツ書店で、二人は大げんかをしたのだ。マルフォイ氏の冷たい灰色の目がウィーズリー氏をひとなめし、それから列の端から端までをずいっと眺めた。

「これは驚いた、アーサー」マルフォイ氏が低い声で言った。「貴賓席《きひんせき》の切符を手に入れるのに、なにをお売りになりましたかな？　お宅を売っても、それほどの金にはならんでしょうが？」

「アーサー、ルシウスは先ごろ、聖マンゴ魔法疾患《しっかん》傷害病院に、それは多額の寄付をしてくれてね。今日は私の客として招待したんだ」

マルフォイイの言葉を聞いてもいなかったファッジが言った。

「それは――それは結構な」ウィーズリーおじさんはむりに笑顔を取り繕《つくろ》った。

マルフォイ氏の目が今度はハーマイオニーに移った。ハーマイオニーは少し赤くなったが、怯《ひる》まずにマルフォイ氏を睨み返した。マルフォイ氏の口元がニヤリとめくれ上がったのはなぜなのか、ハリーにははっきりわかっていた。マルフォイ一家は「純血」であることを誇りにし、逆に、ハーマイオニーのようにマグルの血を引くものを下等だと見下していた。しかし、魔法大臣の目が光っているところでは、さすがにマルフォイ氏もなにも言えない。ウィーズリーおじさんに蔑《さげす》むような会釈をすると、マルフォイ氏は自分の席まで進んだ。ドラコはハリー、ロン、ハーマイオニーに小ばかにしたような視線を投げ、父親と母親に挟まれて席に着いた。

「むかつくやつだ」

ハリー、ハーマイオニー、ロンの三人がピッチに目をもどしたとき、ロンが声を殺して言った。次の瞬間、ルード・バグマンが貴賓席《きひんせき》に勢いよく飛び込んできた。

「みなさん、よろしいかな？」

丸顔がつやつやと光り、まるで興奮したエダム・チーズさながらのバグマンが言った。

「大臣――ご準備は？」

「君さえよければ、ルード、いつでもいい」ファッジが満足げに言った。

ルードはサッと杖《つえ》を取り出し、自分の喉《のど》に当てて一声「ソノーラス！　響け！」と呪文を唱え、満席のスタジアムから沸き立つどよめきに向かって呼びかけた。その声は大観衆の上に響き渡り、スタンドの隅々まで轟《とどろ》いた。

「レディーズ・アンド・ジェントルメン……ようこそ！　第四百二十二回、クィディッチ・ワールドカップ決勝戦に、ようこそ！」

観衆がさけび、拍手した。何千という国旗が打ち振られ、互いにハモらない両国の国歌が騒音をさらに盛り上げた。貴賓席正面の巨大黒板が、最後の広告をサッと消し（バーティー・ボッツの「百味ビーンズ」――一口ごとに危ない味！）、いまや、こう書いてあった。

ブルガリア　0　　アイルランド　0

「さて、前置きはこれくらいにして、早速ご紹介しましょう……ブルガリア・ナショナルチームのマスコット！」

深紅一色のスタンドの上手《かみて》から、ワッと歓声が上がった。

「いったいなにを連れてきたのかな？」

ウィーズリーおじさんが席から身を乗り出した。

「あーっ！」おじさんは急にメガネを外し、あわててローブで拭《ふ》いた。「ヴィーラだ！」

「なんですか、ヴィー――？」

百人のヴィーラがするするとピッチに現れ、ハリーの質問に答えを出してくれた。ヴィーラは女性だった……ハリーがこれまでに見たこともないほど美しい……ただ、人間ではなかった――人間であるはずがない。それじゃ、いったいなんだろう、とハリーは一瞬考え込んだ。どうしてあんなに月の光のように輝く肌で、風もないのにどうやってシルバー・ブロンドの髪をなびかせて……。しかし、音楽が始まると、ハリーはヴィーラが人間だろうとなかろうと、どうでもよくなった――そればかりか、なにもかもどうでもよくなった。

ヴィーラが踊りはじめると、ハリーはすっかり心を奪われ、頭は空っぽになって、ただ幸せだった。この世で大切なのは、ただヴィーラを見つめ続けていることだけだった。ヴィーラが踊りをやめれば、恐ろしいことが起こりそうな気がする……。

ヴィーラの踊りがどんどん速くなると、ぼうっとなったハリーの頭の中で、まとまりのない、なにか激しい感情が駆け巡りはじめた。なにか派手なことをしたい。いますぐ。ボックス席からピッチに飛び降りるのもいいかもしれない……でも、それで十分目立つだろうか？

「ハリー、あなたいったいなにしてるの？」遠くでハーマイオニーの声がした。

音楽がやんだ。ハリーは目を瞬《しばた》いた。ハリーは椅子から立ち上がって、片足をボックス席の前の壁にかけていた。隣でロンが、飛び込み台からまさに飛び込まんばかりの格好で固まっていた。

スタジアム中に怒号が飛んでいた。群衆は、ヴィーラの退場を望まなかった。ハリーも同じだった。もちろん僕はブルガリアを応援するはずなのに、どうしてアイルランドのシャムロック――三つ葉のクローバー――なんかを胸に刺しているんだろう。ハリーはぼんやりとそう思った。一方ロンも、無意識に自分の帽子のシャムロックをむしっていた。ウィーズリーおじさんが苦笑しながらロンのほうに身を乗り出して、帽子をひったくった。

「きっとこの帽子が必要になるよ。アイルランド側のショーが終わったらね」

おじさんが言った。

「はぁー？」

ロンは口を開けてヴィーラに見入っていた。ヴィーラはいまはもう、ピッチの片側に整列していた。

ハーマイオニーは大きく舌打ちし、「まったく、もう！」と言いながら、ハリーに手を伸ばして、席に引きもどした。

「さて、次は」ルード・バグマンの声が轟《とどろ》いた。

「どうぞ、杖《つえ》を高く掲げてください……アイルランド・ナショナルチームのマスコットに向かって！」

次の瞬間、大きな緑と金色の彗星《すいせい》のようなものが、ピッチに音を立てて飛び込んできた。上空を一周し、それから二つに分かれ、少し小さくなった彗星が、それぞれ両端のゴールポストに向かってヒューッと飛んだ。突然、二つの光の玉を結んでピッチにまたがる虹の橋がかかった。観衆は花火を見ているように、「オォォォォーッ」「アァァァーッ」と歓声を上げた。虹が薄れると、二つの光の玉はふたたび合体し、一つになった。今度は輝く巨大なシャムロック——三つ葉のクローバー——を形作り、空高く昇り、スタンドの上空に広がった。すると、そこから金色の雨のようなものが降りはじめた——。

「すごい！」ロンがさけんだ。

シャムロックは頭上に高々と昇り、金貨の大雨を降らせていた。金貨の雨粒が観客の頭といわず客席といわず、当たっては撥《は》ねた。まぶしげにシャムロックを見上げたハリーは、それが顎《あご》ひげを生やした何千という小さな男たちの集まりだと気づいた。みな赤いベストを着て、手に手に金色か緑色の豆ランプを持っている。

「レプラコーンだ！」群衆の割れるような大喝采《かっさい》を縫って、ウィーズリーおじさんがさけんだ。

金貨を拾おうと、椅子の下を探し回り、奪い合っている観衆がたくさんいる。

「ほうら」金貨をひとつかみハリーの手に押しつけながら、ロンがうれしそうにさけんだ。

「万眼鏡の分だよ！　これで君、僕にクリスマス・プレゼントを買わないといけないぞ、やーい！」

巨大なシャムロックが消え、レプラコーンはヴィーラとは反対側のピッチに下りてきて、試合観戦のため、あぐらをかいて座った。

「さて、レディーズ・アンド・ジェントルメン。どうぞ拍手を——ブルガリア・ナショナルチームです！　ご紹介しましょう――ディミトロフ！」

ブルガリアのサポーターたちの熱狂的な拍手に迎えられ、箒《ほうき》に乗った真っ赤なローブ姿が、はるか下方の入場口からピッチに飛び出した。あまりの速さに、姿がぼやけて見えるほどだ。

「イワノバ！」

二人目の選手の真紅のローブ姿はたちまち飛び去った。

「ゾグラフ！　レブスキー！　ボルチャノフ！　ボルコフ！　そしてぇぇぇ――クラム！」

「クラムだ、クラムだ！」

ロンが万眼鏡で姿を追いながらさけんだ。ハリーも急いで万眼鏡の焦点を合わせた。

ビクトール・クラムは、色黒で黒い髪のやせた選手で、大きな曲がった鼻に濃い黒い眉《まゆ》をしていた。育ちすぎた猛禽類《もうきんるい》のようだ。まだ十八歳だとはとても思えない。

「では、みなさん、どうぞ拍手を――アイルランド・ナショナルチーム！」

バグマンが声を張り上げた。

「ご紹介しましょう――コノリー！　ライアン！　トロイ！　マレット！　モラン！　クィグリー！　そしてぇぇぇ――リンチ！」

七つの緑の影が、さっと横切りピッチへと飛んだ。ハリーは万眼鏡の横の小さなつまみを回し、選手の動きをスローモーションにして、やっと箒《ほうき》の柄《え》に〝ファイアボルト〟の文字を読み取った。選手の背中にそれぞれの名前が銀の糸で刺繍《ししゅう》してある。

「そしてみなさん、はるばるエジプトからおいでのわれらが審判、国際クィディッチ連盟の名チェア魔ン、ハッサン・モスタファー！」

やせこけた小柄な魔法使いだ。つるつるに禿《は》げているが、口ひげはバーノンおじさんといい勝負。スタジアムにマッチした純金のローブを着て堂々とピッチに歩み出た。口ひげの下から銀のホイッスルを突き出し、片方の腕に大きな木箱を抱え、もう片方では箒を抱えている。ハリーは万眼鏡のスピードダイヤルを元にもどし、モスタファーが箒にまたがり木箱を蹴って開けるところをよく見た——四個のボールが勢いよく外に飛び出した。真っ赤なクアッフル、黒いブラッジャーが二個、そして、羽のある小さな金のスニッチ（ハリーはほんの一瞬、それを目撃したが、あっという間に見失った）。ホイッスルを鋭く一吹きし、モスタファーはボールに続いて空中に飛び出した。

「試あぁぁぁぁぁぁぁい、開始！」バグマンがさけんだ。

「そしてあれはマレット！　トロイ！　モラン！　ディミトロフ！　またマレット！　トロイ！　レブスキー！　モラン！」

ハリーは、こんなクィディッチの試合振りは見たことがなかった。万眼鏡にしっかりと目を押しつけていたので、メガネの縁が鼻柱に食い込んだ。選手の動きが、信じられないほど速い――チェイサーがクアッフルを投げ合うスピードが速すぎて、バグマンは名前を言うだけで精一杯だ。ハリーは万眼鏡の右横の〝スロー〟のつまみをもう一度回し、上についている〝一場面ずつ〟のボタンを押した。するとたちまちスローモーションに切り替わった。その間、レンズにはキラキラした紫の文字が明滅し、歓声が耳にビンビン響いてきた。

「ホークスヘッド攻撃フォーメーション」ハリーは文字を読んだ。アイルランドのチェイサー三人が編隊を組む。トロイを真ん中にして、少し後ろをマレットとモランが飛び、ブルガリア陣に突っ込んでいった。次に「ポルスコフの計略」の文字が明滅した。トロイがクアッフルを持ち、ブルガリアのチェイサー、イワノバを誘導して急上昇したかのように見せかけながら、下を飛んでいたモランにクアッフルを落とすようにパスした。ブルガリアのビーターの一人、ボルコフが手にした小さな棍棒《こんぼう》で、通過中のブラッジャーをモランの行く手めがけて強打した。モランがひょいとブラッジャーをかわしたとたん、クアッフルを取り落とし、下から上がってきたレブスキーがそれをキャッチした――。

「トロイ、先取点！」

バグマンの声が轟《とどろ》き、スタジアムは拍手と歓声の大音響に揺れ動いた。

「一〇対〇、アイルランドのリード！」

「えっ？」ハリーは万眼鏡であたりをぐるぐる見回した。

「だって、レブスキーがクアッフルを取ったのに！」

「ハリー、普通のスピードで観戦しないと、試合を見逃すわよ！」

ハーマイオニーがさけんだ。トロイがピッチを一周するウイニング飛行をしているところで、ハーマイオニーはぴょんぴょん飛び上がりながら、トロイに向かって両手を大きく振っていた。ハリーは急いで万眼鏡をずらして外を見た。サイドラインの外側で試合を見ていたレプラコーンが、またもや空中に舞い上がり、輝く巨大なシャムロックを形作った。ピッチの反対側で、ヴィーラが不機嫌な顔でそれを見ている。

ハリーは自分に腹を立てながらスピードのダイヤルを元にもどした。そのとき、試合が再開された。

ハリーもクィディッチについてはいささかの知識があったので、アイルランドのチェイサーたちがとびきりすばらしいことがわかった。一糸乱れぬ連携プレー。まるで互いの位置関係で互いの考えを読み取っているかのようだった。ハリーの胸の緑のロゼットが、かん高い声でひっきりなしに三人の名を呼んだ。

「トロイ――マレット――モラン！」

最初の十分で、アイルランドはあと二回得点し、三〇対〇と点差を広げた。緑一色のサポーターたちから、雷鳴のような歓声と嵐のような拍手がわき起こった。

試合運びがますます速くなり、しかも荒っぽくなった。ブルガリアのビーター、ボルコフとボルチャノフは、アイルランドのチェイサーに向かって思い切り激しくブラッジャーをたたきつけ、三人の得意技を封じはじめた。チェイサーの結束が二度も崩されてバラバラにされ、ついにイワノバが敵陣を突破、キーパーのライアンをもかわしてブルガリアが初のゴールを決めた。

「耳に指で栓をして！」

ウィーズリーおじさんが大声を上げた。ヴィーラが祝いの踊りを始めていた。ハリーは目も細めた。ゲームに集中していたかった。数秒後、ピッチをちらりと見ると、ヴィーラはもう踊りをやめ、クアッフルはまたブルガリアが持っていた。

「ディミトロフ！　レブスキー！　ディミトロフ！　イワノバ――うおっ、これは！」

バグマンがうなり声を上げた。

十万人の観衆が息を呑《の》んだ。二人のシーカー、クラムとリンチがチェイサーたちの真ん中を割って一直線にダイビングしていた。その速いこと。飛行機からパラシュートなしに飛び降りたかのようだった。ハリーは万眼鏡で落ちていく二人を追い、スニッチはどこにあるかと目を凝らした。

「地面に衝突するわ！」隣でハーマイオニーが悲鳴を上げた。

半分当たっていた――ビクトール・クラムは最後の一秒で辛《かろ》うじてぐいっと箒《ほうき》を引き上げ、くるくると螺旋《らせん》を描きながら飛び去った。ところがリンチは、ドスッという鈍い音をスタジアム中に響かせ、地面に衝突した。アイルランド側の席から大きなうめき声が上がった。

「ばか者！」ウィーズリーおじさんが吠えた。「クラムはフェイントをかけたのに！」

「タイムです！」バグマンが声を張り上げた。「エイダン・リンチの様子を見るため、専門の魔法医が駆けつけています！」

「大丈夫だよ。衝突しただけだから！」

真っ青になってボックス席の手すりから身を乗り出しているジニーに、チャーリーが慰めるように言った。

「もちろん、それがクラムの狙いだけど……」

ハリーは急いで〝再生〟と〝一場面ごと〟のボタンを押し、スピード・ダイヤルを回し、ふたたび万眼鏡を覗き込んだ。

ハリーは、クラムとリンチがダイブするところを、スローモーションで見た。レンズを横断して紫に輝く文字が現れた。「ウロンスキー・フェイント――シーカーを引っかける危険技」と読める。間一髪でダイブから上昇に転ずるとき、全神経を集中させ、クラムの顔が歪《ゆが》むのが見えた。一方リンチはペシャンコになっていた。ハリーはやっとわかった――クラムはスニッチを見つけたのではない。ただリンチについてこさせたかっただけなのだ。こんなふうに飛ぶ人を、ハリーはいままで見たことがなかった。クラムはまるで箒《ほうき》など使っていないかのように飛ぶ。自由自在に軽々と、まるで無重力でなんの支えもなく空中を飛んでいるかのようだ。ハリーは万眼鏡を元にもどし、クラムに焦点を合わせた。いまは、リンチのはるか上空を輪を描いて飛んでいる。リンチは魔法医に魔法薬を何杯も飲まされて、蘇生しつつあった。ハリーはさらにクラムの顔をアップにした。クラムの暗い目が、三十メートル下のピッチを隅々まで走っている。リンチが蘇生するまでの時間を利用して、邪魔されることなくスニッチを探しているのだ。

リンチがやっと立ち上がった。緑をまとったサポーターたちがワッと沸いた。リンチはファイアボルトにまたがり、地を蹴って空へともどった。リンチが回復したことで、アイルランドは心機一転したようだった。モスタファーがふたたびホイッスルを鳴らすと、チェイサーが、いままでハリーの見たどんな技も比べ物にならないようなすばらしい動きを見せた。

それからの十五分、試合はますます速く激しい展開を見せ、アイルランドが勢いづいて十回のゴールを決めた。一三〇対一〇とアイルランドがリードして、試合は次第に泥仕合になってきた。

マレットがクアッフルをしっかり抱え、またまたゴールめがけて突進すると、ブルガリアのキーパー、ゾグラフが飛び出し、彼女を迎え撃った。なにが起こったやら、ハリーに見る間も与えぬあっという間の出来事だったが、アイルランド応援団から怒りのさけびが上がった。モスタファーが鋭く、長いホイッスルを吹き鳴らしたので、ハリーはいまのが反則だったとわかった。

「モスタファーがブルガリアのキーパーから反則を取りました。『コビング』です──過度な肘《ひじ》の使用です！」どよめく観衆に向かって、バグマンが解説した。「そして──よぉし、アイルランドがペナルティ・スロー！」

マレットが反則を受けたとき、怒れるスズメバチの大群のようにキラキラ輝いて空中に舞い上がっていたレプラコーンが、今度はすばやく集まって空中文字を書いた。「ハッ！　ハッ！　ハッ！」

ピッチの反対側にいたヴィーラがパッと立ち上がり、怒りに髪を打ち振り、ふたたび踊りはじめた。

ウィーズリー家の男子とハリーはすぐに指で耳栓をしたが、そんな心配のないハーマイオニーが、すぐにハリーの腕を引っ張った。ハリーが振り向くと、ハーマイオニーはもどかしそうにハリーの指を耳から引き抜いた。

「審判を見てよ！」ハーマイオニーはクスクス笑っていた。

ハリーが見下ろすと、ハッサン・モスタファー審判が踊るヴィーラの真ん前に降りて、なんともおかしな仕草をしていた。腕の筋肉をモリモリさせたり、夢中で口ひげをなでつけたりしている。

「さぁて、これは放ってはおけません」そうは言ったものの、バグマンはおかしくてたまらないという声だ。

「だれか、審判をひっぱたいてくれ！」

魔法医の一人がピッチの向こうから大急ぎで駆けつけ、自分は指でしっかり耳栓をしながら、モスタファーの向こう脛《ずね》をこれでもかとばかりに蹴飛ばした。モスタファーは、はっと我に返ったようだった。ハリーがまた万眼鏡を覗くと、審判は思い切りばつの悪そうな顔で、ヴィーラをどなりつけていた。ヴィーラは踊るのをやめ、反抗的な態度を取っていた。

「さあ、わたしの目に狂いがなければ、モスタファーはブルガリア・チームのマスコットを本気で退場させようとしているようであります！」

バグマンの声が響いた。

「さぁて、こんなことは前代未聞だ……。ああ、これは面倒なことになりそうです……」

なりそうどころか、なってしまった。ブルガリアのビーター、ボルコフとボルチャノフが、モスタファーの両脇に着地し、身振り手振りでレプラコーンのほうを指さし、激しく抗議をしはじめた。レプラコーンはいまや上機嫌で「ヒー、ヒー、ヒー」の文字になっていた。モスタファーはブルガリアの抗議に取り合わず、人差し指を何度も空中に突き上げていた。飛行にもどるように言っているにちがいない。二人が拒否すると、モスタファーはホイッスルを短く二度吹いた。

「アイルランドにペナルティ・スロー二つ！」

バグマンがさけんだ。ブルガリアの応援団が怒ってわめく。

「さあ、ボルコフ、ボルチャノフは箒《ほうき》に乗ったほうがよいようです……ようし……乗りました……そして、トロイがクアッフルを手にしました……」

試合はいまや、これまで見たことがないほど凶暴になってきた。両チームのビーターとも、情け容赦なしの動きだ。ボルコフ、ボルチャノフはとくに棍棒《こんぼう》をめちゃめちゃに振り回し、ブラッジャーに当たろうが選手に当たろうが見境なしだった。ディミトロフがクアッフルを持ったモランめがけて体当たりし、彼女は危うく箒から突き落とされそうになった。

けんだ。

「反則だ！」

アイルランドの応援団が、緑の波がうねるように次々と立ち上がり、いっせいにさけんだ。

「反則！」魔法で拡大されたルード・バグマンの声が鳴り響いた。

「ディミトロフがモランを突き飛ばしました――わざとぶつかるように飛びました――これはまたペナルティを取らないといけません――よぉし、ホイッスルです！」

レプラコーンがまた空中に舞い上がり、巨大な手の形になり、ヴィーラに向かって、ピッチの向こうから襲撃をかけ、下品なサインをしてみせた。これにはヴィーラも自制心を失った。ピッチ一杯に下品なサインをしてみせた。これにはヴィーラも自制心を失った。

つけはじめた。万眼鏡で覗いていたハリーには、ヴィーラがいまやどう見ても美しいとは言えないことがわかった。それどころか、顔は伸びて、鋭い、獰猛《どうもう》な嘴《くちばし》をした鳥の頭になり、鱗《うろこ》に覆われた長い翼が肩から飛び出していた。

「ほら、おまえたち、あれをよく見なさい」

下の観客席からの大喧騒《けんそう》にも負けない声で、ウィーズリーおじさんがさけんだ。

「だから、外見だけにつられてはだめなんだ！」

魔法省の役人が、ヴィーラとレプラコーンを引き離すのに、ドヤドヤッとピッチに繰り出したが、手に負えなかった。一方、上空での激戦に比べればピッチでの戦いなど物の数ではない。ハリーは万眼鏡で目を凝らし、あっちへこっちへと首を振った。なにしろ、クアッフルが弾丸のような速さで手から手へと渡る——。

「レブスキー——ディミトロフ——モラン——トロイ——マレット——イワノバ——またモラン——モラン——モラン決めたぁ!」

しかし、アイルランド・サポーターの歓声も、ヴィーラのさけびや魔法省役人の杖《つえ》から出る爆発音、ブルガリア・サポーターの怒り狂う声でほとんど聞こえない。試合はすぐに再開した。今度はレブスキーがクアッフルを持っている——そしてディミトロフ——。

アイルランドのビーター、クィグリーが、目の前を通るブラッジャーを大きく打ち込み、クラムめがけて力のかぎりたたきつけた。クラムは避けそこない、ブラッジャーをしたたか顔に食らってしまった。

競技場がうめき声一色になった。クラムの鼻が折れたかに見え、そこら中に血が飛び散った。しかし、モスタファー審判はホイッスルを鳴らさない。他のことに気を取られている。ハリーはそれも当然だと思った。ヴィーラの一人が投げた火の玉で、審判の箒《ほうき》の尾が火事になっていたのだ。

だれかクラムがけがをしたことに気づいて欲しい、とハリーは思った。アイルランドを応援してはいたが、クラムはこの競技場で最高の、わくわくさせてくれる選手だ。ロンもハリーと同じ思いらしい。

「タイムにしろ！　ああ、早くしてくれ。あんなんじゃ、プレイできないよ。見てみろよ――」

「リンチを見て！」ハリーがさけんだ。

アイルランドのシーカーが急降下していた。これはウロンスキー・フェイントなんかじゃないと、ハリーには確信があった。今度は本物だ……。

「スニッチを見つけたんだよ！　見つけたんだ！　行くよ！」

観客の半分が、事態に気づいたらしい。アイルランドのサポーターが緑の波のように立ち上がり、チームのシーカーに大声援を送った……しかし、クラムがぴったり後ろについている。クラムが自分の行く先をどうやって見ているのか、ハリーにはまったくわからなかった。クラムのあとには点々と血が尾を引いている。それでもクラムはいまやリンチと並んだ。二人一対になってふたたびピッチに突っ込んでいく……。

「二人ともぶつかるわ！」ハーマイオニーが金切り声を上げた。

「そんなことない！」ロンが大声を上げた。

「リンチがぶつかる！」ハリーがさけんだ。

そのとおりだった――またもや、リンチが地面に激突し、怒れるヴィーラの群れがたちまちそこに押し寄せた。

「スニッチ、スニッチはどこだ?」チャーリーが列の向こうからさけんだ。

「とった——クラムが捕った——試合終了だ!」ハリーがさけび返した。

赤いローブを血に染め、血糊《ちのり》を輝かせながら、クラムがゆっくりと舞い上がった。高々と突き上げた拳《こぶし》のその手の中に、金色のきらめきが見えた。

大観衆の頭上にスコアボードが点滅した。

ブルガリア　一六〇　アイルランド　一七〇

なにが起こったのか観衆には飲み込めていないらしい。しばらくして、ゆっくりと、ジャンボジェット機が回転速度を上げていくように、アイルランドのサポーターのざわめきがだんだん大きくなり、歓喜のさけびとなって爆発した。

「アイルランドの勝ち!」

バグマンがさけんだ。アイルランド勢と同じく、バグマンもこの突然の試合終了に度胆を抜かれていた。

「クラムがスニッチを捕りました——しかし勝者はアイルランドです——なんたること。だれがこれを予想したでしょう!」

「クラムはいったいなんのためにスニッチを捕ったんだ?」ロンはぴょんぴょん飛

び跳ね、頭上で手をたたきながら大声でさけんだ。「アイルランドが一六〇点もリードしてるときに試合を終わらせるなんて、ヌケサク！」

「絶対に点差を縮められないってわかってたんだよ」大喝采《かっさい》しながら、ハリーは騒音に負けないようにさけび返した。「アイルランドのチェイサーがうますぎたんだ……クラムは自分のやり方で終わらせたかったんだ。きっと……」

「あの人、とっても勇敢だと思わない？」

ハーマイオニーがクラムの着地するところを見ようと身を乗り出した。魔法医の大集団が、戦いもたけなわのレプラコーンとヴィーラを吹き飛ばして道を作り、クラムに近づこうとしていた。

「めちゃくちゃ重傷みたいだわ……」

ハリーはまた万眼鏡を目に当てた。レプラコーンが大喜びでピッチ中をブンブン飛んでいるので、下でなにが起こっているのかなかなか見えない。やっとのことで魔法医に取り囲まれたクラムの姿をとらえた。前にも増してむっつりした表情で、医師団が治療しようとするのを撥《は》ねつけていた。そのまわりでチームメートががっかりした様子で首を振っている。少し向こうでは、アイルランドの選手たちが、マスコットの降らせる金貨のシャワーを浴びながら、狂喜して踊っていた。スタジアム一杯に国旗が打ち振られ、四方八方からアイルランド国歌が流れてきた。ヴィーラは意気消沈して惨《みじ》めそうだったが、いまは縮んで、元の美しい姿にもどっていた。

「まあ、ヴぁれヴぁれは、勇敢に戦った」

ハリーの背後で沈んだ声がした。振り返ると、声の主はブルガリア魔法大臣だった。

「ちゃんと話せるんじゃないですか！」ファッジの声が怒っていた。「それなのに、一日中私にパントマイムをやらせて！」

「いやぁ、ヴぉんとにおもしろかったです」ブルガリア魔法大臣は肩をすくめた。

「さて、アイルランド・チームがマスコットを両脇にグラウンド一周のウイニング飛行をしている間に、クィディッチ・ワールドカップが貴賓席《きひんせき》へと運び込まれます！」バグマンの声が響いた。

突然まばゆい白い光が射し、ハリーは目がくらんだ。貴賓席の中がスタンド中から見えるよう魔法の照明が点《つ》いたのだ。目を細めて入口のほうを見ると、二人の魔法使いが息を切らしながら巨大な金の優勝杯を運び入れるところだった。大優勝杯はコーネリウス・ファッジに手渡されたが、ファッジは一日中むだに手話をさせられたことを根に持って、まだぶすっとしていた。

「勇猛果敢な敗者に絶大な拍手を――ブルガリア！」バグマンがさけんだ。

すると、敗者のブルガリア選手七人が、階段を上がってボックス席へ入ってきた。

スタンドの観衆が、称賛の拍手を贈った。ハリーは、何千、何万という万眼鏡のレンズがこちらに向けられ、チカチカ光っているのを見た。

ブルガリア選手はボックス席の座席の間に一列に並び、バグマンが選手の名前を呼び上げると、一人ずつブルガリア魔法大臣と握手し、次にファッジと握手した。列の最後尾がクラムで、まさにボロボロだった。顔は血まみれで、両眼のまわりに見事な黒いあざが広がりつつあった。まだしっかりとスニッチをにぎっている。地上ではどうもぎくしゃくしているとハリーは思った。O脚気味だし、はっきり猫背だ。それでも、クラムの名が呼び上げられると、スタジアム中がワッと鼓膜が破れんばかりの大歓声を送った。

それからアイルランド・チームが入ってきた。エイダン・リンチはモランとコノリーに支えられている。二度目の激突で目を回したままらしく、目がうろうろしている。それでも、トロイとクィグリーが優勝杯を高々と掲げ、下の観客席から祝福の声が轟《とどろ》き渡ると、うれしそうににっこりした。ハリーは拍手のしすぎで手の感覚がなくなった。

いよいよアイルランド・チームがボックス席を出て、箒《ほうき》に乗り、もう一度ウイニング飛行を始めると（エイダン・リンチはコノリーの箒の後ろに乗り、コノリーの腰にしっかりしがみついてまだぼうっと曖昧に笑っていた）、バグマンは杖《つえ》を自分の喉《のど》に向け、「クワイエタス！　静まれ！」と唱えた。

「この試合は、これから何年も語り草になるだろうな」

しゃがれた声でバグマンが言った。

「実に予想外の展開だった。実に……いや、もっと長い試合にならなかったのは残念だ……ああ、そうか……そう、君たちに借りが……いくらかな？」

フレッドとジョージが自分たちの座席の背をまたいで、ルード・バグマンの前に立っていた。顔中でにっこり笑い、手を突き出している。

第9章　闇の印

「賭けをしたなんて母さんには絶対言うんじゃないよ」

紫の絨毯《じゅうたん》を敷いた階段を、みなでゆっくり下りながら、ウィーズリーおじさんがフレッドとジョージに哀願した。

「親父、心配ご無用」フレッドはうきうきしていた。「このお金にはビッグな計画がかかってる。取り上げられたくはないさ」

ウィーズリーおじさんは、一瞬、ビッグな計画とはなにかと聞きたそうな様子だったが、かえって知らないほうがよいと考えなおしたようだった。

まもなく一行は、スタジアムから吐《は》き出されてキャンプ場に向かう群衆に巻き込まれてしまった。ランタンに照らされた小道を引き返す道すがら、夜気が騒々しい歌声を運んできた。レプラコーンは、ケタケタ高笑いをしながら手にしたランタンを打ち振り、勢いよく一行の頭上を飛び交った。やっとのことでテントにたどり着きはしたけれど、まわりが騒がしいこともあって、だれもとても眠る気にはなれなかった。ウィーズリーおじさんは、寝る前にみなでもう一杯ココアを飲むことを許した。たちまち試合の話に花が咲き、ウィーズリーおじさんは反則技の「コビング」についてチャーリーとの議論にはまってしまった。ジニーが小さなテーブルに突っ伏して眠り込み、そのはずみでココアを床にこぼしてしまったところで、おじさんもやっと舌戦を中止し、全員もう寝なさいと促した。ハーマイオニーとジニーは隣のテントに行き、ハリーはウィーズリー一家と一緒にパジャマに着替えて二段ベッドの上に登った。キャンプ場のはずれからは、まだまだ歌声とともにバーンという破裂音がときどき響いてきた。

「やれやれ、非番でよかった」ウィーズリーおじさんが眠そうにつぶやいた。「アイルランド勢にお祝い騒ぎをやめろなんて、言いにいく気がしないからね」

ハリーはロンの上の段のベッドに横になり、テントの天井を見つめ、ときどき頭上を飛んでいくレプラコーンのランタンの灯《あか》りを眺めては、クラムのすばらしい動きの数々を思い出していた。ファイアボルトに乗ってウロンスキー・フェイントを試してみたくてうずうずした……オリバー・ウッドはごにょごにょ動く戦略図をさんざん描いてはくれたが、なぜかこの技がどんなものかをうまく伝えることができなかった……ハリーは背中に自分の名前を書いたローブを着ていた。十万人の歓声が聞こえるような気がする。ルード・バグマンの声がスタジアムに鳴り響いた。

「ご紹介しましょう……ポッター！」

本当に眠りに落ちたのかどうか、ハリーにはわからなかった――クラムのように飛びたいという夢が、いつのまにか本物の夢に変わっていたのかもしれない――はっきりわかっているのは、突然ウィーズリーおじさんがさけんだことだ。

「起きなさい！　ロン――ハリー――さあ、起きて。緊急事態だ！」

飛び起きたとたん、ハリーは頭のてっぺんをテントにぶっつけた。

「どしたの？」ハリーは、ぼんやりとなにかがおかしいと感じ取った。

キャンプ場の騒音が様変わりし、歌声はやんでいた。人々のさけび声や走る音が聞こえた。

ハリーはベッドから滑り降り、洋服に手を伸ばした。

「ハリー、時間がない――上着だけ持って外に出なさい――早く！」

すでにパジャマの上にジーンズを履いていたウィーズリーおじさんが言った。

ハリーは言われたとおりにしてテントを飛び出した。すぐあとにロンが続いた。

まだ残っている火の明かりで、みなが追われるように森へと駆け入っていくのが見えた。キャンプ場の向こうからなにかが、奇妙な光を発射しながら大砲のような音を立ててこちらに向かってくる。大声で野次り、笑い、酔ってわめき散らす声が次第に近づいてくる。そして、突然強烈な緑の光が炸裂し、あたりを照らし出した。

魔法使いたちがひと塊《かたまり》になって、杖《つえ》をいっせいに真上に向け、キャンプ場を横切り、ゆっくりと行進してくる。ハリーは目を凝らした……魔法使いたちの顔がない……いや、フードをかぶり、仮面をつけているのだ。そのはるか頭上に、宙に浮かんだ四つの影が、グロテスクな形に歪《ゆが》められ、もがいている。仮面の一団が人形使いのように、杖から宙に伸びた見えない糸で人形を浮かせ、地上から操っているかのようだった。四つの影のうち二つはとても小さかった。

多くの魔法使いが、浮かぶ影を指さし、笑いながら次々と行進に加わった。行進する群れがふくれ上がると、テントはつぶされ、倒された。行進しながら行く手のテントを杖で吹き飛ばすのを、ハリーは一度ならず目撃した。火のついたテントもあった。さけび声がますます大きくなった。

燃えるテントの上を通過する際に、宙に浮いた姿が照らし出された。ハリーはその一人に見覚えがあった——キャンプ場管理人のロバーツさんだ。あとの三人は、奥さんと子供たちだろう。行進中の一人が、杖で奥さんを逆さまにひっくり返した。ネグリジェがめくれて、だぶだぶしたズロースがむき出しになった。奥さんは隠そうともがいたが、下の群衆は大喜びでギャーギャー、ピーピー囃《はや》し立てた。

「むかつく」一番小さい子供のマグルが、首を左右にぐらぐらさせながら、二十メートル上空で独楽《こま》のように回りはじめたのを見て、ロンがつぶやいた。

「ほんと、むかつく……」

ハーマイオニーとジニーが、ネグリジェの上にコートを引っかけて急いでやってきた。そのすぐあとにウィーズリーおじさんがいた。同時に、ビル、チャーリー、パーシーがきちんと服を着て、杖を手に袖《そで》をまくり上げて、男子用テントから現れた。

「私らは魔法省に加勢する」騒ぎの中で、おじさんが腕まくりをしながら声を張り上げた。「おまえたち——森へ入りなさい。バラバラになるんじゃないぞ。片がついたら迎えにいくから！」

ビル、チャーリー、パーシーは近づいてくる一団に向かって、もう駆け出していた。ウィーズリーおじさんもそのあとを急いだ。魔法省の役人が四方八方から飛び出し、騒ぎの現場に向かっていた。ロバーツ一家を宙に浮かべた一団が、ずんずん近づいてくる。

「さあ」フレッドがジニーの手をつかみ、森へと引っ張っていった。ハリー、ロン、ハーマイオニー、ジョージがそれに続いた。

森にたどり着くと同時に、全員が宙に浮かぶ影を振り返った。ロバーツ一家の下にいる群衆は、これまでより大きくなっている。魔法省の役人が、なんとかして中心にいるフードをかぶった一団に近づこうとしているのが見えた。苦戦している。ロバーツ一家が落下してしまうことを恐れて、なんの魔法も使えずにいるらしい。

競技場への小道を照らしていた色とりどりのランタンはすでに消えている。木々の間を黒い影がまごまごと動き回っていた。子供たちが泣きわめいている。ひんやりとした夜気を伝って、不安げにさけぶ声、恐怖におののく声が周囲に響いている。ハリーは顔も見えないだれかに、あっちへこっちへと押されながら歩いた。そのとき、ロンが痛そうにさけぶ声が聞こえた。

「どうしたの？」ハーマイオニーが心配そうに聞いた。ハリーは出し抜けに立ち止まったハーマイオニーにぶつかってしまった。

「ロン、どこなの？　ああ、こんなばかなことやってられないわ――ルーモス！　光よ！」

ハーマイオニーは杖灯《つえあか》りを点《とも》し、その細い光を小道に向けた。ロンが地面に這《は》いつくばっていた。

「木の根につまずいた」ロンが腹立たしげに言いながら立ち上がった。

「まあ、そのデカ足じゃ、むりもない」背後で気取った声がした。

ハリー、ロン、ハーマイオニーはきっとなって振り返った。すぐそばに、ドラコ・マルフォイが一人で立っていた。木に寄りかかり、平然とした様子だ。腕組みしている。木の間からキャンプ場の様子をずっと眺めていたらしい。

ロンはマルフォイに向かって悪態をついた。ウィーズリーおばさんの前では決して口にしないだろう、という類の言葉だった。

「言葉に気をつけるんだな。ウィーズリー」マルフォイの薄青い目がギラリと光った。

「君たち、急いで逃げたほうがいいんじゃないのかい？　その女が見つかったら困ったことにならないか？」

マルフォイはハーマイオニーを顎《あご》でしゃくった。ちょうどそのとき、爆弾の破裂するような音がキャンプ場から聞こえ、緑色の閃光《せんこう》が一瞬周囲の木々を照らした。

「それ、どういう意味？」ハーマイオニーが食ってかかった。

「グレンジャー、連中はマグルを狙ってる。空中で下着を見せびらかしたいのかい？　だったら、ここにいればいい……連中はこっちへ向かっている。みんなでさんざん笑ってあげるよ」

「ハーマイオニーは魔女だ」ハリーが凄《すご》んだ。

「勝手にそう思っていればいい。ポッター」マルフォイが意地悪くにやりと笑った。「連中が『穢《けが》れた血《ち》』を見つけられないとでも思っているなら、そこにじっとしていればいいさ」

「口を慎め！」ロンがさけんだ。

「穢《けが》れた血《ち》」が、マグル血統の魔法使いや魔女を侮辱するいやな言葉だということは、その場にいた全員が知っていた。

「気にしないで、ロン」マルフォイのほうに一歩踏み出したロンの腕を押さえながら、ハーマイオニーが短く言った。

森の反対側で、これまでよりずっと大きな爆発音が起き、まわりにいた何人かが悲鳴を上げた。

マルフォイはせせら笑った。「臆病な連中だねぇ?」気だるそうな言い方だ。「君のパパが、みんな隠れているようにって言ったんだろう? いったいなにを考えているやら——マグルたちを助け出すつもりかねぇ?」

「そっちこそ、君の親はどこにいるんだ?」ハリーは熱くなっていた。「あそこに、仮面をつけているんじゃないのか?」

マルフォイはハリーのほうに顔を向けた。ほくそ笑んだままだ。

「さあ……そうだとしても、僕が君に教えるわけはないだろう? ポッター」

「さあ、行きましょうよ」ハーマイオニーが、いやなやつ、という目つきでマルフォイを見た。「ほかの人たちを探しましょ」

「その頭でっかちのボサボサ頭をせいぜい低くしているんだな、グレンジャー」マルフォイが嘲《あざけ》った。

「行きましょうったら！」

ハーマイオニーはもう一度そう言うと、ハリーとロンを引っ張って、ふたたび小道にもどった。

「あいつの父親はまちがいなく仮面団の中にいる。賭けてもいい！」ロンは熱くなっていた。

「そうね。うまくいけば、魔法省が取っ捕まえてくれるわ！」

ハーマイオニーも激しい口調だ。

「まあ、いったいどうしたのかしら。あとの三人はどこに行っちゃったの？」

小道は不安げにキャンプ場の騒ぎを振り返る人でびっしり埋まっているのに、フレッド、ジョージ、ジニーの姿はどこにも見当たらない。

道の少し先で、パジャマ姿のティーンエイジャーたちが塊《かたまり》になって、なにやらやかましく言い争っている。ハリー、ロン、ハーマイオニーを見つけると、豊かな巻き毛の女の子が振り向いて早口に話しかけた。

「ウ　エ　マダム　マクシーム？《マクシーム先生はどこに行ったのかしら？》　ヌ　ラヴォン　ペルデュー《見失ってしまったわ》」

「え――なに？」ロンが言った。

「オゥ……」女の子はくるりとロンに背を向けた。三人が通り過ぎる際、その子が「オ《ホ》グワーツ」と言うのがはっきり聞こえた。

「ボーバトンだわ」ハーマイオニーがつぶやいた。

「え？」ハリーが聞いた。

「きっとボーバトン校の生徒たちだわ。ほら……ボーバトン魔法アカデミー……私、『ヨーロッパにおける魔法教育の一考察』でその学校のこと読んだわ」

「あ……うん……そう」とハリー。

「フレッドもジョージもそう遠くへは行けないはずだ」

ロンが杖《つえ》を引っ張り出し、ハーマイオニーと同じに灯《あか》りを点《つ》け、目を凝らして小道を見つめた。ハリーも杖を出そうと上着のポケットを探った――しかし、杖はそこにはなかった。あるのは万眼鏡だけだった。

「あれ、いやだな。そんなはずは……僕、杖をなくしちゃったよ！」

「冗談だろ？」ロンとハーマイオニーが杖を高く掲げ、細い光の先が地面に広がるようにした。ハリーは光を頼りにそのあたりを隈《くま》なく探したが、杖はどこにも見当たらなかった。

「テントに置き忘れたかも」とロン。

「走ってるときにポケットから落ちたのかもしれないわ」ハーマイオニーが心配そうに続けた。

「ああ。そうかもしれない……」とハリー。

魔法界にいるときは、ハリーはいつも肌身離さず杖を持っている。こんな状況の真っただ中で杖なしでいるのは、とても無防備に思えた。

ガサガサッと音がして、三人は跳び上がった。屋敷しもべ妖精のウィンキーが近くの潅木《かんぼく》の茂みから抜け出そうともがいていた。動き方が奇妙きてれつで、見るからに動きにくそうだ。まるで、見えないだれかが後ろから引き止めているようだった。

「悪い魔法使いたちがいる！」

前のめりになって懸命に走り続けようとしながら、ウィンキーはキーキー声で口走った。

「人が高く――空に高く！　ウィンキーはどくのです！」

そしてウィンキーは、自分を引き止めている力に抵抗しながら、息を切らし、キーキー声を上げて、小道の向こう側の木立ちへと消えていった。

「いったいどうなってるの？」ロンは、ウィンキーの後ろ姿を訝《いぶか》しげに目で追った。

「どうしてまともに走れないんだろ？」

「きっと、隠れてもいいっていう許可を取ってないんだよ」ハリーが言った。

ドビーのことを思い出していたのだ。マルフォイ一家の気に入らないかもしれないことをするとき、ドビーはいつも自分をいやというほどなぐった。

「ねえ、屋敷妖精って、とっても不当な扱いを受けてるわ！」ハーマイオニーが憤慨した。

「奴隷だわ。そうなのよ！　あのクラウチさんていう人、ウィンキーをスタジアムのてっぺんに行かせて、ウィンキーはとっても怖がってた。その上、ウィンキーに魔法をかけて、あの連中がテントを踏みつけにしはじめても逃げられないようにしたんだわ！　どうしてだれも抗議しないの？」

「でも、妖精たち、満足してるんだろ？」ロンが言った。

「ウィンキーちゃんが競技場で言ったこと、聞いたじゃないか……『しもべ妖精は楽しんではいけないのでございます』って……そういうのが好きなんだよ。振り回されてるのが……」

「ロン、あなたのような人がいるから」ハーマイオニーが熱くなりはじめた。「腐敗した、不当な制度を支える人たちがいるから。単に面倒だからという理由で、なんにも――」

森のはずれから、またしても大きな爆発音が響いてきた。

「とにかく先へ行こう。ね？」

ロンがそう言いながら、気遣わしげにちらっとハーマイオニーを見たのを、ハリーは見逃さなかった。マルフォイの言ったことも真実を突いているかもしれない。本当に、ほかのだれよりもハーマイオニーが危険なのかもしれない。三人はまた歩き出した。杖《つえ》がポケットにないことを知りながら、ハリーはまだそこを探っていた。

暗い小道を、フレッド、ジョージ、ジニーを探しながら、三人はさらに森の奥へと入っていった。途中、小鬼の一団を追い越した。金貨の袋を前に高笑いしている。きっと試合の賭けで勝ったにちがいない。キャンプ場のトラブルなどまったくどこ吹く風という様子だ。さらに進むと、銀色の光を浴びた一角に入り込んだ。木立ちの間から覗くと、開けた場所に三人の背の高い美しいヴィーラが立っていた。若い魔法使いたちがそれを取り巻いて、声を張り上げ、口々にガヤガヤ話している。

「僕は、一年にガリオン金貨百袋稼ぐ」一人がさけんだ。「われこそは『危険生物処理委員会』のドラゴン・キラーなのだ」

「いや、ちがうぞ」横にいた友人が声を張り上げた。

「君は『漏《も》れ鍋《なべ》』の皿洗いじゃないか……ところが、僕は吸血鬼《バンパイヤ》ハンターだ。われこそは、これまで約九十の吸血鬼を殺せし――」

その言葉を遮《さえぎ》った三人目の若い魔法使いは、ヴィーラの放つ銀色の薄明かりにもはっきりとにきびの痕《あと》が見えた。

「おれはまもなく、いままでで最年少の魔法大臣になる。なるってったらなるんでえ」

ハリーはプッと吹き出した。にきび面の魔法使いに見覚えがあった。スタン・シャンパイクという名で、実は三階建ての「夜の騎士《ナイト》バス」の車掌だった。ロンにそれを教えようと振り向くと、ロンの顔が奇妙に緩んでいた。次の瞬間、ロンがさけび出した。

「僕は木星まで行ける箒《ほうき》を発明したんだ。言ったっけ？」

「まったく！」

ハーマイオニーはまたかという声を出し、ハリーと二人でロンの腕をしっかりつかみ、回れ右させて、とっとと歩かせた。ヴィーラとその崇拝者の声が完全に遠退《の》いたころ、三人は森の奥深くに入り込んでいた。三人だけになったらしい。周囲がずっと静かになっていた。

ハリーはあたりを見回しながら言った。

「僕たち、ここで待てばいいと思うよ。ほら、何キロも先から人のくる気配も聞こえるし」

その言葉が終わらないうちに、ルード・バグマンがすぐ目の前の木の陰から現れた。

二本の杖灯《つえあか》りから出るかすかな光の中でさえ、ハリーはバグマンの変わり様をはっきり読み取った。あの陽気な表情もばら色の顔色も消え、足取りにはずみがなく、真っ青で緊張していた。

「だれだ?」バグマンは、目を瞬《しばたた》きながらハリーたちを見下ろし、顔を見定めようとした。

「こんなところで、ぽつんと、いったいなにをしているんだね?」

三人とも驚いて、互いに顔を見合わせた。

「それは――暴動のようなものが起こってるんです」ロンが言った。

バグマンがロンを見つめた。「なんと?」

「キャンプ場です……だれかがマグルの一家を捕まえたんです……」

「なんてやつらだ!」バグマンは度を失い、大声で罵《ののし》り、あとは一言も言わず、ポンという音とともに「姿くらまし」した。

「ちょっとズレてるわね、バグマンさんて。ね?」ハーマイオニーが顔をしかめた。

「でも、あの人、すごいビーターだったんだよ」そう言いながら、ロンは三人の先頭に立って小道を逸《そ》れ、ちょっとした空地へと誘い、木の根元の乾いた草むらに座った。

「あの人がチームにいたときに、ウイムボーン・ワスプスが連続三回もリーグ優勝したんだぜ」

ロンはクラム人形をポケットから取り出し、地面に置いて歩かせ、しばらくそれを見つめていた。本物のクラムと同じに、人形はちょっとO脚で猫背で、地上では箒《ほうき》に乗っているときのように格好よくはなかった。ハリーはキャンプ場からの物音に耳を澄ませた。しんとしている。暴動が治まったのかもしれない。

「みんな無事だといいけれど」しばらくしてハーマイオニーが言った。

「大丈夫さ」ロンが言った。

「君のパパがルシウス・マルフォイを捕まえたらどうなるかな」ロンの隣に座り、クラム人形が落ち葉の上をとぼとぼ歩くのを眺めながら、ハリーが言った。「おじさんは、マルフォイの尻尾《しっぽ》をつかみたいって、いつもそう言ってた」

「そうなったら、あのドラコの嫌味な薄笑いも吹っ飛ぶだろうな」ロンが応じた。

「でも、あの気の毒なマグルたち」ハーマイオニーが心配そうに言った。「下ろしてあげられなかったら、どうなるのかしら？」

「下ろしてあげるさ」ロンが慰めた。「きっと方法を見つけるよ」

「でも、今夜のように魔法省が総動員されているときにあんなことをするなんて、常軌《じょうき》を逸《いっ》しているわ」ハーマイオニーが言った。「つまりね、あんなことをしたら、ただじゃすまないじゃない？　飲みすぎたのかしら、それとも、単に――」

ハーマイオニーが突然言葉を切って、後ろを振り向いた。ハリーもロンも、急いで振り返った。だれかが、この空地に向かってよろよろとやってくる足音がする。三人は暗い木々の陰から聞こえる不規則な足音に耳を傾け、じっと待った。突然足音が止まった。

「だれですか?」ハリーが呼びかけた。

しんとしている。ハリーは立ち上がって木の陰から向こうを窺《うかが》った。暗くて、遠くまでは見えない。それでも、目の届かない場所にだれかが立っているのが感じられる。

「どなたですか?」ハリーが聞いた。

すると、なんの前触れもなく、この森では聞き覚えのない声が静寂を破った。その声は恐怖に駆られたさけびではなく、呪文のような音を発した。

「モースモードル!」

すると、巨大な、緑色に輝くなにかが、ハリーが必死に見透そうとしていたあたりの暗闇から立ち昇った。木々の梢を突き抜け、それは空へと舞い上がった。

「あれは、いったい——?」

ロンがはじけるように立ち上がり、息を呑《の》んで、空に現れたものを凝視した。

一瞬、ハリーはそれが、またレプラコーンの描いた文字かと思った。しかし、すぐにちがうと気づいた。巨大な髑髏《どくろ》だ。エメラルド色の星のようなものが集まって描く髑髏の口から、舌のように蛇が這《は》い出していた。見る間に、それは高く高く上り、緑がかった靄《もや》を背負ってあたかも新星座のように輝き、真っ黒な空にギラギラと刻印された。

突然、周囲の森から爆発的な悲鳴が上がった。ハリーにはなぜ悲鳴が上がるのかわからなかった。ただ、唯一考えられる原因は、急に現れた髑髏《どくろ》だ。いまや、髑髏は、気味の悪いネオンのように、森全体を照らし出すほど高く上がっていた。だれが髑髏を出したのかと、ハリーは闇に目を走らせた。しかし、だれも見当たらなかった。

「だれかいるの？」ハリーはもう一度声をかけた。

「ハリー、早く。行くのよ！」ハーマイオニーがハリーの上着の背をつかみ、ぐいと引きもどした。

「いったいどうしたんだい？」ハーマイオニーが蒼白《そうはく》な顔で震えているのを見て、ハリーは驚いた。

「ハリー、あれ、『闇《やみ》の印《しるし》』よ！」ハーマイオニーは力のかぎりハリーを引っ張りながら、うめくように言った。「『例のあの人』の印よ！」

「ヴォルデモートの――？」

「ハリー、とにかく急いで！」

ハリーは後ろを向いた――ロンが急いでクラム人形を拾い上げるところだった――三人は空地を出ようとした――が、急いだ三人がほんの数歩も行かないうちに、ポン、ポンと立て続けに音がして、どこからともなく二十人の魔法使いが現れ、三人を包囲した。

　ぐるりと周囲を見回した瞬間、ハリーは、ハッとあることに気づいた。包囲した魔法使いが手に手に杖《つえ》を持ち、いっせいに杖先をハリー、ロン、ハーマイオニーに向けているのだ。考える余裕もなく、ハリーはさけんだ。

「伏せろ！」ハリーは二人をつかんで地面に引き下ろした。

「ステューピファイ！　麻痺せよ！」

二十人の声が轟《とどろ》いた――目のくらむような閃光《せんこう》が次々と走り、空地を突風が吹き抜けでもしたかのように、ハリーは髪の毛が波立つのを感じた。わずかに頭を上げたハリーは、包囲陣の杖先から炎のような赤い光がほとばしるのを見た。光は互いに交錯し、木の幹にぶつかり、撥《は》ね返って闇の中へ――。

「やめろ！」聞き覚えのある声がさけんだ。「やめてくれ！　私の息子だ！」

　ハリーの髪の波立ちが収まった。頭をもう少し高く上げてみた。目の前の魔法使いが杖を下ろした。身をよじると、ウィーズリーおじさんが真っ青になって、大股でこちらにやってくるのが見えた。

「ロン――ハリー――」おじさんの声が震えていた。「――ハーマイオニー――みんな無事か？」

「どけ、アーサー」無愛想な冷たい声がした。

クラウチ氏だった。魔法省の役人たちと一緒に、じりじりと三人の包囲網を狭めている。ハリーは立ち上がって包囲陣と向かい合った。クラウチ氏の顔が怒りで引きつっていた。

「だれがやった？」刺すような目で三人を見ながら、クラウチ氏が問いただした。

「おまえたちのだれが『闇《やみ》の印《しるし》』を出したのだ？」

「僕たちがやったんじゃない！」ハリーは髑髏《どくろ》を指さしながら言った。

「僕たち、なんにもしてないよ！」

ロンは肘《ひじ》をさすりながら、憤然として父親を見た。

「なんのために僕たちを攻撃したんだ？」

「白々しいことを！」クラウチ氏がさけんだ。

杖《つえ》をまだロンに突きつけたまま、目が飛び出している――狂気じみた顔だ。

「おまえたちは犯罪の現場にいた！」

「バーティ」長いウールのガウンを着た魔女がささやいた。「みんな子供じゃないの。バーティ、あんなことができるはずは――」

「おまえたち、あの印はどこから出てきたんだね？」ウィーズリーおじさんがすばやく聞いた。

「あそこよ」ハーマイオニーは声の聞こえたあたりを指さし、震え声で言った。

「木立ちの陰にだれかがいたわ……なにかさけんだの――呪文を――」

「ほう。あそこにだれかが立っていたと言うのかね？」

クラウチ氏が飛び出した目を、今度はハーマイオニーに向けた。顔中にありありと「だれが信じるものか」と書いてある。

「呪文を唱えたと言うのかね？　お嬢さん、あの印をどうやって出すのか、大変よくご存知のようだ――」

しかし、クラウチ氏以外は魔法省のだれも、ハリー、ロン、ハーマイオニーがあの髑髏を創り出すなど、とうていありえないと思っているようだった。ハーマイオニーの言葉を聞くと、みなまたいっせいに杖を上げ、暗い木立ちの間を透かすように見ながら、ハーマイオニーの指さした方向に杖を向けた。

「遅すぎるわ」ウールのガウン姿の魔女が頭を振った。「もう『姿くらまし』しているでしょう」

「そんなことはない」茶色いごわごわひげの魔法使いが言った。セドリックの父親、エイモス・ディゴリーだった。

「『失神光線《しっしんこうせん》』があの木立ちを突き抜けた……犯人に当たった可能性は大きい……」

「エイモス、気をつけろ！」

肩をそびやかし、杖を構え、空地を通り抜けて暗闇へと突き進んでいくディゴリー氏に向かって、何人かの魔法使いが警告した。ハーマイオニーは口を手で覆ったまま、闇に消えるディゴリー氏を見送った。

数秒後、ディゴリー氏のさけぶ声が聞こえた。

「よし！　捕まえたぞ。ここにだれかいる！　気を失ってるぞ！　こりゃあ――なんと――まさか……」

「だれか捕まえたって？」信じられないという声でクラウチ氏がさけんだ。「だれだ？　いったいだれなんだ？」

小枝が折れる音、木の葉のこすれ合う音がして、ザックザックという足音とともにディゴリー氏が木立ちの陰からふたたび姿を現した。両腕に小さなぐったりしたものを抱えている。ハリーはすぐにキッチン・タオルに気づいた。ウィンキーだ。

ディゴリー氏はクラウチ氏の足元にウィンキーを置いた。クラウチ氏は身動きもせず、無言のままだった。魔法省の役人がいっせいにクラウチ氏を見つめた。数秒間、蒼白《そうはく》な顔に目だけをめらめらと燃やし、クラウチ氏はウィンキーを見下ろしたまま立ちすくんでいた。やがてやっと我に返ったかのように、クラウチ氏が言った。

「こんな――はずは――ない」途切れとぎれだ。「絶対に――」

クラウチ氏はさっとディゴリー氏の後ろに回り、荒々しい歩調でウィンキーが見つかったあたりへと歩き出した。

「むだですよ。クラウチさん」ディゴリー氏が背後から声をかけた。「そこにはほかにだれもいない」

しかしクラウチ氏は、その言葉を鵜呑《うの》みにはできないようだった。あちこち動き回り、木の葉をガサガサ言わせながら、茂みをかき分けて探す音が聞こえてきた。

「なんとも恥さらしな」

ぐったり失神したウィンキーの姿を見下ろしながら、ディゴリー氏が表情を強ばらせた。

「バーティ・クラウチ氏の屋敷しもべとは……なんともはや」

「エイモス、やめてくれ」ウィーズリーおじさんがそっと言った。「まさか本当にしもべ妖精がやったと思ってるんじゃないだろう？　『闇《やみ》の印《しるし》』は魔法使いの合図だ。創り出すには杖《つえ》がいる」

「そうとも」ディゴリー氏が応じた。「そしてこの屋敷しもべは杖を持っていたんだ」

「なんだって？」

「ほら、これだ」ディゴリー氏は杖を持ち上げ、ウィーズリーおじさんに見せた。「これを手に持っていた。まずは『杖の使用規則』第三条の違反だ。ヒトにあらざる生物は、杖を携帯し、またはこれを使用することを禁ず」

ちょうどそのとき、またポンと音がして、ルード・バグマンがウィーズリーおじさんのすぐ横に『姿現わし』した。息を切らし、ここがどこかもわからない様子でくるくる回りながら、目をぎょろつかせてエメラルド色の髑髏《どくろ》を見上げた。

「『闇《やみ》の印《しるし》』！」バグマンが喘《あえ》いだ。仲間の役人たちになにか聞こうと顔を向けた拍子に、危うくウィンキーを踏みつけそうになった。

「いったいだれの仕業だ？　捕まえたのか？　バーティ！　いったいなにをしてるんだ？」

クラウチ氏が手ぶらでもどってきた。幽霊のように蒼白《そうはく》な顔のまま、両手も歯ブラシのような口ひげもぴくぴく痙攣《けいれん》している。

「バーティ、いったいどこにいたんだ？」バグマンが聞いた。

「どうして試合にこなかった？　君の屋敷しもべが席を取っていたのに――おっとどっこい！」

バグマンは足元に横たわるウィンキーにやっと気づいた。

「この屋敷しもべはいったいどうしたんだ？」

「ルード、私は忙しかったのでね」

クラウチ氏は、相変わらずぎくしゃくした話し方で、ほとんど唇を動かしていない。

「それと、私のしもべ妖精は『失神術《しっしんじゅつ》』にかかっている」

「『失神術』？　ご同輩たちがやったのかね？　しかし、どうしてまた――？」

バグマンの丸いてかてかした顔に、突如「そうか！」という表情が浮かんだ。バグマンは髑髏を見上げ、ウィンキーを見下ろし、それからクラウチ氏を見た。

「まさか！　ウィンキーが？　『闇の印』を創った？　やり方も知らないだろうに！　そもそも杖《つえ》がいるだろうが！」

「ああ、まさに、持っていたんだ」ディゴリー氏が言った。

「杖を持った姿で、わたしが見つけたんだよ、ルード。さて、クラウチさん、あなたにご異議がなければ、屋敷しもべ自身の言い分を聞いてみたいんだが」

クラウチ氏はディゴリー氏の言葉にまったく反応を示さなかった。しかし、ディゴリー氏は、その沈黙をクラウチ氏の了解と取ったらしい。杖を上げ、ウィンキーに向けて、ディゴリー氏が唱えた。

「リナベイト！　蘇生せよ！」

ウィンキーがかすかに動いた。大きな茶色の目が開き、寝ぼけたように二、三度瞬きをした。魔法使いたちが黙って見つめる中、ウィンキーはよろよろと身を起こした。ディゴリー氏の足に目を止め、ウィンキーはゆっくりおずおずと目を上げ、ディゴリー氏の顔を見つめた。それから、さらにゆっくりと空を見上げた。巨大な、ガラス玉のようなウィンキーの両目に、空の髑髏《どくろ》が一つずつ映るのを、ハリーは見た。ウィンキーはハッと息を呑《の》み、狂ったようにあたりを見回した。空地に詰めかけた大勢の魔法使いを見て、ウィンキーは怯《おび》えたように突然すすり泣きはじめた。

「しもべ！」ディゴリー氏が厳しい口調で言った。「わたしがだれだか知っているか？『魔法生物規制管理部』の者だ！」

ウィンキーは座ったまま、体を前後に揺すりはじめ、ハッハッと激しい息遣いになった。ハリーは、ドビーが命令に従わなかったときの怯《おび》えた様子を、いやでも思い出した。

「見てのとおり、しもべよ、いましがた『闇《やみ》の印《しるし》』が打ち上げられた」ディゴリー氏が言った。「そして、おまえは、その直後に印の真下で発見されたのだ！　申し開きがあるか！」

「あ——あ——あたしはなさっていませんです！」ウィンキーは息を呑んだ。「あたしはやり方をご存知ないでございます！」

「おまえが見つかったとき、杖《つえ》を手に持っていた！」

ディゴリー氏はウィンキーの目の前で杖を振り回しながら吠えた。浮かぶ髑髏からの緑色の光が空地を照らし、その明かりが杖に当たったとき、ハリーははっと気がついた。

「あっ――それ、僕のだ！」

空地の目がいっせいにハリーを見た。

「なんと言った？」ディゴリー氏は自分の耳を疑うかのように聞いた。

「それ、僕の杖です！」ハリーが言った。「落としたんです！」

「落としたんですだと？」ディゴリー氏が信じられないというように、ハリーの言葉を繰り返した。「自白しているのか？　『闇の印』を創り出したあとで投げ捨てたとでも？」

「エイモス、いったいだれに向かってものを言ってるんだ！」

ウィーズリーおじさんは怒りで語調を荒らげた。

「いやしくもハリー・ポッターが、『闇の印』を創り出すことがありえるか？」

「あ――いや、そのとおり――」ディゴリー氏が口ごもった。「すまなかった……どうかしてた……」

「それに、僕、あそこに落としたんじゃありません」

ハリーは髑髏の下の木立ちのほうに親指を反らせて指さした。

「森に入ったすぐあとになくなっていることに気づいたんです」

「すると」ディゴリー氏の目が厳しくなり、ふたたび足元で縮こまっているウィンキーに向けられた。「しもべよ。おまえがこの杖を見つけたのか、え？　そして杖を拾い、ちょっと遊んでみようと、そう思ったのか？」

「あたしはそれで魔法をお使いになりませんです！」

ウィンキーはキーキーさけんだ。涙が、つぶれたような団子鼻の両脇を伝って流れ落ちた。

「あたしは……あたしは……ただそれをお拾いになっただけです！　あたしは『闇《やみ》の印《しるし》』をおつくりにはなりません「やり方をご存知ありません！！」

「ウィンキーじゃないわ！」ハーマイオニーだ。魔法省の役人たちの前で緊張しながらも、ハーマイオニーはきっぱりと言った。「ウィンキーの声はかん高くて小さいけれど、私たちが聞いた呪文は、ずっと太い声だったわ！」

ハーマイオニーはハリーとロンに同意を求めるように振り返った。

「ウィンキーの声とは全然ちがってたわよね？」

「ああ」ハリーがうなずいた。「しもべ妖精の声とははっきりちがう」

「うん、あれはヒトの声だった」ロンが言った。

「まあ、すぐにわかることだ」

ディゴリー氏は、そんなことはどうでもよいというようにうなった。

「杖《つえ》が最後にどんな術を使ったのか、簡単にわかる方法がある。しもべ、そのことは知っていたか？」

ウィンキーは震えながら、耳をパタパタさせて必死に首を横に振った。ディゴリー氏はふたたび杖を掲げ、自分の杖とハリーの杖の先をつき合わせた。

「プライオア・インカンタート！　直前呪文《ちょくぜんじゅもん》！」ディゴリー氏が吠えた。

杖の合わせ目から、蛇《の》を舌のようにくねらせた巨大な髑髏《どくろ》が飛び出した。ハーマイオニーが恐怖に息を呑む音をハリーは聞いた。しかし、それは空中高く浮かぶ緑の髑髏の影にすぎなかった。灰色の濃い煙でできているかのようだ。まるで呪文のゴーストだった。

「デリトリウス！　消えよ！」ディゴリー氏がさけぶと、煙の髑髏はフッと消えた。

「さて」ディゴリー氏は、まだひくひくと震え続けているウィンキーを、勝ち誇った容赦ない目で見下ろした。

「あたしはなさっていません！」

恐怖で目をぐりぐり動かしながら、ウィンキーがかん高い声で言った。

「あたしは、けっして、けっして、やり方をご存知ありません！　あたしはよいしもべ妖精さんです。杖はお使いになりません。杖の使い方をご存知ありません！」

「おまえは現行犯なのだ、しもべ！」ディゴリー氏が吠えた。「凶器の杖を手にしたまま捕まったのだ！」

「エイモス」ウィーズリーおじさんが声を大きくした。「考えてもみたまえ……あの呪文が使える魔法使いはわずか一握りだ……ウィンキーがいったいどこでそれを習ったというのかね？」

「おそらく、エイモスが言いたいのは——」クラウチ氏が一言一言に冷たい怒りを込めて言った。「私が召使いたちに常日ごろから『闇《やみ》の印《しるし》』の創り出し方を訓練《おし》えていたとでも？」

ひどく気まずい沈黙が流れた。

「クラウチさん……そ……そんなつもりはまったく……」エイモス・ディゴリーが蒼白《そうはく》な顔で言った。

「いまや君は、この空地にいる中の、最もあの印を創り出しそうにない二人に嫌疑をかけようとしている！」クラウチ氏が噛《か》みつくように言った。「ハリー・ポッター——それにこの私だ！　この子の身の上は君も重々承知なのだろう、エイモス？」

「もちろんだとも——みんなが知っている——」ディゴリー氏はひどくうろたえて、口ごもった。

「その上、『闇の魔術』もそれを行う者をも、私がどんなに侮蔑し嫌悪してきたか、長いキャリアの中で私の残してきた証を、君はまさか忘れたわけではあるまい？」クラウチ氏はふたたび目をむいてさけんだ。

「クラウチさん、わ——わたしはあなたがこれにかかわりがあるなどとは一言も言ってはいない！」エイモス・ディゴリーは茶色のごわごわひげに隠れた顔を赤らめ、また口ごもった。

「ディゴリー！　私のしもべを咎《とが》めるのは、私を咎めることだ！」クラウチ氏がさけんだ。「他にどこで、このしもべが印の創出法を身につけるというのだ？」

「どーーどこででも修得《しゅうとく》できただろうとーー」ディゴリーが言った。

「エイモス、そのとおりだ」ウィーズリーおじさんが口を挟んだ。「どこででも『拾得《しゅうとく》』できただろう……ウィンキー？」

おじさんはやさしくしもべ妖精に話しかけた。が、ウィンキーはおじさんにもどなりつけられたかのように、ぎくりと身を引いた。

「正確に言うと、どこで、ハリーの杖《つえ》を見つけたのかね？」

ウィンキーがキッチン・タオルの縁《へり》を遮二無二《しゃにむに》ねじり続けていたので、手の中でタオルがボロボロになっていた。

「あ……あたしが発見なさったのは……そこでございます……」ウィンキーは小声で言った。「そこ……その木立ちの中でございます……」

「ほら、エイモス、わかるだろう？」ウィーズリーおじさんが言った。「『闇の印』を創り出したのがだれであれ、そのすぐあとに、ハリーの杖を残して『姿くらまし』したのだろう。あとで足がつかないようにと、狡猾《こうかつ》にも自分の杖を使わなかった。ウィンキーは運の悪いことに、その直後にたまたま杖《つえ》を見つけて拾った」

「しかし、それなら、ウィンキーは真犯人のすぐ近くにいたはずだ！」ディゴリー氏は急《せ》き込むように言った。「しもべ、どうだ？　だれか見たか？」

ウィンキーはいっそう激しく震え出した。巨大な目玉が、ディゴリー氏からルード・バグマンへ、そしてクラウチ氏へと走った。

それから、ゴクリと唾を飲んだ。

「あたしはだれもご覧になっておりません……だれも……」

「エイモス」クラウチ氏が無表情に言った。「通常なら君は、ウィンキーを役所に連行して尋問《じんもん》したいだろう。しかしながら、この件は私に処理をまかせてほしい」

ディゴリー氏はこの提案が気に入らない様子だったが、クラウチ氏が魔法省の実力者なので断るわけにはいかないのだと、ハリーにははっきりわかった。

「心配ご無用。必ず罰する」クラウチ氏が冷たく言葉をつけ加えた。

「ご、ご、ご主人さま……」ウィンキーはクラウチ氏を見上げ、目に涙をいっぱい浮かべ、言葉を詰まらせた。「ご、ご、ご主人さま……ど、ど、どうか……」

クラウチ氏はウィンキーをじっと見返した。しわの一本一本がより深く刻まれ、どことはなしに顔つきが険しくなっていた。なんの哀れみもない目つきだ。

「ウィンキーは今夜、私がとうていありえないと思っていた行動を取った」クラウチ氏がゆっくりと言った。「私はしもべに、テントにいるようにと言いつけた。トラブルの処理に出かける間、その場にいるように申し渡した。ところが、こやつは私に従わなかった。それは『洋服』に値する」

「おやめください！」ウィンキーはクラウチ氏の足元に身を投げ出してさけんだ。「どうぞ、ご主人さま！　洋服だけは、洋服だけはおやめください！」

屋敷しもべ妖精を自由の身にする、別の言い方をすれば解雇する唯一の方法は、ちゃんとした洋服をくれてやることだとハリーは知っていた。クラウチ氏の足元でさめざめと泣きながら、キッチン・タオルにしがみついているウィンキーの姿は、見るからに哀れだった。

「でも、ウィンキーは怖がっていたわ！」

ハーマイオニーはクラウチ氏を睨《にら》みつけ、怒りをぶつけるように話した。

「あなたのしもべ妖精は高所恐怖症なのよ。仮面をつけた魔法使いたちが、だれかを空中高く浮かせていたのよ！　ウィンキーがそんな魔法使いたちの通り道から逃れたいと思うのは当然だわ！」

クラウチ氏は、磨きたてられた靴を汚す腐った汚物でも見るような目で、足元のウィンキーを観察していたが、一歩退《ひ》いて、ウィンキーに触れられないようにした。

「私の命令に逆らうしもべに用はない」クラウチ氏はハーマイオニーを見ながら冷

たく言い放った。「主人や主人の名誉への忠誠を忘れるようなしもべに、用はない」

ウィンキーの激しい泣き声があたり一面に響き渡った。

ひどく居心地の悪い沈黙が流れた。やがてウィーズリーおじさんが静かな口調で沈黙を破った。

「さて、差し支えなければ、私はみんなを連れてテントにもどるとしよう。エイモス、その杖《つえ》は語るべきことを語り尽くした――よかったら、ハリーに返してもらえまいか――」

ディゴリー氏はハリーに杖を渡し、ハリーはポケットにそれを収めた。

「さあ、三人とも、おいで」ウィーズリーおじさんが静かに言った。しかし、ハーマイオニーはその場を動きたくない様子だった。泣きじゃくるウィンキーに目を向けたままだ。

「ハーマイオニー！」おじさんが少し急かすように呼んだ。ハーマイオニーが振り向き、ハリーとロンのあとについて空地を離れ、木立ちの間を抜けて歩いた。

「ウィンキーはどうなるの？」空地を出るなり、ハーマイオニーが聞いた。

「わからない」ウィーズリーおじさんが言った。

「みんなのひどい扱い方ったら！」ハーマイオニーはカンカンだ。

「ディゴリーさんははじめっからあの子を『しもべ』って呼び捨てにするし……そ

れに、クラウチさんたら！　犯人はウィンキーじゃないってわかってるくせに、それでもクビにするなんて！　ウィンキーがどんなに怖がっていたかなんて、どんなに気が動転してたかなんて、クラウチさんはどうでもいいんだわ――まるで、ウィンキーがヒトじゃないみたいに！」

「そりゃ、ヒトじゃないだろ」ロンが言った。

ハーマイオニーはきっとなってロンを見た。

「だからと言って、ロン、ウィンキーがなんの感情も持ってないことにはならないでしょ。あのやり方には、むかむかするわ――」

「ハーマイオニー、わたしもそう思うよ」ウィーズリーおじさんがハーマイオニーに早くおいでと合図しながら、急いで言った。「でも、いまはしもべ妖精の権利を論じているときじゃない。なるべく早くテントにもどりたいんだ。ほかのみんなはどうしたんだ？」

「暗がりで見失っちゃった」ロンが言った。「パパ、どうしてみんな、あんな髑髏《どくろ》なんかにぴりぴりしてるの？」

「テントにもどってから全部話してやろう」ウィーズリーおじさんは緊張していた。

しかし、森のはずれまでたどり着いたとき、足止めを食ってしまった。

怯《おび》えた顔の魔女や魔法使いたちが大勢そこに集まっていて、ウィーズリー氏の姿を見つけたとたん、わっと一度に近寄ってきた。「あっちでなにがあったんだ?」「だれがあれを創り出した?」「アーサー――もしや――『あの人』?」

「いいや、『あの人』じゃない。『あの人』ではないんだ」

ウィーズリーおじさんが、たたみかけるように言った。

「だれなのかわからない。どうも『姿くらまし』したようだ。さあ、道をあけてくれないか。ベッドで寝《やす》みたいんでね」

おじさんはハリー、ロン、ハーマイオニーを連れて群衆をかき分け、キャンプ場にもどってきた。もうすべてが静かだった。仮面の魔法使いの気配もない。ただ、壊されたテントがいくつか、まだくすぶっていた。

男子用テントから、チャーリーが首を突き出している。

「父さん、なにが起こってるんだい?」チャーリーが暗がりの向こうから話しかけた。

「フレッド、ジョージ、ジニーは無事もどってるけど、ほかの子が――」

「私と一緒だ」ウィーズリーおじさんがかがんでテントに潜り込みながら言った。

ハリー、ロン、ハーマイオニーがあとに続いた。

ビルは腕にシーツを巻きつけて、小さなテーブルの前に座っていた。腕からかなり出血している。チャーリーのシャツは大きく裂け、パーシーは鼻血を流していた。フレッド、ジョージ、ジニーにけがはないようだったが、ショック状態だった。

「捕まえたのかい、父さん？」ビルが鋭い語調で聞いた。「あの印を創ったやつを？」

「いや。バーティ・クラウチのしもべ妖精がハリーの杖《つえ》を持っているのを見つけたが、あの印を実際に創り出したのがだれかは、皆目わからない」

「えーっ？」ビル、チャーリー、パーシーが同時にさけんだ。

「ハリーの杖？」フレッドが言った。

「クラウチさんのしもべ？」パーシーは雷に打たれたような声を出した。

ハリー、ロン、ハーマイオニーに話を補ってもらいながら、ウィーズリーおじさんは森の中の一部始終を話して聞かせた。四人が話し終わると、パーシーは憤然と反り返った。

「そりゃ、そんなしもべはお払い箱が当然。まったくクラウチさんが正しい！」パーシーが言った。「逃げるなとはっきり命令されたのに逃げ出すなんて……魔法省全員の前でクラウチさんに恥をかかせるなんて……ウィンキーが『魔法生物規制管理部』に引っ張られたら、どんなに体裁が悪いか——」

「ウィンキーはなんにもしてないわ——間《ま》の悪いときに間《ま》の悪い場所に居合わせただけよ！」

ハーマイオニーがパーシーに噛《か》みついた。パーシーは不意を食らったようだった。

ハーマイオニーはたいていパーシーとはうまくいっていた――ほかのだれよりずっと馬が合っていたと言える。

「ハーマイオニー。クラウチさんのような立場にある方は、杖《つえ》を持ってむちゃくちゃをやるような屋敷しもべを置いておくことはできないんだ！」

気を取りなおしたパーシーがもったいぶって言った。

「むちゃくちゃなんかしてないわ！」ハーマイオニーが気色ばんだ。「あの子は落ちていた杖を拾っただけよ！」

「ねえ、だれか、あの髑髏《どくろ》みたいなのがなんなのか、教えてくれないかな？」

ロンが待ち切れないように言った。

「別にあれが悪さをしたわけでもないのに……なんで大騒ぎするの？」

「言ったでしょ。ロン、あれは『例のあの人』の印よ」真っ先にハーマイオニーが答えた。「私、『闇の魔術の興亡』で読んだわ」

「それに、この十三年間、一度も現れなかったのだ」ウィーズリーおじさんが静かに話を引き取った。「みんなが恐怖に駆られるのは当然だ……もどってきた『例のあの人』を見たも同然だからね」

「よくわかんないな」ロンが眉《まゆ》をひそめた。「だって……あれはただ、空に浮かんだ形にすぎないのに……」

「ロン、『例のあの人』も、その家来も、だれかを殺すときに、決まってあの『闇《やみ》の印《しるし》』を空に打ち上げたのだ」おじさんが言った。「それがどんなに恐怖をかき立てたか……若いおまえたちには、あのころのことはわかるまい。想像してごらん。帰宅して、自分の家の上に『闇の印』が浮かんでいるのを見つけたら、家の中でなにが起きているかわかる……」おじさんはブルッと身震いした。「だれだって、それは最悪の恐怖だ……最悪も最悪……」

一瞬みながしんとなった。

ビルが腕のシーツを取り、傷の具合を確かめながら言った。

「まあ、だれが打ち上げたかは知らないが、今夜は僕たちのためにはならなかったな。『死喰い人《デス・イーター》』たちがあれを見たとたん、怖がって逃げてしまった。だれかの仮面を引っぺがしてやろうとしても、そこまで近づかないうちにみんな『姿くらまし』してしまった。ただ、ロバーツ家の人たちが地面にぶつかる前に受け取めることはできたけどね。あの人たちはいま、記憶修正を受けているところだ」

「『死喰い人』？」ハリーが聞きとがめた。「『死喰い人』って？」

「『例のあの人』の支持者が、自分たちをそう呼んだんだ」ビルが答えた。「今夜僕たちが見たのは、その残党だと思うね——少なくとも、アズカバン行きをなんとか逃れた連中さ」

「そうだという証拠はない、ビル」ウィーズリーおじさんが言った。「その可能性は強いがね」おじさんの声は絶望的だった。

「うん、絶対そうだ！」ロンが急に口を挟んだ。「パパ、僕たち、森の中でドラコ・マルフォイに出会ったんだ。そしたら、あいつ、父親があの狂った仮面の群れの中にいるって認めたも同然の言い方をしたんだ！　それに、マルフォイ一家が『例のあの人』の腹心だったって、僕たちみんなが知ってる！」

「でも、ヴォルデモートの支持者って――」

ハリーがそう言いかけると、みながぎくりとした――魔法界ではだれもがそうなのだが、ウィーズリー一家もヴォルデモートを名前で呼ぶことを避けていた。

「ごめんなさい」ハリーは急いで謝った。「『例のあの人』の支持者は、なにが目的でマグルを宙に浮かせたんだろう？　つまり、そんなことをしてなんになるのかなあ？」

「なんになるかって？」ウィーズリーおじさんが、乾いた笑い声を上げた。「ハリー、連中にとってはそれがおもしろいんだよ。『例のあの人』が支配していたあの時期には、マグル殺しの半分はお楽しみのためだった。今夜は酒の勢いで、まだこんなにたくさん捕まってないのがいるんだぞ、と誇示したくてたまらなくなったのだろう。連中にとっては、ちょっとした同窓会気分だ」

おじさんは最後の言葉に嫌悪感を込めた。

「でも、連中が本当に『死喰い人』だったら、『闇《やみ》の印《しるし》』を見たとき、どうして『姿くらまし』しちゃったんだい？」ロンが聞いた。「逆に印を見て喜ぶはずじゃないの？　ちがう？」

「ロン、頭を使えよ」ビルが言った。「連中が本当の『死喰い人』だったら、『例のあの人』が力を失ったとき、アズカバン行きを逃れるために必死で工作した者たちのはずなんだ。『あの人』にむりやりやらされて殺したり苦しめたりしましたと、ありとあらゆる嘘をついたわけだ。『あの人』がもどってくるとなったら、連中は僕たちよりずっと戦々恐々だろうと思うね。『あの人』が凋落したとき、自分たちはなんのかかわりもありませんでした、と『あの人』との関係を否定して日常生活にもどったんだからね……『あの人』が連中に対してお褒《ほ》めの言葉をくださるとは思えないよ。だろう？」

「なら……あの『闇の印』を打ち上げた人は……」ハーマイオニーが考えながら言った。「『死喰い人』を支持するためにやったのかしら、それとも怖がらせるために？」

「ハーマイオニー、私たちにもわからない」ウィーズリーおじさんが言った。「でも、これだけは言える……あの印の創り方を知っている者は、『死喰い人』だけだ。たとえいまはそうでないにしても、一度は『死喰い人』だった者でなかったら、辻褄《つじつま》が合わない。……さあ、もうだいぶ遅い。なにが起こったか、母さんが聞いたら、死ぬほど心配するだろう。あと数時間眠って、早朝に出発する『移動キー《ポートキー》』に乗ってここを離れるようにしよう」

ハリーは自分のベッドにもどったが、頭がガンガンしていた。ぐったりと疲れてもいた。すでに朝の三時だった。しかし、目は冴《さ》えていた——目が冴えて、心配でたまらなかった。三日前——もっと昔のような気がしたが、ほんの三日前だった——焼けるような傷痕《きずあと》の痛みで目を覚ましたのは。そして今夜、この十三年間見られなかったヴォルデモート卿《きょう》の印が空に現れた。どういうことなのだろう？

ハリーは、プリベット通りを離れる前にシリウス・ブラックに書いた手紙のことを思った。シリウスはもう受け取っただろうか？　返事はいつくるのだろう？　横たわったまま、ハリーはテントの天井を見つめていた。いつのまにか本物の夢に変わっているような、空を飛ぶ夢もわいてこない。チャーリーのいびきがテント中に響いた。ハリーがやっとまどろみはじめたのは、それからずいぶんあとだった。

第10章　魔法省スキャンダル

ほんの数時間眠っただけで、みなはウィーズリーおじさんに起こされた。おじさんが魔法でテントをたたみ、できるだけ急いでキャンプ場を離れた。途中、小屋の戸口にいたロバーツさんのそばを通り過ぎる際、ロバーツさんは奇妙にどろんとした目でみなに手を振り、ぼんやりと「メリー・クリスマス」と挨拶をした。

「大丈夫だよ」荒地に向かってせっせと歩きながら、おじさんがそっと言った。「記憶修正されると、しばらくの間はちょっとボケることがある……それに、今度はずいぶん大変なことを忘れてもらわなきゃならなかったしね」

「移動キー《ポートキー》」が置かれている場所に近づくと、切羽詰まったような声がガヤガヤと聞こえてきた。その場に着くと、大勢の魔法使いや魔女たちが「移動キー」の番人、バージルを取り囲んで、とにかく早くキャンプ場を離れたいと大騒ぎしていた。ウィーズリーおじさんはバージルと手早く話をつけ、みなで列に並んだ。そして、古タイヤに乗り、太陽が完全に昇り切る前にストーツヘッド・ヒルにもどることができた。夜明けの薄明かりの中、オッタリー・セント・キャッチポールを通り、「隠れ穴」へと向かった。疲れ果て、だれもほとんど口をきかず、ただただ朝食のことしか頭になかった。路地を曲がり、「隠れ穴」が見えたとき、朝露に濡れた路地の向こうからさけび声が響いてきた。

「ああ！　よかった。ほんとによかった！」

家の前でずっと待っていたのだろう。ウィーズリーおばさんが、真っ青な顔を引きつらせ、手に丸めた「日刊予言者新聞《にっかんよげんしゃしんぶん》」をしっかりにぎりしめて、スリッパのまま走ってきた。

「アーサー——心配したわ——ほんとに心配したわ——」

おばさんはおじさんの首に腕を回して抱きついた。手から力が抜け、「日刊予言者新聞」がポトリと落ちた。ハリーが見下ろすと、新聞の見出しが目に入った。「クィディッチ・ワールドカップでの恐怖」。モノクロ写真には、梢の上空に「闇の印《やみのしるし》」がチカチカ輝いている。

「無事だったのね」おばさんはおろおろ声でつぶやくと、おじさんから離れ、真っ赤な目で子供たちを一人ひとり見つめた。

「みんな、生きててくれた……ああ、おまえたち……」

驚いたことに、おばさんはフレッドとジョージをつかんで、思いっ切りきつく抱きしめた。あまりの勢いに、二人は鉢合わせをした。

「いてっ！　ママ――窒息しちゃうよ――」

「家を出るときにおまえたちにガミガミ言って！」

おばさんはすすり泣きはじめた。

「『例のあの人』がおまえたちをどうにかしてしまっていたら……母さんがおまえたちに言った最後の言葉が『O・W・L《ふくろう》試験の点が低かった』だったなんて、いったいどうしたらいいんだろうって、ずっとそればっかり考えてたわ！　ああ、フレッド……ジョージ……」

「さあさあ、母さん、みんな無事なんだから」

ウィーズリーおじさんはやさしくなだめながら、双子の兄弟に食い込んだおばさんの指を引き離し、おばさんを家の中へと連れ帰った。

「ビル」おじさんが小声で言った。「新聞を拾ってきておくれ。なにが書いてあるか読みたい……」

狭いキッチンにみなでぎゅうぎゅう詰めになり、ハーマイオニーがおばさんに濃い紅茶を入れた。おじさんはその中に、オグデンのオールド・ファイア・ウィスキーをたっぷり入れると言い張った。ビルが新聞を渡すと、おじさんは一面にざっと目を通し、パーシーがその肩越しに新聞を覗き込んだ。

「思ったとおりだ」おじさんが重苦しい声で言った。

「魔法省のヘマ……犯人を取り逃がす……警備の甘さ……闇の魔法使い、やりたい放題……国家的恥辱――いったいだれが書いてるんだ？　ああ……やっぱり……リータ・スキーターだ」

「あの女、魔法省に恨みでもあるのか！」パーシーが怒り出した。「先週なんか、鍋《なべ》底《そこ》の厚さの粗探しなんかで時間をむだにせず、バンパイア撲滅《ぼくめつ》に力を入れるべきだなんて言ったんだ。そのことは『非魔法使い半ヒト族の取り扱いに関するガイドライン』の第十二項にはっきり規定してあるのに、まるで無視して――」

「パース、頼むから」ビルがあくびしながら言った。「黙れよ」

「私のことが書いてある」

『日刊予言者新聞《にっかんよげんしゃしんぶん》』の記事の一番下まで読んだとき、メガネの奥でおじさんが目を見開いた。

「どこに？」急にしゃべったので、おばさんはウィスキー入り紅茶に咽《む》せた。

「それを見ていたら、あなたがご無事だとわかったでしょうに！」

「名前は出ていないよ」おじさんが言った。「こう書いてある。『森のはずれで、怯《おび》えながら情報をいまや遅しと待ちかまえていた魔法使いたちが、魔法省からの安全確認の知らせを期待していたとすれば、彼らは見事に失望させられた。『闇《やみ》の印《しるし》』の出現からしばらくして姿を現した魔法省の役人はだれもけが人はなかったと主張し、それ以上の情報提供を拒んだ。それから一時間後に数人の遺体が森から運び出されたという噂《うわさ》を、この発表だけで十分に打ち消すことができるかどうか、大いに疑問である……』ああ、やれやれ」

ウィーズリーおじさんは呆れたようにそう言うと、新聞をパーシーに渡した。

「事実、けが人はいなかった。ほかになんと言えばいいのかね？『数人の遺体が森から運び出されたという噂……』そりゃ、こんなふうに書かれてしまったら、確実に噂が立つだろうよ」

おじさんは深いため息をついた。

「モリー、これから役所に行かないと。善後策を講じなければなるまい」

「父さん。僕も一緒に行きます」パーシーが胸を張った。「クラウチさんはきっと手が必要です。それに、僕の鍋底報告書を直接に手渡せるし」

パーシーはあわただしくキッチンを出ていった。

おばさんは心配そうだ。

「アーサー、あなたは休暇中じゃありませんか！　これはあなたの部署にはなんの関係もないことですし、あなたがいなくともみなさんがちゃんと処理なさるでしょう？」

「行かなきゃならないんだ、モリー。私が事態を悪くしたようだ。ローブに着替えて出かけよう……」

「ウィーズリーおばさん」ハリーはがまんできなくなって、唐突に聞いた。「ヘドウィグが僕宛の手紙を持ってきませんでしたか？」

「ヘドウィグですって？」おばさんはよく呑《の》み込めずに聞き返した。「いいえ……きませんよ。郵便は全然きていませんよ」

ロンとハーマイオニーもどうしたことかとハリーを見た。

「そうですか。それじゃ、ロン、君の部屋に荷物を置きにいってもいいかな？」

ハリーは二人に意味ありげな目配せをした。

「うん……僕も行くよ。ハーマイオニー、君は？」ロンがすばやく応じた。

「ええ」ハーマイオニーも早かった。そして三人はさっさとキッチンを出て、階段を上った。

「ハリー、どうしたんだ？」屋根裏部屋のドアを閉めたとたんに、ロンが聞いた。

「君たちにまだ話してないことがあるんだ」ハリーが言った。「土曜日の朝のことだけど、僕、また傷が痛んで目が覚めたんだ」

二人の反応は、プリベット通りの自分の部屋でハリーが想像したのとほとんど同じだった。

ハーマイオニーは息を呑み、すぐさま意見を述べ出した。参考書を何冊か挙げ、アルバス・ダンブルドアからホグワーツの校医のマダム・ポンフリーまで、あらゆる名前を挙げた。

ロンはびっくり仰天して、まともに言葉も出ない。

「だって――そこにはいなかったんだろ？　『例のあの人』は？　ほら――前に傷が痛んだとき、『あの人』はホグワーツにいたんだ。そうだろ？」

「たしかに、プリベット通りにはいなかった。だけど、僕はあいつの夢を見たんだ……あいつとピーターの――ほら、あのワームテールだよ。もう全部は思い出せないけど、あいつら、企んでたんだ。殺すって……だれかを」

〝僕を〟と喉《のど》まで出かかったが、ハーマイオニーの怯《おび》える顔を見ると、これ以上怖がらせることはできないと思った。

「たかが夢だろ」ロンが励ますように言った。「ただの悪い夢さ」

「うん、だけど、ほんとにそうなのかな？」

ハリーは窓のほうを向いて、明け染めてゆく空を見た。

「なんだか変だと思わないか……僕の傷が痛んだ。その三日後に『死喰い人』の行進。そしてヴォルデモートの印がまた空に上がった」

「あいつの——名前を——言っちゃ——だめ！」ロンは歯を食いしばったまま言った。

「それに、トレローニー先生が言ったこと、覚えてるだろ？」ハリーはロンの言ったことを聞き流して言葉を続けた。「先学期末だったたね？」

トレローニーはホグワーツの「占い学」の先生だ。

ハーマイオニーの顔から恐怖が吹き飛び、フンと嘲《あざけ》るように鼻を鳴らした。

「まあ、ハリー、あんなインチキさんの言うことを真に受けてるんじゃないでしょうね？」

「君はあの場にいなかったから」ハリーが言った。「先生の声を聞いちゃいないんだ。あのときだけはいつもとちがってた。言ったよね、霊媒《れいばい》状態だったって——本物の。『闇の帝王』はふたたび立ち上がるであろうって、そう言ったんだ……以前よりさらに偉大に、より恐ろしく……召使いがあいつの下にもどるから、その手を借りて立ち上がるって……その夜にワームテールが逃げ去ったんだ」

沈黙が流れた。ロンは無意識にチャドリー・キャノンズを描いたベッドカバーの穴を指でほじくっていた。

「ハリー、どうしてヘドウィグがきたかって聞いたの？」ハーマイオニーが聞いた。「手紙を待ってるの？」

「傷痕《きずあと》のこと、シリウスに知らせたのさ」ハリーはちょっと肩をすくめた。「返事を待ってるんだ」

「そりゃ、いいや！」ロンの表情が明るくなった。「シリウスなら、どうしたらいいかきっと知ってると思うよ！」

「早く返事をくれればいいなって思ったんだ」ハリーが言った。

「でも、シリウスがどこにいるか、私たち知らないでしょ……アフリカかどこかにいるんじゃないかしら？」ハーマイオニーは理性的だった。「そんな長旅、ヘドウィグが二、三日でこなせるわけないわ」

「うん、わかってる」そう言いながらも、ヘドウィグの姿が見えない窓の外を眺めると、ハリーは胃に重苦しいものを感じた。

「さあ、ハリー、果樹園でクィディッチして遊ぼうよ」ロンが誘った。「やろうよ――三対三で、ビルとチャーリー、フレッドとジョージの組だ……君はウロンスキー・フェイントを試せるよ……」

「ロン、ハリーはいま、クィディッチをする気分じゃないわ……心配だし、疲れてるし……みんなも眠らなくちゃ……」

ハーマイオニーは〝まったくあなたって、なんて鈍感なの〟という声で言った。

「ううん、僕、クィディッチしたい」ハリーが出し抜けに言った。「待ってて。ファイアボルトを取ってくる」

ハーマイオニーはなんだかブツブツ言いながら部屋を出ていった。「まったく、男の子ったら」とか聞こえた。


それから一週間、ウィーズリーおじさんもパーシーも、ほとんど家にいなかった。二人とも朝はみなの起き出す前に家を出て、夜は夕食後遅くまで帰らなかった。

「まったく大騒動だったよ」

明日はみなホグワーツにもどるという日曜の夜、パーシーがもったいぶって話し出した。

「一週間ずっと火消し役だった。『吠《ほ》えメール』が次々送られてくるんだからね。当然、すぐに開封しないと、『吠えメール』は爆発する。僕の机は焼け焦げだらけだし、一番上等の羽根ペンは灰になるし」

「どうしてみんな『吠えメール』をよこすの?」居間の暖炉マットに座り、スペロ・テープで教科書の『薬草ときのこ千種』を繕《つくろ》いながら、ジニーが聞いた。

「ワールドカップでの警備の苦情だよ」パーシーが答えた。「壊された私物の損害賠償を要求してる。マンダンガス・フレッチャーなんか、寝室が十二もある、ジャクージつきのテントを弁償しろときた。だけど僕はあいつの魂胆《こんたん》を見抜いているんだ。棒切れにマントを引っかけて、その中で寝てたという事実を押さえてる」

ウィーズリーおばさんは部屋の隅の大きな柱時計をちらっと見た。ハリーはこの時計が好きだった。時間を知るにはまったく役に立たないが、それ以外ならとてもいろいろなことがわかる。金色の針が九本、それぞれに家族の名前が彫り込まれている。文字盤には数字はなく、家族全員がいそうな場所が書いてあった。「家」「学校」「仕事」はもちろん、「迷子」「病院」「牢獄」などもあったし、普通の時計の十二時の位置には、「命が危ない」と書いてある。

八本の針がいまは「家」の位置を指していた。しかし、一番長いおじさんの針は、まだ「仕事」を指していた。おばさんがため息をついた。

「お父様が週末にお仕事にお出かけになるのは、『例のあの人』のとき以来のことだわ」おばさんが言った。「お役所はあの人を働かせすぎよね。早くお帰りにならないと、夕食が台無しになってしまう」

「でも、父さんは、ワールドカップのときのミスを埋め合わせなければ、と思っているのでしょう?」パーシーが言った。「本当のことを言うと、公の発表をする前に、部の上司の許可を取りつけなかったのは、ちょっと軽率だったと――」

「あのスキーターみたいな卑劣な女が書いたことで、お父様を責めるのはおやめ！」

ウィーズリーおばさんがたちまち燃え上がった。

「父さんがなんにも言わなかったら、あのリータのことだから、魔法省のだれもなにもコメントしないのはけしからんとか、どうせそんなことを言ったろうよ」ロンとチェスをしていたビルが言った。「リータ・スキーターってやつは、だれでもこき下ろすんだ。グリンゴッツの呪い破り職員を全員インタビューした記事、覚えてるだろう？　僕のこと、『長髪のアホ』って呼んだんだぜ」

「ねえ、おまえ、たしかに長すぎるわよ」おばさんがやさしく言った。「ちょっと私に切──」

「だめ、ママ」

雨が居間の窓を打った。ハーマイオニーは、おばさんがダイアゴン横丁でハリー、ロン、ハーマイオニーのそれぞれに買ってきた『基本呪文集・四学年用』を読みふけっている。チャーリーは防火頭巾を繕《つくろ》っていた。ハリーは十三歳の誕生日にハーマイオニーからプレゼントされた「箒磨《ほうきみが》きセット」を足元に広げ、ファイアボルトを磨いていた。フレッドとジョージは隅のほうに座り込み、羽根ペンを手に、羊皮紙《ようひし》の上で額《ひたい》を突き合わせてなにやらひそひそ話している。

「二人でなにしてるの？」おばさんがはたと二人を見据えて、鋭く言った。

「宿題さ」フレッドがぼそぼそ言った。

「ばかおっしゃい。まだお休み中でしょう」おばさんが言った。

「うん、やり残してたんだ」ジョージが言った。

「まさか、新しい注文書なんか作ってるんじゃないでしょうね？」

おばさんがずばっと指摘した。

「万が一にも、ウィーズリー・ウィザード・ウィーズ再開なんかを考えちゃいないでしょうね？」

「ねえ、ママ」フレッドが痛々しげな表情でおばさんを見上げた。「もしだよ、明日ホグワーツ特急が衝突して、僕もジョージも死んじゃって、ママからの最後の言葉がいわれのない中傷だったってわかったら、ママはどんな気持ちがする？」

みなが笑った。おばさんまで笑った。

「あら、お父様のお帰りよ！」

もう一度時計を見たおばさんが、突然言った。

ウィーズリーおじさんの針が「仕事」から「移動中」になっていた。一瞬後に、針はぷるぷると震えて、みなの針のある「家」のところで止まり、キッチンからおじさんの呼ぶ声が聞こえてきた。

「いま行くわ、アーサー！」おばさんがあわてて部屋を出ていった。

数分後、夕食を盆に載せて、おじさんが暖かな居間に入ってきた。疲れ切った様子でいる。

「まったく、火に油を注ぐとはこのことだ」

暖炉のそばの肘掛椅子《ひじかけいす》に座り、少し萎《しな》びたカリフラワーを食べるともなく突つき回しながら、ウィーズリーおじさんがおばさんに話しかけた。

「リータ・スキーターが、他にも魔法省のごたごたがないかと、この一週間ずっと嗅《か》ぎ回って記事のネタ探しをしていたんだが、とうとう嗅ぎつけた。あの哀れなバーサの行方不明事件を。明日の『日刊予言者新聞《にっかんよげんしゃしんぶん》』のトップ記事になるだろう。とっくにだれかを派遣してバーサの捜索をやっていなければならんと、バグマンにはちゃんと言っといたのに、言わんこっちゃない」

「クラウチさんなんか、もう何週間も前からそう言い続けていましたよ」

パーシーがすばやく言った。

「クラウチは運がいい。リータがウィンキーのことを嗅ぎつけなかったからね」おじさんがいらだちを隠さず言った。「『クラウチ家のしもべ妖精、『闇《やみ》の印《しるし》』を創り出した杖《つえ》を持って逮捕さる』なんて、まる一週間大見出しになるところだったよ」

「あのしもべは、たしかに無責任だったけれど、あの印を創り出しはしなかったって、みんな了解ずみじゃなかったのですか？」パーシーも熱くなった。

「私に言わせれば、屋敷妖精たちにどんなにひどい仕打ちをしているのかを、『日刊予言者新聞』のだれにも知られなくて、クラウチさんは大変運が強いわ！」ハーマイオニーが憤慨した。

「わかってないね、ハーマイオニー！」パーシーが言った。「クラウチさんくらいの政府高官になると、自分の召使いに揺るぎない恭順を要求して当然なんだ」

「あの人の奴隷って言うべきだわ！」ハーマイオニーの声が熱くなって上ずった。

「だって、あの人はウィンキーにお給料払ってないもの。でしょ？」

「みんな、もう部屋に上がって、ちゃんと荷造りしたかどうか確かめなさい！」

おばさんが議論に割って入った。

「ほらほら、早く、みんな……」

ハリーは箒磨《ほうきみが》きセットを片づけ、ファイアボルトを担ぎ、ロンと一緒に階段を上った。家の最上階では雨音がいっそう激しく響き、それにヒューヒューと鳴きうなる風の音と屋根裏に棲《す》むグールお化けのわめき声がときどき加わった。二人が部屋に入っていくと、ピッグウィジョンがまたピーピー鳴き、籠《かご》の中をビュンビュン飛び回りはじめた。荷造り途中のトランクを見て狂ったように興奮したらしい。

「『ふくろうフーズ』を投げてやって」ロンが一袋ハリーに投げてよこした。「それで黙るかもしれない」

ハリーは、「ふくろうフーズ」を二、三個、ピッグウィジョンの鳥籠の格子の間から差し入れ、自分のトランクを見た。トランクの隣にヘドウィグの籠があったが、まだ空のままだった。

「一週間以上経った」

ヘドウィグのいない止まり木を見ながらハリーが言った。

「ロン、シリウスが捕まったなんてこと、ないよね?」

「ないさぁ。それだったら『日刊予言者新聞《にっかんよげんしゃしんぶん》』に載るよ」ロンが言った。

「魔法省は、とにかくだれかを逮捕したって、見せびらかしたいはずだもの。そうだろ?」

「うん、そうだと思うけど……」

「ほら、これ、ママがダイアゴン横丁で君のために買ってきた物だよ。それに、君の金庫から金貨を少し下ろしてきた……君の靴下も全部洗濯してある」

ロンが山のような買い物包みを、ハリーの折りたたみベッドにドサリと下ろし、その横に金貨の入った巾着《きんちゃく》と、靴下をひと抱えドンと置いた。ハリーは包みを解きはじめた。ミランダ・ゴズホーク著『基本呪文集・四学年用』のほか、新しい羽根ペンを一揃い、羊皮紙《ようひし》の巻紙を一ダース、魔法薬調合材料セットの補充品——ミノカサゴの棘《とげ》や鎮痛剤のベラドンナエキスが足りなくなっていたので——などなどだった。大《おお》鍋《なべ》に下着を詰め込んでいたとき、ロンが背後でいかにもいやそうな声を上げた。

「これって、いったいなんのつもりだい?」

ロンが摘み上げているのは、ハリーには栗色のビロードの長いドレスのように見えた。襟《えり》のところにかびが生えたようなレースのフリルがついていて、袖口《そでぐち》にもそれに合ったレースがついている。

ドアをノックする音がして、おばさんが洗い立てのホグワーツの制服を腕一杯に抱えて入ってきた。

「さあ」おばさんが山を二つに分けながら言った。「しわにならないよう、丁寧に詰めるんですよ」

「ママ、まちがえてジニーの新しい洋服を僕によこしたよ」ロンがドレスを差し出した。

「まちがえてなんかいませんよ」おばさんが言った。「それ、あなたのですよ。パーティ用のドレスローブ」

「えーっ！」ロンが恐怖に打ちのめされた顔をした。

「ドレスローブです！」おばさんが繰り返した。「学校からのリストに、今年はドレスローブを準備することって書いてあったわ――正装用のローブをね」

「悪い冗談だよ」ロンは信じられないという口調だ。「こんなもの、ぜーったい着ないから」

「ロン、みんな着るんですよ！」おばさんが不機嫌な声を出した。「パーティ用のローブなんて、みんなそんなものです！　お父様もちょっと正式なパーティ用に何枚か持ってらっしゃいます！」

「こんなもの着るぐらいなら、僕、裸で行くよ」ロンが意地を張った。

「聞き分けのないことを言うんじゃありません」おばさんが言った。「ドレスローブを持っていかなくちゃならないんです。リストにあるんですから！　ハリーにも買ってあげたわ……ハリー、ロンに見せてやって……」

ハリーは恐る恐る最後の包みを開けた。思ったほどひどくはなかった。ハリーのローブにはレースがまったくついていない。制服とそれほど変わりなかった。ただ、黒でなく深緑色だった。

「あなたの目の色によく映えると思ったのよ」おばさんがやさしく言った。

「そんなのだったらいいよ！」ロンがハリーのローブを見て怒ったように言った。

「どうして僕にもおんなじようなのを買ってくれないの？」

「それは……その、あなたのは古着屋で買わなきゃならなかったの。あんまりいろいろ選べなかったんです！」おばさんの顔がさっと赤くなった。

ハリーは目を逸《そ》らせた。グリンゴッツ銀行にある自分のお金を、ウィーズリー家の人たちと喜んで折半するのに。でもウィーズリーおばさんたちはきっと受け取ってくれないだろう。

「僕、絶対着ないからね」ロンが頑固に言い張った。「ぜーったい」

「勝手におし」おばさんがぴしゃりと言った。「裸で行きなさい。ハリー、忘れずにロンの写真を撮って送ってちょうだいね。母さんだって、たまには笑うようなことがなきゃ、やりきれないわ」

おばさんはバタンとドアを閉めて出ていった。二人の背後で咳《せ》き込むような変な音がした。ピッグウィジョンが大きすぎる「ふくろうフーズ」に咽《む》せていた。

「僕の持ってる物って、どうしてどれもこれもボロいんだろう？」

ロンは怒ったようにそう言いながら、足取りも荒くピッグウィジョンのところへ行って、嘴《くちばし》に詰まったふくろうフーズを取ってやった。

第11章　ホグワーツ特急に乗って

翌朝目が覚めると、休暇が終わったという憂鬱な気分があたり一面に漂っていた。降り続く激しい雨が窓ガラスを打つ中、ハリーはジーンズと長袖のTシャツに着替えた。みな、ホグワーツ特急の中で制服のローブに着替えることにしていた。

ハリーがロン、フレッド、ジョージと一緒に朝食をとりに階下に下りる途中、二階の踊り場までくると、ウィーズリーおばさんがただならぬ様子で階段の下に現れた。

「アーサー！」階段の上に向かっておばさんが呼びかけた。「アーサー！　魔法省から緊急の連絡ですよ！」

ウィーズリーおじさんがローブを後ろ前に着て、階段をガタガタ言わせながら駆け下りてくる。ハリーは壁に張りつくようにして道をあけた。おじさんの姿はあっという間に見えなくなった。みなとキッチンに入っていくと、おばさんがおろおろと引き出しをかき回している――「どこかに羽根ペンがあるはずなんだけど！」――おじさんは暖炉の火の前にかがみ込んで話をしていた。

ハリーはぎゅっと目を閉じ、また開けてみた。自分の目がちゃんと機能しているかどうか確かめたかったからだ。炎の真ん中に、エイモス・ディゴリーの首が、まるでひげの生えた卵のようにどっかり座っていた。飛び散る火の粉にも、耳をなめる炎にもまったく無頓着《むとんちゃく》に、その顔は早口でしゃべっていた。

「……近所のマグルたちが、ドタバタ言う音やさけび声に気づいて知らせたのだ、ほら、なんとか言ったな――うん、慶察《けいさつ》とかに。アーサー、現場に飛んでくれ――」

「はい！」おばさんが息を切らしながら、おじさんの手に羊皮紙《ようひし》、インク壺、くしゃくしゃの羽根ペンを押しつけるように渡した。

「――わたしが聞きつけたのは、まったくの偶然だった」ディゴリー氏の首が言った。「ふくろう便を二、三通送るのに、早朝出勤の必要があってね。そうしたら『魔法不適正使用取締局』が全員出動していた――リータ・スキーターがこんなネタを押さえでもしたら、アーサー――」

「マッド-アイは、なにが起こったと言ってるのかね？」おじさんはインク壺のふたをひねって開け、羽根ペンを浸し、メモを取る用意をしながら聞いた。ディゴリー氏の首が目玉をぐるぐるさせた。

「庭に何者かが侵入する音を聞いたそうだ。家のほうに忍び寄ってきたが、待ち伏せしていた家のゴミバケツたちがそいつを迎え撃ったそうだ」

「ゴミバケツはなにをしたのかね？」おじさんは急いでメモを取りながら聞いた。

「轟音を立ててゴミをそこら中に発射したらしい」ディゴリー氏が答えた。「慶察《けいさつ》が駆けつけたときに、ゴミバケツが一個、まだ吹っ飛び回っていたらしい」

ウィーズリーおじさんがうめいた。「それで、侵入者はどうなった？」

「アーサー、あのマッド-アイの言いそうなことじゃないか」ディゴリー氏の首がまた目をぐるぐるさせながら言った。「真夜中に、だれかがマッド-アイの庭に忍び込んだって？　ショックを受けた猫かなんかが、ジャガイモの皮だらけになってうろついているのを見つけるくらいが関の山だろうよ。しかし、『魔法不適正使用取締局』がマッド-アイを捕まえたらおしまいだ――なにしろああいう前歴だし――なんとか軽い罪で放免しなきゃならん。君の管轄の部あたりで――爆発するゴミバケツの罪はどのくらいかね？」

「警告程度だろう」

ウィーズリーおじさんは、眉根《まゆね》にしわを寄せて、忙しくメモを取り続けていた。

「マッド-アイは杖《つえ》を使わなかったのだね？　だれかを襲ったりしなかったね？」

「あいつは、きっとベッドから飛び起きて、窓から届く範囲の物に、手当たりしだい呪いをかけたにちがいない」ディゴリー氏が言った。「しかし、『不適正使用取締局』がそれを証明するのはひと苦労のはずだ。負傷者はいない」
「わかった。行こう」ウィーズリーおじさんはそう言うと、メモ書きした羊皮紙《ようひし》を
ポケットに突っ込み、ふたたびキッチンから飛び出していった。
ディゴリー氏の顔がウィーズリーおばさんのほうを向いた。
「モリー、すまんね」声が少し静かになった。「こんな朝早くから面倒事を持ち込ん
で……しかし、マッドーアイを放免できるのはアーサーしかいないんだ。それに、マ
ッドーアイは今日から新しい仕事に就くことになっている。なんでよりによってその
前の晩に……」
「エイモス、気にしないでちょうだい」おばさんが言った。「帰る前に、トーストか
なにか、少し召し上がらない？」
「ああ、それじゃ、いただこうか」ディゴリー氏が言った。
おばさんはテーブルに重ねて置いてあったバターつきトーストを一枚取り、火箸で
挟み、ディゴリー氏の口に入れた。
「ふぁりがとう」
フガフガと礼を言うと、ポンと軽い音を立ててディゴリー氏の首は消えた。
おじさんがあわただしくビル、チャーリー、パーシーと二人の女の子にさよならを
言う声がハリーの耳に聞こえてきた。五分も経たないうちに、今度はローブの前後を

まちがえずに着て髪をとかしつけながら、おじさんがキッチンにもどってきた。

「急いで行かないと――みんな、元気で新学期を過ごすんだよ」おじさんはマントを肩にかけ、「姿くらまし」の準備をしながら、ハリー、ロン、双子の兄弟に呼びかけた。

「母さん、子供たちをキングズ・クロスに連れていけるね？」

「もちろんですよ。あなたはマッド－アイの面倒だけみてあげて。私たちは大丈夫だから」

おじさんが消えたのと入れ替わりに、ビルとチャーリーがキッチンに入ってきた。

「だれかマッド－アイって言った？」ビルが聞いた。「あの人、今回はなにをしでかしたんだい？」

「昨日の夜、だれかが家に押し入ろうとしたって、マッド－アイがそう言ったんですって」おばさんが答えた。

「マッド－アイ・ムーディ？」トーストにマーマレードを塗りながら、ジョージがちょっと考え込んだ。「あの変人の――」

「お父様はマッド－アイ・ムーディを高く評価してらっしゃるわ」おばさんが厳しくたしなめた。

「ああ、うん。パパは電気のプラグなんか集めてるしな。そうだろ？」おばさんが部屋を出た隙にフレッドが声をひそめて言った。「似たもの同士さ……」

「往年のムーディは偉大な魔法使いだった」ビルが言った。

「たしか、ダンブルドアとは旧知の仲だったんじゃないか？」チャーリーが言った。

「でも、ダンブルドアもいわゆる『まとも』な口じゃないだろ？」フレッドが言った。「そりゃ、あの人はたしかに天才さ。だけど……」

「マッドーアイって、だれ？」ハリーが聞いた。

「引退してる。昔は魔法省にいたけど」チャーリーが答えた。「親父の仕事場に連れていってもらったとき、一度だけ会った。腕っこきの『オーラー』つまり『闇祓《やみばら》い』だった……『闇の魔法使い捕獲人』のことだけど」

ハリーがぽかんとしているのを見て、チャーリーが一言つけ加えた。

「ムーディのお陰でアズカバンの独房の半分は埋まったな。だけど敵もわんさといる……逮捕されたやつの家族とかが主だけど……それに、年を取ってひどい被害妄想に取り憑《つ》かれるようになったらしい。もうだれも信じなくなって。あらゆるところに闇の魔法使いの姿が見えるらしいんだ」

ビルもチャーリーも、弟たちをキングズ・クロス駅まで見送ることに決めた。しかしパーシーは、どうしても仕事に行かなければならないと、くどくど謝っていた。

「いまの時期に、これ以上休みを取るなんて、僕にはどうしてもできない」パーシーが説明した。「クラウチさんは、本当に僕を頼りはじめたんだ」

「そうだろうな。そう言えば、パーシー」ジョージが真剣な顔をした。「ぼかぁ、あの人がまもなく君の名前を覚えると思うね」

おばさんは勇敢にも村の郵便局から電話をかけ、ロンドンに向かうために普通のマグルのタクシーを三台呼んだ。

「アーサーが魔法省から車を借りるよう努力したんだけど――」

おばさんがハリーに耳打ちした。すっかり雨に洗い流された庭で、タクシーの運転手たちがホグワーツ校用の重いトランクを六個、フーフー言いながら載せるのをみなで眺めているときだった。

「でも一台も余裕がなかったの……あらまあ、あの人たちなんだかうれしそうじゃないわねぇ」

ハリーはおばさんに理由を言う気になれなかったが、マグルのタクシー運転手は、興奮状態のふくろうを運ぶことなんてめったにないし、それに、ピッグウィジョンが耳をつんざくような声で騒ぎまくっていた。さらに悪いことに、「ドクター・フィリバスターの長々花火――火なしで火がつくヒヤヒヤ花火」が、フレッドのトランクが口を開けたとたんに炸裂し、クルックシャンクスが爪を立てて運転手の足にかじりついたものだから、運んでいた運転手は驚くやら、痛いやらで悲鳴を上げた。

快適な旅とはいえなかった。みなタクシーの座席にトランクと一緒にぎゅう詰めだった。クルックシャンクスは花火のショックからなかなか立ちなおれなかったらしく、ロンドンに入るまでに、ハリーも、ロンも、ハーマイオニーもいやというほどひっかかれていた。キングズ・クロス駅でタクシーを降りたときは、雨足がいっそう強くなっていた。交通の激しい道を横切ってトランクを駅の構内に運び込んだときには、みなびしょ濡れになったにもかかわらず、ほっとしていた。

ハリーはもう九と四分の三番線への行き方には慣れていた。九番線と十番線の間にある、一見堅そうに見える柵《さく》を、まっすぐ突き抜けて歩くだけの簡単なこと。唯一やっかいなのは、マグルに気づかれないように何気なくやり遂げなければならないことだ。今日は何組かに分かれて行くことにした。ハリー、ロン、ハーマイオニー組（なにしろピッグウィジョンとクルックシャンクスがお供なので一番目立つグループ）が最初だ。三人は何気なくおしゃべりをしているふりをして柵に寄りかかり、するりと横向きで入り込んだ……とたんに九と四分の三番線ホームが目の前に現れた。

紅《くれない》に輝く蒸気機関車ホグワーツ特急が、すでに入線していた。吐《は》き出す白い煙の向こうに、ホグワーツの学生や親たちが大勢、黒いゴーストのような影になって見えた。ピッグウィジョンは、霞のかなたから聞こえるたくさんのふくろうの鳴き声につられて、ますますうるさく鳴いた。ハリー、ロン、ハーマイオニーは席探しを始め、ほどなく列車の中ほどに空いたコンパートメントを見つけて荷物を入れた。それからホームにもう一度飛び降り、ウィーズリーおばさん、ビル、チャーリーにお別れを言った。

「僕は、みんなが考えてるより早く、また会えるかもしれないよ」

チャーリーがジニーを抱きしめて、さよならを言いながらにっこりした。

「どうして?」フレッドが突っ込んだ。

「いまにわかるよ」チャーリーが言った。「僕がそう言ったってこと、パーシーには内緒だぜ……なにしろ、『魔法省が解禁するまでは機密情報』なんだから」

「ああ、僕もなんだか、今年はホグワーツにもどりたい気分だ」ビルはポケットに両手を突っ込み、羨《うらや》ましそうな目で汽車を見た。

「どうしてさ?」ジョージが知りたくてたまらなさそうだ。

「今年はおもしろくなるぞ」ビルが目をキラキラさせた。「いっそ休暇でも取って、僕もちょっと見物に行くか……」

「だからなにをなんだよ?」ロンが聞いた。

しかしそのとき汽笛が鳴り、ウィーズリーおばさんがみなを汽車のデッキへと追い立てた。

「おばさん、泊めてくださってありがとうございました」みなで汽車に乗り込み、ドアを閉め、窓から身を乗り出しながら、ハーマイオニーが礼を言った。

「ほんとに、おばさん、いろいろありがとうございました」ハリーも続いた。

「あら、こちらこそ、楽しかったわ」ウィーズリーおばさんが応じた。「クリスマスにもお招きしたいけど、でも……ま、きっとみんな、ホグワーツに残りたいと思うでしょう。なにしろ……いろいろあるから」

「ママ！」ロンがいらだって言った。「三人とも知ってて、僕たちが知らないことって、なんなの？」

「今晩わかるわ。たぶん」おばさんがほほえんだ。「とってもおもしろくなるわ――それに、規則が変わって、本当によかったわ――」

「なんの規則？」ハリー、ロン、フレッド、ジョージがいっせいに聞いた。

「ダンブルドア先生がきっと話してくださいます……さあ、お行儀よくするのよ。ね？　わかったの？　フレッド？　ジョージ、あなたもよ」

ピストンが大きくシューッという音を立て、汽車が動きはじめた。

「ホグワーツでなにが起こるのか、教えてよ！」フレッドが窓から身を乗り出してさけんだ。

おばさん、ビル、チャーリーが速度を上げはじめた汽車からどんどん遠ざかっていく。

「なんの規則が変わるのぉ?」

ウィーズリーおばさんはただほほえんで手を振った。列車がカーブを曲がる前に、おばさんも、ビルもチャーリーも「姿くらまし」してしまった。

ハリー、ロン、ハーマイオニーはコンパートメントに入った。窓を打つ豪雨で、外はほとんど見えない。ロンはトランクを開け、栗色のドレスローブを引っ張り出し、ピッグウィジョンの籠《かご》にバサリとかけて、ホーホー声を消した。

「バグマンがホグワーツでなにが起こるのか話したがってた」ロンはハリーの隣に腰掛けて不満そうに話しかけた。「ワールドカップのときにさ。覚えてる? でも母親でさえ言わないことって、いったいなんだと――」

「しっ!」ハーマイオニーが突然唇に指を当て、隣のコンパートメントを指さした。ハリーとロンが耳を澄ますと、聞き覚えのある気取った声が開け放したドアを通して流れてきた。

「……父上は本当は、僕をホグワーツでなく、ダームストラングに入学させようとお考えだったんだ。父上はあそこの校長をご存知だからね。ほら、父上がダンブルドアをどう評価しているか、知ってるね――あいつは『穢《けが》れた血《ち》』贔屓《びいき》だ――ダームストラングじゃ、そんなくだらない連中は入学させない。でも、母上は僕をそんなに遠くの学校にやるのがおいやだったんだ。父上がおっしゃるには、ダームストラングじゃ『闇の魔術』に関して、ホグワーツよりずっと気のきいたやり方をしている。生徒が実際それを習得するんだ。僕たちがやってるようなケチな防衛術じゃない……」

ハーマイオニーは立ち上がってコンパートメントの入口まで忍び足で行き、ドアを閉めてマルフォイの声が聞こえないようにした。

「それじゃ、あいつ、ダームストラングが自分に合ってただろうって思ってるわけね？」ハーマイオニーが怒ったように言った。「ほんとにそっちに行ってくれてたらよかったのに。そしたらもうあいつのこと、がまんしなくてすむのに」

「ダームストラングって、やっぱり魔法学校なの？」ハリーが聞いた。

「そう」ハーマイオニーがフンという言い方をした。「しかも、ひどく評判が悪いの。『ヨーロッパにおける魔法教育の一考察』によると、あそこは『闇の魔術』に相当力を入れてるんだって」

「僕もそれ、聞いたことがあるような気がする」ロンが曖昧に言った。「どこにあるんだい？　どこの国に？」

「さあ、だれも知らないんじゃない？」ハーマイオニーが眉《まゆ》をちょっと吊り上げて言った。

「ん――どうして？」ハリーが聞いた。

「魔法学校には昔から強烈な対抗意識があるの。ダームストラングとボーバトンは、だれにも秘密を盗まれないように、どこにあるか隠したいわけ」ハーマイオニーは至極当たり前の話をするような調子だ。

「そんなばかな」ロンが笑い出した。「ダームストラングだって、ホグワーツと同じぐらいの規模だろ。バカでっかい城をどうやって隠すんだい？」

「だって、ホグワーツも隠されてるじゃない」ハーマイオニーがびっくりしたように言った。「そんなこと、みんな知ってるわよ……っていうか、『ホグワーツの歴史』を読んだ人ならみんな、だけど」

「じゃ、君だけだ」ロンが言った。「それじゃ、教えてよ――どうやってホグワーツみたいなとこ、隠すんだい？」

「魔法がかかってるの。マグルが見ると、朽ちかけた廃墟《はいきょ》に見えるだけ。入口の看板に、『危険、入るべからず。あぶない』って書いてあるわ」

「じゃ、ダームストラングもよそ者には廃墟みたいに見えるのかい？」

「たぶんね」ハーマイオニーが肩をすくめた。「さもなきゃ、ワールドカップの競技場みたいに、『マグル避《よ》け呪文』がかけてあるかもね。その上、外国の魔法使いに見つからないように、『位置発見不可能』にしてるわ」

「もう一回言ってくれない？」

「あのね、建物に魔法をかけて、地図の上ではその位置が発見できないようにできるでしょ?」

「うーん……君がそう言うならそうなんだろう」ハリーが言った。

「でも、私、ダームストラングってどこかずうっと遠い北のほうにあるにちがいないと思う」ハーマイオニーが分別顔で言った。「どこか、とっても寒いとこ。だって、制服に毛皮のケープがついているもの」

「じゃあ、ずいぶんいろんな可能性があったろうなあ」ロンが夢見るように言った。「マルフォイを氷河から突き落として事故に見せかけたり、簡単にできただろうになぁ。あいつの母親があいつをかわいがっているのは、残念だ……」

列車が北に進むにつれて、雨はますます激しくなった。空は暗く、窓という窓は曇ってしまい、昼日中《ひるひなか》に車内灯が点《つ》いた。昼食のカートが通路をガタゴトとやってきて、ハリーはみんなで分けるように大鍋《おおなべ》ケーキをたっぷりひと山買った。

午後になると、同級生が何人か顔を見せた。シェーマス・フィネガン、ディーン・トーマス、それに、猛烈ばあちゃん魔女に育てられている、丸顔で忘れん坊のネビル・ロングボトム。シェーマスはまだアイルランドの緑のロゼットをつけていた。魔法が消えかけているらしく、「トロイ! マレット! モラン!」とまだキーキーさけんではいるが、弱々しく疲れたかけ声になっていた。三十分もすると、延々と続くクィディッチの話に飽きて、ハーマイオニーはふたたび『基本呪文集・四学年用』に没頭し、「呼び寄せ呪文」を覚えようとしはじめた。

ネビルは友達が試合の様子を思い出して話しているのを羨《うらや》ましそうに聞いていた。

「ばあちゃんが行きたくなかったんだ」ネビルがしょげた。「切符を買おうとしなかったし。でも、すごかったみたいだね」

「そうさ」ロンが言った。「ネビル、これ見ろよ……」

荷物棚のトランクをゴソゴソやって、ロンはビクトール・クラムのミニチュア人形を引っ張り出した。

「うわーっ」ロンが、ネビルのぽっちゃりした手にクラム人形をコトンと落としてやると、ネビルは羨ましそうな声を上げた。

「それに、僕たち、クラムをすぐそばで見たんだぞ」ロンが言った。「貴賓席《きひんせき》だったんだ——」

「君の人生最初で最後のな、ウィーズリー」

ドラコ・マルフォイがドアのところに現れた。その後ろには、腰巾着《こしぎんちゃく》のデカぶつ暴漢、クラッブとゴイルが立っていた。二人とも、この夏の間に三十センチは背が伸びたようだ。ディーンとシェーマスがコンパートメントのドアをきちんと閉めていかなかったので、こちらの会話が筒抜けだったらしい。

「マルフォイ、君を招いた覚えはない」ハリーが冷ややかに言った。

「ウィーズリー……なんだい、そいつは？」マルフォイはピッグウィジョンの籠《かご》を指さした。ロンのドレスローブの袖《そで》が籠からぶら下がり、列車が揺れるたびにゆらゆらして、かびの生えたようなレースがいかにも目立った。

ロンはローブを見えないように隠そうとしたが、マルフォイのほうが早かった。袖をつかんで引っ張った。

「これを見ろよ！」マルフォイがロンのローブを吊るし上げ、狂喜してクラッブとゴイルに見せた。「ウィーズリー、こんなのを本当に着るつもりじゃないだろうな？言っとくけど――一八九〇年代に流行した代物《しろもの》だ……」

「糞食《くそく》らえ！」ロンはローブと同じ顔色になって、マルフォイの手からローブをひったくった。マルフォイが高々と嘲笑《あざわら》い、クラッブとゴイルはばか笑いをした。

「それで……エントリーするのか、ウィーズリー？　がんばって少しは家名を上げてみるか？　賞金もかかっているしねぇ……勝てば少しはましなローブも買えるだろうよ……」

「なにを言ってるんだ？」ロンが噛《か》みついた。

「エントリーするのかい？」マルフォイが繰り返した。「君はするだろうねぇ、ポッター。見せびらかすチャンスは逃さない君のことだし？」

「なにが言いたいのか、はっきりしなさい。じゃなきゃ出ていってよ、マルフォイ」

ハーマイオニーが『基本呪文集・四学年用』の上に顔を出し、つっけんどんに言った。

マルフォイの青白い顔に、得意げな笑みが広がった。

「まさか君たち、知らないのか？」マルフォイはうれしそうに言った。「父親も兄貴も魔法省にいるのに、まるで知らないのか？　驚いたね。父上なんか、もうとっくに僕に教えてくれたのに……コーネリウス・ファッジから聞いたんだ。しかし、まあ、父上はいつも魔法省の高官と付き合ってるし……たぶん、君の父親は、ウィーズリー、下っ端だから知らないのかもしれないな……そうだ……おそらく、君の父親の前では重要事項は話さないのだろう……」

もう一度高笑いすると、マルフォイはクラッブとゴイルに合図して、三人ともコンパートメントを出ていった。

ロンが立ち上がってドアを力まかせに閉め、その勢いでガラスが割れた。

「ロンったら！」ハーマイオニーが咎《とが》めるような声を上げ、杖《つえ》を取り出して「レパロ！　直せ！」と唱えた。粉々のガラスの破片が飛び上がって一枚のガラスになり、ドアの枠にはまった。

「フン……やつはなんでも知ってて、僕たちはなんにも知らないって、そう思わせてくれるじゃないか……」ロンが歯噛《はが》みした。「『父上はいつも魔法省の高官と付き合ってるし』……パパなんか、いつでも昇進できるのに……いまの仕事が気に入ってるだけなんだ……」

「そのとおりだわ」ハーマイオニーが静かに言った。「マルフォイなんかの挑発に乗っちゃだめよ、ロン――」

「あいつが！　僕を挑発？　ヘンだ！」ロンは残っている大鍋ケーキを一つ摘み上げ、つぶしてバラバラにした。

旅が終わるまでずっと、ロンの機嫌はなおらなかった。制服のローブに着替えるときもほとんどしゃべらず、ホグワーツ特急が速度を落としはじめても、ホグズミードの真っ暗な駅に停車しても、まだしかめ面のままだった。

デッキの戸が開いたとき、頭上で雷が鳴った。ハーマイオニーはクルックシャンクスをマントに包み、ロンはドレスローブをピッグウィジョンの籠《かご》の上に置きっぱなしにして汽車を降りた。外は土砂降りで、みな背を丸め、目を細めた。まるで頭から冷水をバケツで何杯も浴びせかけるように、雨は激しくたたきつけるように降っていた。

「やあ、ハグリッド！」ホームの向こう端に立つ巨大なシルエットを見つけて、ハリーがさけんだ。

「ハリー、元気かぁー？」ハグリッドも手を振ってさけび返した。「歓迎会で会おう。みんな溺《おぼ》れっちまわなかったらの話だがなぁ！」

一年生は伝統に従い、ハグリッドに引率され、ボートで湖を渡ってホグワーツ城に入る。

「うぅぅぅ、こんなお天気のときに湖を渡るのはごめんだわ」

人波に交じって暗いホームをのろのろ進みながら、ハーマイオニーは身震いし、言葉には熱がこもった。

駅の外にはおよそ百台の馬なしの馬車が待っていた。ハリー、ロン、ハーマイオニー、ネビルは、一緒にそのうちの一台に、感謝しながら乗り込んだ。ドアがピシャッと閉まり、まもなくゴトンと大きく揺れて動き出し、馬なし馬車の長い行列が、雨水を撥《は》ね飛ばしながら、ガラガラと進んだ。ホグワーツ城をめざして。

第12章　三大魔法学校対抗試合

　羽の生えたイノシシの像が両脇に並ぶ校門を通り、大きくカーブする城への道を、馬車はゴトゴトと進んだ。風雨は見る見る嵐になり、馬車は危なっかしく左右に揺れた。ハリーは窓に寄りかかり、次第に近づいてくるホグワーツ城を見ていた。明かりの点《とも》った無数の窓が、厚い雨のカーテンの向こうでぼんやり霞み、瞬《また》いていた。正面玄関のがっしりした樫《かし》の扉へと上がる石段の前で馬車が止まったちょうどそのとき、稲妻が空を走った。前の馬車に乗っていた生徒たちは、すでに急ぎ足で石段を上り、城の中へと向かっていた。ハリー、ロン、ハーマイオニー、ネビルも馬車を飛び降り、一目散に石段を駆け上がった。四人がやっと顔を上げたのは、無事に玄関の中に入ってからだった。松明《たいまつ》に照らされた玄関ホールは、広々とした大洞窟《どうくつ》のようで、大理石の壮大な階段へと続いている。

「ひでえ」ロンは頭をぶるぶるっと振るい、まわり中に水をまき散らした。

「この調子で降ると、湖があふれるぜ。僕、びしょ濡れ――うわっ！」

大きな赤い水風船が天井からロンの頭に落ちて割れた。ぐしょ濡れで水をピシャピシャ撥《は》ね飛ばしながら、ロンは横にいたハリーのほうによろけた。そのとき、二発目の水風船が落ちてきた――それは、ハーマイオニーをかすめて、ハリーの足元で破裂した。ハリーのスニーカーも靴下も、どっと冷たい水しぶきを浴びた。まわりの生徒たちは、悲鳴を上げて水爆弾戦線から離れようと大混乱になった――ハリーが見上げると、四、五メートル上に、ポルターガイストのピーブズがぷかぷか浮かんでいた。鈴のついた帽子に、オレンジ色の蝶ネクタイ姿の小男が、性悪そうな大きな顔をしかめて、次の標的に狙いを定めている。

「ピーブズ！」だれかがどなった。「ピーブズ、ここに降りてきなさい。いますぐに！」

副校長でグリフィンドールの寮監《りょうかん》、マクゴナガル先生だった。大広間から飛び出てきて、濡れた床にズルッと足を取られ、転ぶまいとしてハーマイオニーの首にがっちりしがみついた。

「おっと――失礼、ミス・グレンジャー――」

「大丈夫です。先生」ハーマイオニーがゲホゲホ言いながら喉《のど》のあたりをさすった。

「ピーブズ、降りてきなさい。さあ！」マクゴナガル先生は曲がった三角帽子をなおしながら、四角いメガネの奥から上のほうに睨《にら》みをきかせてどなった。

「なーんにもしてないよ！」

ピーブズはケタケタ笑いながら、五年生の女子生徒の塊《かたまり》めがけて水爆弾を放り投げた。投げつけられた女子たちは悲鳴を上げながら大広間に飛び込んだ。

「どうせびしょ濡れなんだろう？　濡れネズミのチビネズミ！　ウイイィィィィィィ！」

そして、今度は到着したばかりの二年生のグループを水爆弾の標的にした。

「校長先生を呼びますよ！」マクゴナガル先生ががなり立てた。「聞こえたでしょうね、ピーブズ――」

ピーブズはベーッと舌を出し、最後の水爆弾を宙に放り投げ、けたたましい高笑いを残して、大理石の階段の上へと消えていった。

「さあ、どんどんお進みなさい！」マクゴナガル先生は、びしょ濡れ集団に向かって厳しい口調で言った。「さあ、大広間へ、急いで！」

ハリー、ロン、ハーマイオニーはズルズル、ツルツルと玄関ホールを進み、右側の二重扉を通って大広間に入った。ロンはぐしょ濡れの髪をかき揚げながら、怒ってブツブツ文句を言っていた。

大広間は、例年のように、学年始めの祝宴に備えて、見事な飾りつけが施されていた。テーブルに置かれた金の皿やゴブレットが、宙に浮かぶ何百という蠟燭《ろうそく》に照らされて輝いている。各寮の長テーブルには、四卓とも寮生がぎっしり座り、話に花を咲かせていた。上座の五つ目のテーブルには、生徒たちと向かい合うようにして教師と職員が座っている。大広間は、ずっと暖かかった。ハリー、ロン、ハーマイオニーは、スリザリン、レイブンクロー、ハッフルパフのテーブルを通り過ぎ、大広間の一番奥にあるテーブルで、他のグリフィンドール生と一緒に座った。隣はグリフィンドールのゴースト、「ほとんど首なしニック」だ。ニックは真珠色の半透明なゴーストで、今夜もいつもの特大ひだ襟《えり》つきのダブレットを着ている。この襟は、単に晴れ着の華やかさを見せるだけでなく、皮一枚でつながっている首があまりぐらぐらしないように押さえる役目も果たしている。

「素敵な夕べだね」ニックが三人に笑いかけた。

「すてきかなあ?」ハリーはスニーカーを脱ぎ、中の水を捨てながら言った。「早く組分け式にしてくれるといいな。僕、腹ペコだ」

毎年、学年の始めには、新入生を各寮に分ける儀式がある。運の悪い巡り合わせが重なって、ハリーは自分の組分け式以来一度も儀式に立ち会っていない。今日の組分けはとても楽しみだった。

そのときテーブルの向こうから、興奮で息をはずませた声がハリーを呼んだ。

「わーい、ハリー！」

コリン・クリービーだった。ハリーをヒーローと崇《あが》める三年生だ。

「やあ、コリン」ハリーは用心深く返事した。

「ハリー、なんだと思う？　当ててみて、ね？　ハリー。弟も新入生だ！　弟のデニスも！」

「あ――よかったね」ハリーが言った。

「弟ったら、もう興奮しちゃって！」コリンは腰掛けたまま体を上下に揺すって落ち着かない。「グリフィンドールになるといいな！　ねえ、そう祈っててくれる？　ハリー？」

「あ――うん。いいよ」ハリーは、ハーマイオニー、ロン、「ほとんど首なしニック」のほうを見た。

「兄弟って、だいたい同じ寮に入るよね？」ハリーが聞いた。ウィーズリー兄弟が七人ともグリフィンドールに入れられたことから、そう判断したのだ。

「あら、ちがうわ。必ずしもそうじゃない」ハーマイオニーが言った。「パーバティ・パチルは双子だけど、一人はレイブンクローよ。一卵性双生児なんだから、一緒のところだと思うでしょ？」

ハリーは教職員テーブルを見上げた。いつもより空席が目立つようだ。もちろん、ハグリッドは、一年生を引率して湖を渡るのに奮闘中だろう。マクゴナガル先生はたぶん、玄関ホールの床を拭くのを指揮しているにちがいない。しかし、もう一つ空席がある。だれがいないのか、ハリーは思い浮かばなかった。

「『闇の魔術に対する防衛術』の新しい先生はどこかしら？」ハーマイオニーも教職員テーブルを見ていた。

「闇の魔術に対する防衛術」の先生は、三学期まで、つまり一年以上長く続いた例《ためし》がない。ハリーは他のだれよりも好きだったルーピン先生は、去年辞職してしまった。ハリーは教職員テーブルを端から端まで眺めたが、新顔はまったくいない。

「たぶん、だれも見つからなかったのよ！」ハーマイオニーが心配そうに言った。

ハリーはもう一度しっかり教職員席を見直した。「呪文学」の、ちっちゃいフリットウィック先生は、クッションを何枚も重ねた上に座っていた。その横が「薬草学」のスプラウト先生で、バサバサの白髪頭から帽子がずり落ちかけている。彼女が話しかけているのが「天文学」のシニストラ先生で、シニストラ先生の向こう隣は、土気色の顔、鉤鼻《かぎばな》、べっとりした髪、「魔法薬学」のスネイプ――ハリーがホグワーツで一番嫌いな人物だ。ハリーがスネイプを嫌っているのに負けず劣らず、スネイプもハリーを憎んでいた。去年、スネイプの鼻先（しかも大きな鼻）からシリウスを逃がすのにハリーが手を貸したことで、これ以上強くなりようがないはずのスネイプの憎しみが、ますますひどくなった——スネイプとシリウスは互いに学生時代からの宿敵だったのだ。

スネイプの向こう側に空席があったが、ハリーはマクゴナガル先生の席だろうと思った。その隣がテーブルの真ん中で、ダンブルドア校長が座っていた。流れるような銀髪と白ひげが蠟燭《ろうそく》の明かりに輝き、堂々とした深緑色のローブには星や月の刺繡《ししゅう》が施されている。ダンブルドア校長は、すらりと長い指を組み、その上に顎《あご》を載せ、半月メガネの奥から天井を見上げて、なにか物思いにふけっているかのようだ。ハリーも天井を見上げた。天井は、魔法で本物の空と同じに見えるようになっているが、こんなにひどい荒れ模様の天井ははじめてだ。黒と紫の暗雲が渦巻き、外でまた雷鳴が轟《とどろ》いたとたん、天井に樹の枝のような形の稲妻が走った。

「ああ、早くしてくれ」ロンがハリーの横でうめいた。「僕、ヒッポグリフだって食っちゃう気分」

その言葉が終わるか終わらないうちに、大広間の扉が開き、一同しんとなった。マクゴナガル先生を先頭に、一列に並んだ一年生の長い列が大広間の奥へと進んでいく。ハリーもロンもハーマイオニーもびしょ濡れだったが、一年生の様子に比べればまだましだ。湖をボートで渡ってきたというより、泳いできたようだ。教職員テーブルの前に整列して、在校生のほうを向いたときには、寒さと緊張とで全員が震えていた――ただ一人を除いて。一番小さい、薄茶色の髪の子が、厚手木綿のオーバーに包まっている。ハリーにはオーバーがハグリッドのものだとわかった。オーバーがだぶだぶで、男の子は黒いふわふわの大テントをまとっているかのようだった。襟元《えりもと》からちょこんと飛び出した小さな顔は、興奮し切って、なんだか痛々しいほどだ。引きつった顔で整列する一年生に交じって並びながら、その子はコリン・クリービーを見つけ、ガッツポーズをしながら、「僕、湖に落ちたんだ！」と声を出さずに口の形だけで言った。うれしくてたまらないようだった。

マクゴナガル先生が三本脚の丸椅子を一年生の前に置き、その上に、汚らしい継ぎはぎだらけの、ひどく古い三角帽子を置いた。一年生がそれをじっと見つめた。上級生たちもみな見つめた。一瞬、大広間が静まり返った。すると、帽子のつばに沿った長い破れ目が、口のように開き、帽子が歌い出した。

いまを去ること一千年、そのまた昔その昔
私は縫われたばっかりで、糸も新し、真新し
そのころ生きた四天王
いまなおその名を轟《とどろ》かす

荒野からきたグリフィンドール
勇猛果敢なグリフィンドール

谷川からきたレイブンクロー
賢明公正レイブンクロー

谷間からきたハッフルパフ
温厚柔和なハッフルパフ

湿原からきたスリザリン
俊敏狡猾《こうかつ》スリザリン

ともに語らう夢、希望
ともに計らう大事業
魔法使いの卵をば、教え育てん学び舎《や》で
かくしてできたホグワーツ

四天王のそれぞれが
四つの寮を創立し
各自異なる徳目を
各自の寮で教え込む

グリフィンドールは勇気をば
なにより高き徳とせり

レイブンクローは賢きを
だれよりも高く評価せり

ハッフルパフは勤勉を
資格あるものとして選び取る

力に飢えしスリザリン
野望をなにより好みけり

四天王の生きしとき
自ら選びし寮生を
四天王亡きその後は
いかに選ばんその資質？

グリフィンドールその人が
すばやく脱いだその帽子
四天王たちそれぞれが
帽子に知能を吹き込んだ
代わりに帽子が選ぶよう！

かぶってごらん。すっぽりと
私がまちがえたことはない
私が見よう。みなの頭
そして教えん。寮の名を！

組分け帽子が歌い終わると、大広間に割れるような拍手がわいた。

「僕たちのときと歌がちがう」みなと一緒に手をたたきながら、ハリーが言った。

「毎年ちがう歌なんだ」ロンが言った。「きっと、すごく退屈なんじゃない？　帽子の人生って。たぶん、一年かけて次の歌を作るんだよ」

マクゴナガル先生が羊皮紙《ようひし》の太い巻紙を広げはじめた。

「名前を呼ばれたら、『帽子』をかぶって、この椅子にお座りなさい」先生が一年生に言い聞かせた。「『帽子』が寮の名を発表したら、それぞれの寮のテーブルにお着きなさい」

「アッカリー、スチュワート！」

進み出た少年は、頭のてっぺんから爪先まで、傍目《はため》にもわかるほど震えていた。組分け帽子を取り上げ、かぶり、椅子に座った。

「レイブンクロー！」帽子がさけんだ。

スチュワート・アッカリーは帽子を脱ぎ、急いでレイブンクローのテーブルに行き、みなの拍手に迎えられて席に着いた。スチュワート・アッカリーを拍手で歓迎しているレイブンクローのシーカー、チョウ・チャンの姿が、ちらりとハリーの目に入った。ほんの一瞬、ハリーは自分もレイブンクローのテーブルに座りたいという奇妙な気持ちになった。

「バドック、マルコム！」

「スリザリン！」

大広間の向こう側のテーブルから歓声が上がった。バドックがスリザリンのテーブルに着き、マルフォイが拍手している姿をハリーは見た。スリザリン寮は多くの「闇の魔法使い」を輩出してきたことを、バドックは知っているのだろうか。マルコム・バドックが着席すると、フレッドとジョージが嘲《あざけ》るように舌を鳴らした。

「ブランストーン、エレノア！」

「ハッフルパフ！」

「コールドウェル、オーエン！」

「ハッフルパフ！」

「クリービー、デニス！」

チビのデニス・クリービーは、ハグリッドのオーバーにつまずいてつんのめった。ちょうどそのとき、ハグリッドが教職員テーブルの後ろにある扉から、体を斜めにしてそっと入ってきた。背丈は普通の二倍、横幅は少なくとも普通の三倍はあろうというハグリッドは、もじゃもじゃともつれた長い髪もひげも真っ黒。見るからにドキリとさせられる――まちがった印象を与えてしまうのだが、ハリー、ロン、ハーマイオニーは、ハグリッドがどんなにやさしいかを知っている。教職員テーブルの一番端に座りながら、ハグリッドは三人にウィンクし、デニス・クリービーが組分け帽子をかぶるのをじっと見た。帽子のつば元の裂け目が大きく開いた――。

「グリフィンドール！」帽子がさけんだ。

ハグリッドがグリフィンドール生と一緒に手をたたく中、デニス・クリービーはにっこり笑って帽子を脱ぎ、それを椅子にもどして急いで兄の許《もと》にやってきた。

「コリン、僕、落っこちたんだ！」デニスは空いた席に飛び込みながら、かん高い声で言った。

「すごかったよ！　そしたら、水の中のなにかが僕を捕まえてボートに押しもどしたんだ！」

「すっごい！」コリンも同じぐらい興奮していた。「たぶんそれ、デニス、大イカだよ！」

「うわーっ！」デニスがさけんだ。嵐に波立つ底知れない湖に投げ込まれ、巨大な湖の怪物によってまた押しもどされるなんて、こんなすてきなことは、願ったってめったにかなうものじゃない、と言わんばかりのデニスの声だ。

「デニス！　デニス！　あそこにいる人、ね？　黒い髪でメガネかけてる人、ね？　見える？　デニス、あの人、だれだか知ってる？」

ハリーはそっぽを向いて、いまエマ・ドブズに取りかかった組分け帽子をじっと見つめた。

組分けが延々続く。少年も少女も、怖がり方もさまざまに、一人また一人と三本脚の椅子に腰掛け、残りの子の列がゆっくりと短くなってきた。マクゴナガル先生はLで始まる名前を終えたところだ。

「ああ、早くしてくれよ」ロンが胃のあたりをさすりながらうめいた。

「まあ、まあ、ロン。組分けのほうが食事より大切ですよ」「ほとんど首なしニック」がそう声をかけたときに、「マッドリー、ローラ！」がハッフルパフに決まった。

「そうだとも。死んでればね」ロンが言い返した。

「今年のグリフィンドール生が優秀だといいですね」「マクドナルド、ナタリー！」がグリフィンドールのテーブルに着くのを拍手で迎えながら、「ほとんど首なしニック」が言った。「連続優勝を崩したくないですから。ね？」

グリフィンドールは、寮対抗杯でこの三年間連続で優勝していた。

「プリチャード、グラハム！」

「スリザリン！」

「クァーク、オーラ！」

「レイブンクロー！」

そして、やっと、「ホイットビー、ケビン！」（「ハッフルパフ！」）で、組分けは終わった。マクゴナガル先生が「帽子」と「丸椅子」を取り上げ、片づけた。

「いよいよだ」ロンはナイフとフォークをにぎり、自分の金の皿をいまや遅しと見守った。

ダンブルドア先生が立ち上がった。両手を大きく広げて歓迎し、生徒全員にぐるりとほほえみかけた。

「みなに言う言葉は二つだけじゃ」先生の深い声が大広間に響き渡った。

「思いっ切り、かき込め」

「いいぞ、いいぞ！」

ハリーとロンが大声で囃《はや》した。目の前の空っぽの皿が魔法で一杯になった。

ハリー、ロン、ハーマイオニーがそれぞれ自分たちの皿に食べ物を山盛りにするのを、「ほとんど首なしニック」は恨めしそうに眺めていた。

「あふ、ひゃっと、落ち着いラ」ロ一杯にマッシュポテトを頬ばったまま、ロンが言った。

「今晩はご馳走が出ただけでも運がよかったのですよ」「ほとんど首なしニック」が言った。

「さっき、厨房《ちゅうぼう》で問題が起きましてね」

「どうひて？　なンがあっラの？」ハリーが、ステーキの大きな塊《かたまり》を口に入れたまま聞いた。

「ピーブズですよ。また」「ほとんど首なしニック」が首を振り振り言ったので、首が危なっかしくぐらぐら揺れた。ニックはひだ襟《えり》を少し引っ張り上げた。

「いつもの議論です。ピーブズが祝宴に参加したいと駄々《だだ》をこねまして――ええ、まったくむりな話です。あんなやつですからね。行儀作法も知らず、食べ物の皿を見れば投げつけずにはいられないようなやつです。『ゴースト評議会』を開きましてね――『太った修道士』は、ピーブズにチャンスを与えてはどうかと言いました――でも、『血みどろ男爵《だんしゃく》』がだめを出して、てこでも動かない。そのほうが賢明だとわたくしは思いましたよ」

「血みどろ男爵」はスリザリン寮つきのゴーストで、銀色の血糊《ちのり》にまみれ、げっそりと肉の落ちた無口なゴーストだ。男爵だけが、ホグワーツでただ一人、ピーブズを押さえつけることができる。

「そうかぁ。ピーブズめ、なにか根に持っているな、と思ったよ」ロンは恨めしそうに言った。「厨房で、なにやったの?」

「ああ、いつものとおりです」「ほとんど首なしニック」は肩をすくめた。

「なにもかもひっくり返しての大暴れ。鍋《なべ》は投げるし、釜《かま》は投げるし。厨房はスープの海。屋敷しもべ妖精がものも言えないほど怖がって――」

ガチャン。ハーマイオニーが金のゴブレットをひっくり返した。かぼちゃジュースがテーブルクロスにじわーっと広がり、白いクロスにオレンジ色の筋が長々と延びていったが、ハーマイオニーは気にも止めない。

「屋敷しもべ妖精が、ここにもいるって言うの？」恐怖に打ちのめされたように、ハーマイオニーは「ほとんど首なしニック」を見つめた。「このホグワーツに？」

「さよう」ハーマイオニーの反応に驚いたように、ニックが答えた。「イギリス中のどの屋敷よりも大勢いるでしょうな。百人以上」

「私、一人も見たことがないわ！」

「そう、日中はめったに厨房《ちゅうぼう》を離れることはないのですよ」ニックが言った。

「夜になると、出てきて掃除をしたり……火の始末をしたり……つまり、姿を見られないようにするのですよ……いい屋敷しもべの証拠でしょうが？　存在を気づかれないのは」

ハーマイオニーはニックをじっと見た。

「でも、お給料はもらってるわよね？　お休みももらってるわね？　それに――病欠とか、年金とかいろいろも？」

「ほとんど首なしニック」が笑い出した。あまりに高笑いしたので、ひだ襟《えり》がずれ、真珠色の薄い皮一枚で辛《かろ》うじてつながっている首が、ポロリと落ちてぶら下がった。

「病欠？　年金？」ニックは首を肩の上に押しもどし、ひだ襟でもう一度固定しながら言った。「屋敷しもべは病欠や年金を望んでいません！」

ハーマイオニーはほとんど手をつけていない自分の皿を見下ろし、あわててナイフとフォークを置き、皿を遠くに押しやった。

「ねえ、アーミーニー」ロンは口がいっぱいのまま話しかけたとたん、うっかりヨークシャー・プディングをハリーにひっかけてしまった。

「うぉっと――ごめん、アリー――」ロンは口の中の物を飲み込んだ。

「君が絶食したって、しもべ妖精が病欠を取れるわけじゃないぜ！」

「奴隷労働よ」ハーマイオニーは鼻からフーッと息を吐いた。「このご馳走を作ったのが、それなんだわ。奴隷労働！」

ハーマイオニーはそれ以上一口も食べようとしなかった。

雨は相変わらず降り続き、暗い高窓を激しく打った。雷鳴がまたバリバリッと窓を震わせ、嵐を映した天井に走った電光が金の皿を光らせたそのとき、一通り終わった食事の残り物が皿から消え、さっとデザートに変わった。

「ハーマイオニー、糖蜜パイだ！」ロンがわざとパイの匂いをハーマイオニーのほうに漂わせた。「ごらんよ！　蒸《む》しプディングだ！　チョコレート・ケーキだ！」

ハーマイオニーがマクゴナガル先生そっくりの目つきでロンを見たので、ロンもついにあきらめた。

デザートもきれいさっぱり平らげられて、最後のパイ屑《くず》が消えてなくなり、皿がピカピカにきれいになると、アルバス・ダンブルドア校長がふたたび立ち上がった。大広間を満たしていたにぎやかな話し声がほとんどいっせいにぴたりとやみ、聞こえるのは風のうなりとたたきつける雨の音だけになった。

「さて！」ダンブルドアは笑顔で全員を見渡した。「みなよく食べ、よく飲んだことじゃろう」（ハーマイオニーが「フン！」と言った）

「いくつか知らせることがある。もう一度耳を傾けてもらおうかの」

「管理人のフィルチさんからみなに伝えるようにとのことじゃが、城内持ち込み禁止の品に、今年は次のものが加わった。『さけびヨーヨー』、『噛《か》みつきフリスビー』、『なぐり続けのブーメラン』。禁止品は全部で四三七項目あるはずじゃ。リストはフィルチさんの事務所で閲覧可能じゃ。確認したい生徒がいれば、の話じゃが」ダンブルドアの口元がひくひくっと震えた。

引き続いてダンブルドアが言った。

「いつものとおり、校庭内にある森は、生徒立ち入り禁止。ホグズミード村も、三年生になるまでは禁止じゃ」

「寮対抗クィディッチ試合は今年は取りやめじゃ。これを知らせるのはわしの辛《つら》い役目でのう」

「えーっ！」ハリーは絶句した。

チームメートのフレッドとジョージを振り向くと、二人ともあまりのことに言葉もなく、ダンブルドアに向かってただ口をパクパクさせていた。

ダンブルドアの言葉が続く。

「これは、十月に始まり、今学年の終りまで続くイベントのためじゃ。先生方もほとんどの時間とエネルギーをこの行事のために費やすことになる――しかしじゃ、わしは、みながこの行事を大いに楽しむであろうと確信しておる。ここに大いなる喜びを持って発表しよう。今年、ホグワーツで――」

ちょうどこのとき、耳をつんざく雷鳴とともに、大広間の扉がバタンと開いた。戸口に一人の男が立っていた。長いステッキに寄りかかり、黒い旅行マントをまとっている。大広間の顔という顔が、いっせいに見知らぬ男に向けられた。いましも天井を走った稲妻が、見事にその男の姿をくっきりと照らし出した。男はフードを脱ぎ、馬のたてがみのような、長い暗灰色まだらの髪をぶるっと振るうと、教職員テーブルに向かって歩き出した。

一歩踏み出すごとに、コツッコツッという鈍い音が大広間に響いた。テーブルの端にたどり着くと、男は右に曲がり、一歩ごとに激しく体を浮き沈みさせながら、ダンブルドアのほうに向かった。ふたたび稲妻が天井を横切った。ハーマイオニーが息を呑《の》んだ。

稲妻が男の顔をくっきりと浮かび上がらせる。それは、ハリーがいままでに見たどんな顔ともちがっていた。人の顔がどんなものなのかをほとんど知らない人間が、しかも鑿《のみ》の使い方に不慣れな者が、風雨にさらされた木材を削ってはじめて彫刻したような顔だ。その皮膚は、一ミリの隙もなく傷痕《きずあと》に覆われているようで、口はまるで斜めに切り裂かれた傷口に見え、鼻は大きく削がれていた。しかし、男の形相が恐ろしいのは、なによりもその目のせいだった。

片方の目は小さく、黒く光っていた。もう一方は大きく、丸いコインのようで、あざやかな明るいブルーだった。ブルーの目はまばたきもせず、もう一方の普通の目とはまったく無関係に、ぐるぐると上下、左右に絶え間なく動いている——ちょうどその目玉がくるりと裏返しになり、瞳が男の真後ろを見る位置に移動したので、正面からは白目しか見えなくなった。

見知らぬ男はダンブルドアに近づき、手を差し出した。顔と同じぐらい傷痕《きずあと》だらけのその手をにぎりながら、ダンブルドアがなにかをつぶやいたが、ハリーには聞き取れなかった。見知らぬ男になにかたずねたようだったが、男はにこりともせずに頭を振り、低い声で答えていた。ダンブルドアはうなずくと、自分の右手の空いた席へ男を誘《いざな》った。

男は席に着くと暗灰色のたてがみをバサッと顔から払いのけ、ソーセージの皿を引き寄せ、残骸《ざんがい》のように残った鼻のところまで持ち上げてフンフンと匂いを嗅《か》いだ。次には旅行用マントのポケットから小刀を取り出し、ソーセージをその先に突き刺して食べはじめた。片方の正常な目はソーセージに注がれていたが、ブルーの目は忙《せわ》しなくぐるぐる動き回り、大広間や生徒たちを観察していた。

「『闇の魔術に対する防衛術』の新しい先生をご紹介しよう」静まり返った中でダンブルドアの明るい声が言った。「ムーディ先生です」

新任の先生は拍手で迎えられるのが普通だったが、ダンブルドアとハグリッド以外は職員も生徒もだれ一人として拍手しなかった。二人の拍手が、静寂の中でパラパラと寂《さび》しく鳴り響き、その拍手もほとんどすぐにやんだ。残りの全員は、ムーディのあまりに不気味なありさまに呪縛されたかのように、ただじっと見つめるばかりだった。

「ムーディ？」ハリーが小声でロンに話しかけた。「マッド‐アイ・ムーディ？　君のパパが今朝助けにいった人？」

「そうだろうな」ロンも圧倒されたように、低い声で答えた。

「あの人、いったいどうしたのかしら？」ハーマイオニーもささやいた。「あの顔、なにがあったの？」

「知らない」ロンは、ムーディを魅入られたように見つめながら、ささやき返した。

ムーディは、お世辞にも温かいとはいえない歓迎ぶりにも、まったく無頓着《むとんちゃく》のようだ。目の前のかぼちゃジュースのジャーには目もくれず、旅行用マントから今度は携帯用酒瓶《さかびん》を引っ張り出してグビッグビッと飲んだ。飲むときに腕が上がり、マントの裾《すそ》が床から数センチ持ち上がった。ハリーは、先端に鉤爪《かぎづめ》のついた木製の義足をテーブルの下に垣間見た。

ダンブルドアが咳《せき》ばらいした。

「先ほど言いかけていたのじゃが」身じろぎもせずにマッド‐アイ・ムーディを見つめ続けている生徒たちに向かって、ダンブルドアはにこやかに語りかけた。

「これから数か月にわたり、わが校は、まことに心躍るイベントを主催するという光栄に浴する。この催しはここ百年以上行われていない。この開催を発表するのは、わしとしても大いにうれしい。今年――ホグワーツで、三大魔法学校対抗試合《トライウィザード・トーナメント》を行う」

「ご冗談でしょう！」フレッド・ウィーズリーが大声を上げた。

ムーディの到着以来ずっと大広間に張りつめていた緊張が、急に解けた。ほとんど全員が笑い出し、ダンブルドアも絶妙のかけ声を楽しむように、フォッフォッと笑った。

「ミスター・ウィーズリー、わしはけっして冗談など言っておらんよ」ダンブルドアが続ける。「とはいえ、せっかく冗談の話が出たからには、実は、夏休みにすばらしい冗談を一つ聞いてのう。トロールと鬼婆とレプラコーンが一緒に飲み屋に入ってな――」

マクゴナガル先生が大きな咳ばらいをした。

「ふむ――しかしいまはその話をするときでは……ないようじゃの……」ダンブルドアは残念そうに言った。

「どこまで話したかのう？　おお、そうじゃ。三大魔法学校対抗試合じゃった……さて、この試合がいかなるものか、知らない生徒諸君もおろう。そこで、とっくに知っておる諸君にはお許しを願って、簡単に説明するでの。その間、知っている諸君は自由勝手に他のことを考えていてよろしい」

「三大魔法学校対抗試合はおよそ七百年前、ヨーロッパの三大魔法学校の親善試合として始まったものじゃ――ホグワーツ、ボーバトン、ダームストラングの三校での。各校から代表選手が一人ずつ選ばれ、三人が三つの魔法競技を争った。五年ごとに三校が持ち回りで競技を主催してのう。若い魔法使い、魔女たちが国を越えての絆を築くには、これが最も優れた方法だと、衆目の一致するところじゃった――ただし、おびただしい数の死者が出るにいたって、競技そのものが中止されるまではの」

「おびただしい死者?」ハーマイオニーが目を見開いてつぶやいた。

しかし、大広間の大半の学生は、ハーマイオニーの心配などどこ吹く風で、興奮してささやき合っていた。ハリーも、何百年前にだれかが死んだことを心配するより、試合のことをもっと聞きたかった。

「何世紀にもわたって、この試合の再開に関しては幾度も試みられたのじゃが」ダンブルドアの話は続いた。「そのどれも、成功しなかったのじゃ。しかしながら、わが国の『国際魔法協力部』と『魔法ゲーム・スポーツ部』とが、いまこそ再開の時は熟せりと判断した。今回は、選手の一人たりとも死の危険にさらされぬようにするために、われわれはこのひと夏かけて一意専心《いちいせんしん》取り組んだのじゃ」

「ボーバトンとダームストラングの校長が、代表選手の最終候補生を連れて十月に来校し、ハロウィーンの日に学校代表選手三人の選考が行われる。優勝杯、学校の栄誉、そして選手個人に与えられる賞金一千ガリオンを賭けて戦うのに、だれが最も相応《ふさわ》しいかを、公明正大なる審査員が決めるのじゃ」

「立候補するぞ!」フレッド・ウィーズリーがテーブルの向こうで唇をきっと結び、栄光と富とを手にする期待に熱く燃え、顔を輝かせていた。

ホグワーツの代表選手になる姿を思い描いたのはフレッドだけではなかった。どの寮のテーブルでも、うっとりとダンブルドアを見つめる者や、隣の学生と熱っぽく語り合う光景がハリーの目に入った。しかしそのとき、ダンブルドアがふたたび口を開き、大広間はまた静まり返った。

「すべての諸君が、優勝杯をホグワーツ校にもたらそうという熱意に満ちておると承知しておる。しかし、参加三校の校長、ならびに魔法省としては、今年の選手に年齢制限を設けることで合意した。ある一定年齢に達した生徒だけが――つまり、十七歳以上じゃが――代表候補として名乗りを上げることを許される。このことは」――ダンブルドアは少し声を大きくした。ダンブルドアの言葉で怒り出した何人かの生徒が、ガヤガヤ騒ぎ出したからだ。ウィーズリーの双子は急に険しい表情になった――「このことは、われわれがいかに予防措置を取ろうとも、やはり試合の種目が難しく危険であることから、必要な措置であると判断したがためなのじゃ。六年生、七年生より年少の者が課題をこなせるとは考えにくい。年少の者がホグワーツの代表選手になろうとして、公明正大なる選考の審査員を出し抜いたりせぬよう、わし自ら目を光らせることとする」

ダンブルドアの明るいブルーの目が、フレッドとジョージの反抗的な顔をちらりと見て、悪戯《いたずら》っぽく光った。

「じゃから、十七歳に満たない者は、名前を審査員に提出したりして時間のむだをせんように、よくよく願っておこう」

「ボーバトンとダームストラングの代表団は十月に到着し、今年度はほとんどずっとわが校に留まる。外国からの客人が滞在する間、みな礼儀と厚情を尽くすことと信ずる。さらに、ホグワーツの代表選手が選ばれし暁《あかつき》には、その者を、みな心から応援するであろうと、わしはそう信じておる。——さてと、夜も更けた。明日からの授業に備えて、ゆっくり休み、はっきりした頭で臨むことが大切じゃと、みなそう思っておるじゃろうのう。就寝じゃ！ ほれほれ！」

ダンブルドアはふたたび腰掛け、マッド - アイ・ムーディと話しはじめた。ガタガタバタバタと騒々しい音を立てて全校生徒が立ち上がり、群れをなして玄関ホールに出る二重扉へと向かった。

「そりゃあ、ないぜ！」ジョージ・ウィーズリーは扉に向かう群れには加わらず、棒立ちになってダンブルドアを睨《にら》みつけていた。「おれたち、四月には十七歳だぜ。なんで参加できないんだ？」

「おれはエントリーするぞ。止められるもんなら止めてみろ」フレッドも、教職員テーブルにしかめ面を向け、頑固に言い張った。「代表選手になると、普通なら絶対許されないことがいろいろできるんだぜ。しかも、賞金一千ガリオンだ！」

「うん」ロンは魂が抜けたような目だ。「うん。一千ガリオン……」

「さあ、さあ」ハーマイオニーが声をかけた。「行かないと、ここに残ってるのは私たちだけになっちゃうわ」

ハリー、ロン、ハーマイオニー、それにフレッド、ジョージが玄関ホールへと向かった。フレッドとジョージは、ダンブルドアがどんな方法で十七歳未満のエントリーを阻止するのだろうと、大論議を始めた。

「代表選手を決める公明正大な審査員って、だれなんだろう？」ハリーが言った。

「知るもんか」フレッドが言った。「だけど、そいつをだまさなきゃ。『老け薬《ふけぐすり》』を数滴使えばうまくいくかもな、ジョージ……」

「だけど、ダンブルドアは二人が十七歳未満だって知ってるよ」ロンが言った。

「ああ、でも、ダンブルドアが代表選手を決めるわけじゃないだろ？」フレッドは抜け目がない。「おれの見るところじゃ、審査員なんて、だれが立候補したかさえわかったら、あとは各校からベストな選手を選ぶだけで、歳なんて気にしないと思うな。ダンブルドアはおれたちが名乗りを上げるのを阻止しようとしてるだけだ」

「でも、いままでに死人が出てるのよ」みなでタペストリーの裏の隠し戸を通り、また一つ狭い階段を上がりながら、ハーマイオニーが心配そうな声を出した。

「ああ」フレッドは気楽に言った。「だけどずっと昔の話だろ？　それに、ちょっとくらいスリルがなきゃおもしろくもないじゃないか？　おい、ロン、おれたちがダンブルドアを出し抜く方法を見つけたらどうする？　エントリーしたいか？」

「どう思う？」ロンはハリーに聞いた。「立候補したら気分いいだろな。だけど、もっと年上の選手が欲しいんだろな……僕たちじゃまだ勉強不足かも……」

「僕なんか、ぜったい不足だ」フレッドとジョージの後ろから、ネビルの落ち込んだ声がした。「だけど、ばあちゃんは僕に立候補して欲しいだろうな。ばあちゃんは、僕が家の名誉を上げなきゃいけないっていっつも言ってるもの。僕、やるだけはやらな――うわっ……」

ネビルの足が、階段の中ほどでずぶりとはまり込んでいた。こんな悪戯《いたずら》階段がホグワーツにはあちこちにあって、ほとんどの上級生は考えなくとも階段の消えた部分を飛び越す習慣ができている。しかし、ネビルはとびきり記憶力が悪かった。ハリーとロンがネビルの腋《わき》の下を抱えて引っ張り出した。階段の上では甲冑《かっちゅう》がギーギー、ガシャガシャと音を立てて笑っていた。

「こいつめ、黙れ！」鎧《よろい》のそばを通り過ぎるとき、ロンが兜《かぶと》の面頬《めんぼお》をガシャンと引き下げた。

グリフィンドール塔にたどり着いた。入口は、ピンクの絹のドレスを着た「太った婦人《レディ》」の大きな肖像画の後ろに隠れている。みなが近づくと、肖像画が問いかけた。

「合言葉は？」

「ボールダーダッシュ《たわごと》」ジョージが言った。「下にいた監督生《かんとくせい》が教えてくれたんだ」

肖像画がパッと開き、背後の壁の穴が現れた。全員よじ登って穴をくぐった。円形の談話室は、ふかふかした肘掛椅子《ひじかけ》やテーブルが置かれ、パチパチと燃える暖炉の火で暖かかった。ハーマイオニーは楽しげにはじける火に暗い視線を投げかけた。「おやすみなさい」と挨拶して、女子寮に続く廊下へと姿を消す前に、ハーマイオニーがつぶやいた言葉を、ハリーははっきりと聞いた。

「奴隷労働」

ハリー、ロン、ネビルは最後の螺旋《らせん》階段を上り、塔のてっぺんにある寝室にたどり着いた。深紅のカーテンが掛かった四本柱のベッドが五つ壁際に並び、足元にはそれぞれのベッドの主のトランクが置かれていた。ディーンとシェーマスはもうベッドに入るところだった。シェーマスのベッドの枕元にはアイルランドのロゼットがピンで止められ、ディーンのベッドの脇机の上の壁には、ビクトール・クラムのポスターが貼りつけられていた。ディーンお気に入りのウエストハム・サッカーチームの古ポスターは、その横にピンで止めてある。

ちっとも動かないサッカー選手たちを眺めながら、ロンが頭を振り振りため息をついた。

「いかれてる」

ハリー、ロン、ネビルもパジャマに着替え、ベッドに入った。だれかが――しもべ妖精にちがいない――湯たんぽを入れてくれていた。ベッドに横たわり、外で荒れ狂う嵐の音を聞いているのは、ほっこりと気持ちがよかった。

「僕、立候補するかも」暗がりの中でロンが眠そうに言った。「フレッドとジョージがやり方を見つけたら……試合に……やってみなきゃわかんないものな?」

「だと思うよ……」ハリーは寝返りを打った。

頭の中に次々と輝かしい姿が浮かんだ……公明正大な審査員を出し抜いて、十七歳だと信じ込ませたハリー……ホグワーツの代表選手になったハリー……拍手喝采《かっさい》、大歓声の全校生徒の前で、勝利の印に両手を挙げて校庭に立つ僕……僕はいま、対抗試合に優勝した……ぼんやりと霞む群衆の中で、チョウ・チャンの顔がくっきりと浮かび上がる。称賛に顔を輝かせている……。

ハリーは枕に隠れてにっこりした。自分にだけ見えて、ロンには見えないのが、とくにうれしかった。

第13章　マッド-アイ・ムーディ

嵐は、翌朝までには治まっていた。しかし、大広間の天井はまだどんよりしたままだ。ハリー、ロン、ハーマイオニーが朝食の席で時間割を確かめているときも、天井には鉛色の重苦しい雲が渦巻いていた。三人から少し離れた席で、フレッド、ジョージとリー・ジョーダンが、どんな魔法を使えば歳を取り、首尾よく三校対抗試合に潜り込めるかを討議していた。

「今日はまあまあだな……午前中はずっと戸外授業だ」ロンは時間割の月曜日の欄を上から下へと指でなぞりながら言った。「『薬草学』はハッフルパフと合同授業。『魔法生物飼育学』は……くそ、またスリザリンと一緒だ……」

「午後に、『占い学』が二時限続きだ」時間割の下のほうを見てハリーがうめいた。

「占い学」はハリーの一番嫌いな科目だ――「魔法薬学」を別にすればの話だが。

「占い学」のトレローニー先生が、しつこくハリーの死を予言するのが、いやでたまらなかった。

「あなたも、『占い学』をやめればよかったのよ。私みたいに」

トーストにバターを塗りながら、ハーマイオニーが威勢よく言った。

「そしたら、『数占い』のように、もっときちんとした科目が取れたのよ」

「おーや、また食べるようになったじゃないか」

ハーマイオニーがトーストにたっぷりジャムをつけるのを見て、ロンが言った。

「しもべ妖精の権利を主張するのには、もっといい方法があるってわかったのよ」

ハーマイオニーは誇り高く言い放った。

「そうかい……それに、腹も減ってたしな」ロンがニヤッとした。

突然、頭上で羽音がした。開け放した窓から、百羽のふくろうが、朝の郵便を運んでくる。ハリーは反射的に見上げたが、茶色や灰色の群れの中に、白いふくろうは影も形も見えなかった。ふくろうはテーブルの上をぐるぐる飛び回り、手紙や小包の受取人を探した。大きなメンフクロウがネビル・ロングボトムのところにサーッと降下し、膝《ひざ》に小包を落とした――ネビルは必ずなにか忘れ物をしてくる。大広間の向こう側では、ドラコ・マルフォイのワシミミズクが、家から送ってくるいつものケーキやキャンディの包みらしいものを持って、肩に止まった。がっかりして胃が落ち込むような気分を抑えて、ハリーは食べかけのオートミールをまた食べはじめた。ヘドウィグの身になにか起こったんじゃないだろうか？　シリウスは手紙を受け取らなかったのでは？

ぐしょぐしょの野菜畑を通って第三温室にたどり着くまで、ハリーはずっとそのことばかりを考えていたが、温室でスプラウト先生にいままで見たこともないような醜い植物を見せられて、心配事もお預けになった。植物というより真っ黒な太い大ナメクジが土を突き破って直立しているようだ。かすかにのたくるように動き、一本一本にテラテラ光る大きな腫《は》れ物がブツブツと噴き出し、その中に液体のようなものが詰まっている。

「ブボチューバー、腫れ草です」スプラウト先生がきびきびと説明した。「搾《しぼ》ってやらないといけません。みんな、膿《うみ》を集めて――」

「えっ、なにを？」シェーマス・フィネガンが気色悪そうに聞き返した。

「膿です。フィネガン、うみ」スプラウト先生が繰り返した。「しかもとても貴重なものですから、むだにしないよう。膿を、いいですか、この瓶《びん》に集めなさい。ドラゴン革の手袋をして。原液のままだと、このブボチューバーの膿は、皮膚に変な害を与えることがあります」

膿搾《うみしぼ》りはむかむかしたが、なんだか奇妙な満足感があった。腫れたところを突つくと、黄緑色のドロッとした膿がたっぷりあふれ出し、強烈な石油臭がした。先生に言われたとおり、それを瓶《びん》に集め、授業が終わるころには数リットルも溜まった。

「マダム・ポンフリーがお喜びになるでしょう」最後の一本の瓶にコルクで栓をしながら、スプラウト先生が言った。「頑固なニキビにすばらしい効き目があるのです。このブボチューバーの膿《うみ》は。これで、ニキビをなくそうと躍起になって、生徒がとんでもない手段を取ることもなくなるでしょう」

「かわいそうなエロイーズ・ミジョンみたいにね」ハッフルパフ生のハンナ・アボットが声を殺して言った。「自分のニキビに呪いをかけて取ろうとしたっけ」

「ばかなことを――」スプラウト先生が首を振り振り言った。「ポンフリー先生が鼻を元通りにくっつけてくれたからよかったようなものの」

濡れた校庭の向こうから鐘の音が響いてきた。授業の終りを告げる城の鐘だ。「薬草学」が終わり、ハッフルパフ生は石段を上って「変身術」の授業へ、グリフィンドール生は反対に芝生を下って、「禁じられた森」のはずれに建つハグリッドの小屋へと向かった。

ハグリッドは、片手を巨大なボアハウンド犬のファングの首輪にかけ、小屋の前に立っていた。足元に木箱が数個、ふたを開けて置いてあり、ファングは中身をもっとよく見たくてうずうずしているらしく、首輪を引っ張るようにしてクィンクィン鳴いていた。近づくにつれて、奇妙なガラガラという音が聞こえてきた。ときどき小さな爆発音のような音もする。

「おっはよー！」ハグリッドはハリー、ロン、ハーマイオニーに笑顔を向けた。

「スリザリンを待ったほうがええ。あの子たちも、こいつを見逃したくはねえだろう――『尻尾《しっぽ》爆発スクリュート』だ！」

「もう一回言って？」ロンが言った。

ハグリッドは木箱の中を指さした。

「ギャーッ！」ラベンダー・ブラウンが悲鳴を上げて飛び退《の》いた。

「ギャーッ」の一言が、尻尾爆発スクリュートのすべてを表している、とハリーは思った。殻《から》をむかれた奇形の伊勢エビのような姿で、ひどく青白いぬめぬめした胴体からは、勝手気ままな場所に足が突き出し、頭らしい頭が見えない。一箱におよそ百匹ほどいる。体長約十五、六センチで、重なり合って這《は》い回り、やみくもに箱の内側にぶつかっていた。腐った魚のような強烈な臭いを発する。ときどき尻尾らしいところから火花が飛び、パンと小さな音を立てて、そのたびに十センチほど前進している。

「いま孵《かえ》ったばっかしだ」ハグリッドは得意げだ。「だから、おまえたちが自分で育てられるっちゅうわけだ！　そいつをちいっとプロジェクトにしようと思っちょる！」

「それで、なぜわれわれがそんなのを育てなきゃならないのでしょうねぇ?」

冷たい声がした。スリザリン生が到着していた。声の主はドラコ・マルフォイだ。クラッブとゴイルが、「もっともなお言葉」とばかりクスクス笑っている。

ハグリッドは答えに詰まっているようだ。

「つまり、こいつらはなんの役に立つのだろう?」マルフォイが問い詰めた。「なんの意味があるっていうんですかねぇ?」

ハグリッドは口をパクッと開いている。必死で考えている様子だ。数秒間黙ったあとで、ハグリッドがぶっきらぼうに答えた。

「マルフォイ、そいつは次の授業だ。今日はみんな餌《えさ》をやるだけだ。さあ、いろんな餌をやってみろよ――おれはこいつらを飼ったことがねえんで、なにを食うのかよくわからん――アリの卵、カエルのキモ、それと、毒のねえヤマカガシをちいと用意してある――全部ちーっとずつ試してみろや」

「最初は膿《うみ》、次はこれだもんな」シェーマスがブツブツ言った。

ハリー、ロン、ハーマイオニーは、ぐにゃぐにゃのカエルのキモをひとつかみ木箱の中に差し入れ、スクリュートを誘ってみた。ハグリッドが大好きでなかったらこんなことは絶対しない。やっていることが全部、まったくむだなんじゃないかと、ハリーはそんな気持ちを抑えられなかった。なにしろスクリュートに口があるようには見えない。

「あいたっ！」十分ほど経ったとき、ディーン・トーマスがさけんだ。「こいつ、襲ってきた！」

ハグリッドが心配そうに駆け寄った。

「尻尾《しっぽ》が爆発した！」手の火傷をハグリッドに見せながら、ディーンがいまいましそうに言った。

「ああ、そうだ。こいつらが飛ぶときにそんなことが起こるな」ハグリッドがうなずきながら言った。

「ギャーッ！」ラベンダー・ブラウンがまたさけんだ。「ギャッ、ハグリッド、あの尖《とが》ったもの、なに？」

「ああ。針を持ったやつもいる」ハグリッドの言葉に熱がこもった（ラベンダーはさっと箱から手を引っ込めた）。「たぶん、雄だな……雌は腹ンとこに吸盤のようなものがある……血を吸うためじゃねえかと思う」

「おやおや。なぜ僕たちがこいつらを生かしておこうとしているのか、これで僕にはよくわかったよ」マルフォイが皮肉たっぷりに言った。「火傷させて、刺して、噛《か》みつく。これが一度にできるペットだもの、だれだって欲しがるだろ？」

「かわいくないからって役に立たないとはかぎらないわ」ハーマイオニーが反撃し

た。「ドラゴンの血なんか、すばらしい魔力があるけど、ドラゴンをペットにしたいなんてだれも思わないでしょ？」

ハリーとロンがハグリッドを見てニヤッと笑った。ハグリッドももじゃもじゃひげの陰で苦笑いした。ハグリッドはペットならドラゴンが一番欲しいはずだと、ハリーもロンもハーマイオニーもよく知っていた――三人が一年生のとき、ごく短い間だったが、ハグリッドはドラゴンをペットとして飼っていた。凶暴なノルウェー・リッジバック種で、ノーバートという名だ。ハグリッドは怪物のような生物が大好きだ――危険であればあるほど好きなのだ。

「まあ、少なくとも、スクリュートは小さいからね」

一時間後、昼食をとりに城にもどる道すがら、ロンが言った。

「そりゃ、いまは、そうよ」ハーマイオニーは声を高ぶらせた。「でも、ハグリッドが、どんな餌《えさ》をやったらいいか見つけたら、たぶん二メートルぐらいには育つわよ」

「だけど、あいつらが船酔いとかなんとかに効くということになりゃ、問題ないだろ？」

ロンがハーマイオニーに向かって悪戯《いたずら》っぽく笑った。

「よーくご存知でしょうけど、私はマルフォイを黙らせるためにあんなことを言っただけよ。ほんとのこと言えば、マルフォイが正しいと思う。スクリュートが私たちを襲うようになる前に、全部踏みつぶしちゃうのが一番いいのよ」

三人はグリフィンドールのテーブルに着き、ラムチョップとポテトを食べた。ハーマイオニーが猛スピードで食べるので、ハリーとロンが目を丸くした。

「あ――それって、しもべ妖精の権利擁護《ようご》の新しいやり方？」ロンが聞いた。「断食をやめて、吐《は》くまで食うことにしたの？」

「どういたしまして」芽キャベツを口一杯に頬張ったまま、それでも精一杯に威厳を保って、ハーマイオニーが言った。「図書室に行きたいだけよ」

「えーっ？」ロンは信じられないという顔だ。「ハーマイオニー――今日は一日目だぜ。まだ宿題の『し』の字も出てないのに！」

ハーマイオニーは肩をすくめ、まるで何日も食べていなかったかのように食事をかき込んだ。それから、さっと立ち上がり、「じゃ、夕食のときね！」と言うなり、猛スピードで出ていった。

午後の始業のベルが鳴り、ハリーとロンは北塔に向かった。北塔の急な螺旋《らせん》階段を上り詰めたところに銀色の梯子《はしご》があり、天井の円形の撥《は》ね戸《ど》へと続いていた。その向こうがトレローニー先生の棲《す》みついている部屋だった。

梯子を上り、部屋に入ると、暖炉から立ち昇るあの甘ったるい匂いが、むっと鼻を突いた。いつものように、カーテンは閉め切られている。円形の部屋は、スカーフやショールで覆った無数のランプから出る赤い光で、ぼんやりと照らされていた。そこかしこに置かれた布張り椅子や円形クッションには、もうほかの生徒が座っていた。ハリーとロンはその間を縫って歩き、一緒に小さな丸テーブルに着いた。

「こんにちは」

ハリーのすぐ後ろで突然霧のかかったような声がして、ハリーは飛び上がった。細い体に巨大なメガネが、顔に不釣合いなほど目を大きく見せている。トレローニー先生だ。ハリーを見るときに必ず見せる悲劇的な目つきで、ハリーを見下ろしていた。いつものように、ごってりと身につけたビーズやチェーン、腕輪が、暖炉の火を受けてキラキラしている。

「坊や、なにか心配してるわね」先生が哀しげに言った。「あたくしの心眼は、あなたの平気を装った顔の奥にある、悩める魂を見透していますのよ。お気の毒に、あなたの悩み事は根拠のないものではないのです。あたくしには、あなたの行く手に困難が見えますわ。嗚呼《ああ》……本当に大変な……あなたの恐れていることは、かわいそうに、必ず起こるでしょう……しかも、おそらくあなたの思うより早く……」

先生の声がぐっと低くなり、最後はほとんどささやくようになった。ロンはやれやれという目つきでハリーを見た。ハリーは硬い表情のままロンを見た。トレローニー先生は二人のそばをすーっと通り、暖炉前に置かれたヘッドレストのついた大きな肘《ひじ》掛《か》椅《け》子に座って生徒たちと向かい合った。トレローニー先生を崇拝するラベンダー・ブラウンとパーバティ・パチルは、先生のすぐそばのクッション椅子に座っていた。

「みなさま、星を学ぶときがきました」先生が言った。

「惑星の動き、そして天体の舞《まい》のステップを読み取る者だけに明かされる神秘的予兆。人の運命は、惑星の光によって、その謎が解き明かされ、その光は交じり合い……」

ハリーはほかのことを考えていた。香を焚《た》き込めた暖炉の火で、いつも眠くなりぼうっとなるのだ。しかもトレローニー先生の占いに関する取り止めのない話は、ハリーを夢中にさせた例《ためし》がない――それでも先生がたったいま言ったことが、ハリーの頭に引っかかっていた。

「あなたの恐れていることは、かわいそうに、必ず起こるでしょう……」

まったくハーマイオニーの言うとおりだ、とハリーはいらだちながら考えた。トレローニー先生はインチキだ。ハリーはいま、なにも恐れてはいなかった……まあ、強いて言えば、シリウスが捕まってしまったのではないかと恐れてはいたが……とはいえ、トレローニーになにがわかるというのか？　トレローニー先生の占いなんて、当たればおなぐさみの当て推量で、なんとなく不気味な雰囲気だけのものだと、ハリーはとっくにそう結論づけていた。

ただし、例外は、先学期末のことだった。ヴォルデモートがふたたび立ち上がると予言した……ダンブルドアでさえ、ハリーの話を聞いたとき、あの恍惚《こうこつ》状態は本物だと考えた。

「ハリー！」ロンがささやいた。

「えっ？」ハリーはきょろきょろあたりを見回した。クラス中がハリーを見つめている。ハリーはきちんと座りなおした。暑かったし、自分だけの考えに没頭してうとうとしていたのだ。

「坊や、あたくしが申し上げましたのはね、あなたがまちがいなく、土星《サターン》の不吉な支配の下で生まれた、ということですのよ」ハリーがトレローニー先生の言葉に聞き惚《ほ》れていなかったのが明白なので、先生の声はかすかにいらついていた。

「なんの下に――ですか？」ハリーが聞いた。

「土星《サターン》ですわ――不吉な惑星、土星！」

この宣告でもハリーに止《とど》めを刺せないので、トレローニー先生の声にいらだちがあからさまになった。

「あなたの生まれたとき、まちがいなく土星が天空の支配宮に入っていたと、あたくし、そう申し上げていましたの……あなたの黒い髪……貧弱な体つき……幼くして悲劇的な喪失……あたくし、まちがっていないと思いますが、ねえ、あなた、真冬に生まれたでしょう？」

「いいえ」ハリーが言った。「僕、七月生まれです」

ロンは、笑いをごまかすのにあわててゲホゲホ咳《せき》をした。

三十分後、みなはそれぞれ複雑な円形チャートを渡され、自分の生まれたときの惑星の位置を書き込む作業をしていた。年代表を参照したり、角度の計算をするばかりの、おもしろくもない作業だった。

「僕、海王星が二つもあるよ」しばらくして、ハリーが、自分の羊皮紙《ようひし》を見て顔をしかめながら言った。「そんなはずないよね？」

「あぁぁぁぁー」ロンがトレローニー先生の謎めいたささやきを口まねした。「海王星が二つ空に現れるとき。ハリー、それはメガネをかけた小人《こびと》が生まれる確かな印ですわ……」

すぐそばで作業していたシェーマスとディーンが、声を上げて笑ったが、ラベンダー・ブラウンの興奮したさけび声にかき消されてしまった――「うわあ、先生、見てください！　星位《せいい》のない惑星が出てきました！　おぉぉー、先生、いったいこの星は？」

「冥王星《めいおうせい》、最後尾の惑星ですわ」トレローニー先生が星座表を覗き込んで言った。

「ドンケツの星か……。ラベンダー、君のドンケツ、ちょっと見せてくれる？」ロンが言った。

ロンの下品な言葉遊びが、運悪くトレローニー先生の耳に入ってしまった。たぶんそのせいで、授業の終わりにどさっと宿題が出た。

「これから一か月間の惑星の動きが、みなさんにどういう影響を与えるか、ご自分の星座表に照らして、詳しく分析なさい」

いつもの霞か雲かのような調子とは打って変わって、まるでマクゴナガル先生かと思うようなきっぱりとした言い方だった。

「来週の月曜日にご提出なさい。言い訳は聞きません！」

「あのババァめ」みんなで階段を下り、夕食をとりに大広間に向かいながら、ロンが毒づいた。「週末一杯かかるぜ。マジで……」

「宿題がいっぱい出たの？」ハーマイオニーが追いついて、明るい声で言った。

「私たちには、ベクトル先生、なんにも宿題出さなかったのよ！」

「じゃ、ベクトル先生、バンザーイだ」ロンが不機嫌に言った。

玄関ホールは夕食を待つ生徒であふれ、行列ができていた。三人が列の後ろに並んだとたん、背後で大声がした。

「ウィーズリー！　おーい、ウィーズリー！」

ハリー、ロン、ハーマイオニーが振り返ると、マルフォイ、クラッブ、ゴイルが立っていた。なにかうれしくてたまらないという顔をしている。

「なんだ？」ロンがぶっきらぼうに聞いた。

「君の父親が新聞に載ってるぞ、ウィーズリー！」マルフォイは「日刊予言者新聞《にっかんよげんしゃしんぶん》」をひらひら振り、玄関ホールにいる全員に聞こえるように大声で言った。「聞けよ！」

魔法省、またまた失態

特派員のリータ・スキーターによれば、魔法省のトラブルは、まだ終わっていない模様である。クィディッチ・ワールドカップでの警備の不手際や、職員の魔女の失踪事件がいまだにあやふやになっていることで非難されてきた魔法省が、昨日、「マグル製品不正使用取締局」のアーノルド・ウィーズリーの失態で、またもや顰蹙《ひんしゅく》を買った。


マルフォイが顔を上げた。

「名前さえまともに書いてもらえないなんて、ウィーズリー、君の父親は完全に小者扱いみたいだねぇ？」マルフォイは得意満面だ。

玄関ホールの全員が、いまや耳を傾けている。マルフォイは、これみよがしに新聞を広げなおした。

アーノルド・ウィーズリーは、二年前にも空飛ぶ車を所有していたことで責任を問われたが、昨日、非常に攻撃的なゴミバケツ数個をめぐって、マグルの法執行官(「警察」)と揉《も》め事を起こした。ウィーズリー氏は、「マッド-アイ」ムーディの救助に駆けつけた模様だ。年老いた「マッド-アイ」は、友好的握手と殺人未遂との区別もつかなくなった時点で魔法省を引退した往年の「闇祓《やみばら》い」である。警戒の厳重なムーディ氏の自宅に到着したウィーズリー氏は、案の定、ムーディ氏がまたしてもまちがい警報を発したことに気づいた。ウィーズリー氏はやむなく何人かの記憶修正を行い、やっと警官の手を逃れたが、こんな顰蹙《ひんしゅく》を買いかねない不名誉な場面に、なぜ魔法省が関与したのかという「日刊予言者新聞《にっかんよげんしゃしんぶん》」の質問に対して、回答を拒んだ。

「写真まで載ってるぞ、ウィーズリー!」マルフォイが新聞を裏返して掲げて見せた。「君の両親が家の前で写ってる――もっとも、これが家と言えるかどうか!　君の母親は少し減量したほうがよくないか?」

ロンは怒りで震えていた。みながロンを見つめている。

「失せろ、マルフォイ」ハリーが言った。「ロン、行こう……」

「そうだ、ポッター、君は夏休みにこの連中のところに泊まったそうだね？」マルフォイがせせら笑った。「それじゃ、教えてくれ。ロンの母親は、ほんとにこんなデブチンなのかい？　それとも単に写真写《うつ》りかねぇ？」

「マルフォイ、君の母親はどうなんだ？」ハリーが言い返した――ハリーもハーマイオニーも、ロンがマルフォイに飛びかからないように、ロンのローブの後ろをがっちりつかんでいた。

「あの顔つきはなんだい？　鼻の下に糞《くそ》でもぶら下げているみたいだ。いつもあんな顔してるのかい？　それとも単に君がぶら下がっていたからなのかい？」

マルフォイの青白い顔に赤味が差した。

「僕の母上を侮辱するな、ポッター」

「それなら、その減らず口を閉じとけ」ハリーはそう言って背を向けた。

バーン！

数人が悲鳴を上げた――ハリーはなにか白熱した熱いものが頬をかすめるのを感じた――ハリーはローブのポケットに手を突っ込んで杖《つえ》を取ろうとした。しかし、杖に触れるより早く、二つ目のバーンだ。そして吠え声が玄関ホールに響き渡った。

ている。

「若造、卑怯《ひきょう》なことをするな！」

ハリーが急いで振り返ると、ムーディ先生が大理石の階段をコッツッコッツッと下りてくるところだった。杖《つえ》を上げて、まっすぐに純白のケナガイタチに突きつけている。石畳を敷き詰めた床で、ちょうどマルフォイが立っていたあたりに、白イタチが震えている。

玄関ホールに恐怖の沈黙が流れた。ムーディ以外は身動き一つしない。ムーディがハリーを見た——少なくとも普通の目のほうはハリーを見た。もう一つの目はひっくり返って、頭の後ろのほうを見ているところだ。

「やられたかね？」ムーディがうなるように言った。低い、押し殺したような声だ。

「いいえ、外れました」ハリーが答えた。

「触るな！」ムーディがさけんだ。

「触るなって——なにに？」ハリーは面食らった。

「おまえではない——あいつだ！」

ムーディは親指で背後にいたクラッブをぐいと指し、うなった。白ケナガイタチを拾い上げようとしていたクラッブは、その場に凍りついた。ムーディの動く目は、どうやら魔力を持ち、自分の背後が見えるらしい。

ムーディはクラッブ、ゴイル、ケナガイタチに向かって、足を引きずりながらまたコツッコツッと歩き出した。イタチはキーキーと怯《おび》えた声を出して、地下牢のほうにさっと逃げ出した。

「そうはさせんぞ！」

ムーディが吠え、杖をふたたびケナガイタチに向けた——イタチは空中に二、三メートル飛び上がり、バシッと床に落ち、反動でまた跳ね上がった。

「敵が後ろを見せたときに襲うやつは気にくわん」

ムーディは低くうなり、ケナガイタチは何度も床にぶつかっては跳ね上がり、苦痛にキーキー鳴きながら、だんだん高く跳ねた。

「鼻持ちならない、臆病で、下劣な行為だ……」

ケナガイタチは足や尻尾《しっぽ》をばたつかせながら、なす術もなく跳ね上がり続けた。

「二度と——こんな——ことは——するな——」ムーディはイタチが石畳にぶつかって跳ね上がるたびに、一語一語を打ち込んだ。

「ムーディ先生！」ショックを受けたような声がした。

マクゴナガル先生が、腕一杯に本を抱えて、大理石の階段を下りてくるところだった。

「やあ、マクゴナガル先生」ムーディはイタチをますます高く跳ね飛ばしながら、落ち着いた声で挨拶した。

「な――なにをなさっているのですか？」マクゴナガル先生は、空中に跳ね上がるイタチの動きを目で追いながら聞いた。

「教育だ」ムーディが言った。

「教――ムーディ、それは生徒なのですか？」さけぶような声とともに、マクゴナガル先生の腕から本がボロボロこぼれ落ちた。

「さよう！」とムーディ。

「そんな！」

マクゴナガル先生はそうさけぶと、階段を駆け下りながら杖《つえ》を取り出し、次の瞬間、バシッと大きな音とともに、ドラコ・マルフォイがふたたび姿を現した。いまや顔は燃えるように紅潮し、滑らかなブロンドの髪がバラバラとその顔にかかり、床に這《は》いつくばっている。マルフォイは引きつった顔で立ち上がった。

「ムーディ、本校では、懲罰《ちょうばつ》に変身術を使うことは絶対ありません！」マクゴナガル先生が困り果てたように言った。「ダンブルドア校長が、そうあなたにお話ししたはずですが？」

「そんな話をされたかもしれん、ふむ」

ムーディはそんなことはどうでもよいというふうに顎《あご》をかいた。

「しかし、わしの考えでは、一発厳しいショックで――」

「ムーディ！　本校では居残り罰を与えるだけです！　さもなければ、規則破りの生徒が属する寮の寮監《りょうかん》に話をします」

「それでは、そうするとしよう」ムーディはマルフォイを嫌悪のまなざしで、はたと睨《にら》んだ。

マルフォイは痛みと屈辱で薄青い目をまだ潤ませてはいたが、ムーディを憎らしげに見上げ、なにかつぶやいた。「父上」という言葉だけが聞き取れた。

「ふん、そうかね？」

ムーディは、コツッコツッと木製の義足の鈍い音をホール中に響かせて二、三歩前に出ると、静かに言った。

「いいか、わしはおまえの親父殿を昔から知っているぞ……親父に言っておけ。ムーディが息子から目を離さんぞ、とな……わしがそう言ったと伝えろ……さて、おまえの寮監は、たしか、スネイプだったな？」

「そうです」マルフォイが悔しそうに言った。

「やつも古い知り合いだ」ムーディがうなるように言った。「懐かしのスネイプ殿と口をきくチャンスをずっと待っていた……こい。さあ……」

そしてムーディはマルフォイの二の腕をむんずとつかみ、地下牢へと引っ立てていった。

マクゴナガル先生は、しばらくの間、心配そうに二人の後ろ姿を見送っていたが、やがて落ちた本に向かって杖《つえ》を一振りした。本は宙に浮かび上がり、先生の腕の中にもどった。

数分後にハリー、ロン、ハーマイオニーの三人がグリフィンドールのテーブルに着き、いましがた起こった出来事を話す興奮した声が四方八方から聞こえてくる中で、ロンが二人にそっと言った。

「僕に話しかけないでくれ」

「どうして？」ハーマイオニーが驚いて聞いた。

「あれを永久に僕の記憶に焼きつけておきたいからさ」ロンは目を閉じ、瞑想《めいそう》にふけるかのように言った。「ドラコ・マルフォイ。驚異のはずむケナガイタチ……」

ハリーもハーマイオニーも笑った。それからハーマイオニーはビーフシチューを三人の銘々皿《めいめいざら》に取り分けた。

「だけど、あれじゃ、本当にマルフォイをけがさせてたかもしれないわ」ハーマイオニーが言った。「マクゴナガル先生が止めてくださったからよかったのよ——」

「ハーマイオニー！」ロンがパッチリ目を開け、憤慨して言った。「君ったら、僕の生涯最良のときを台無しにしてるぜ！」

ハーマイオニーは、付き合い切れないというような音を立てて、またしても猛スピードで食べはじめた。

「まさか、今夜も図書室に行くんじゃないだろうね？」ハーマイオニーを眺めながらハリーが聞いた。

「行かなきゃ」ハーマイオニーがもごもご言った。「やること、たくさんあるもの」

「だって、言ってたじゃないか。ベクトル先生は——」

「学校の勉強じゃないの」そう言うと、ハーマイオニーは五分も経たないうちに皿を空っぽにして、いなくなった。

ハーマイオニーがいなくなったすぐあとに、フレッド・ウィーズリーが座った。

「ムーディ！」フレッドが言った。「なんとクールじゃないか？」

「クールを超えてるぜ」フレッドの向かい側に座ったジョージが言った。

「超クールだ」双子の親友、リー・ジョーダンが、ジョージの隣の席に滑り込むように腰掛けながら言った。

「午後にムーディの授業があったんだ」リーがハリーとロンに話しかけた。

「どうだった？」ハリーは聞きたくてたまらなかった。

フレッド、ジョージ、リーが、たっぷりと意味ありげな目つきで顔を見合わせた。

「あんな授業は受けたことがないね」フレッドが言った。

「参った。わかってるぜ、あいつは」リーが言った。

「わかってるって、なにが?」ロンが身を乗り出した。

「現実にやるってことがなんなのか、わかってるのさ」ジョージがもったいぶって言った。

「やるって、なにを?」ハリーが聞いた。

「『闇の魔術』と戦うってことさ」フレッドが言った。

「あいつは、すべてを見てきたな」ジョージが言った。

「すっげえぞ」リーが言った。

ロンはガバッと鞄を覗き、授業の時間割を探した。

「あの人の授業、木曜までないじゃないか!」

ロンががっかりしたような声を上げた。

第14章　許されざる呪文

それからの二日間は、とくに事件もなく過ぎた。もっとも、ネビルが「魔法薬学」の授業で溶かしてしまった大鍋《おおなべ》の数が六個目になったことを除けばだが――。夏休みの間に、一段と報復意欲に磨きがかかったらしいスネイプ先生が、ネビルに居残りを言い渡した。樽《たる》一杯の角《つの》ヒキガエルのはらわたを抜き出す、という処罰を終えてもどってきたネビルは、ほとんど神経衰弱状態だった。

「スネイプがなんであんなに険悪ムードなのか、わかるよな?」

ハーマイオニーがネビルに、爪の間に入り込んだカエルのはらわたを取り除く「ゴシゴシ呪文」を教えてやっているのを眺めながら、ロンがハリーに言った。

「ああ」ハリーが答えた。「ムーディだ」

スネイプが「闇の魔術」の教職に就きたがっていることは、だれもが知っていた。そして今年で四年連続、スネイプはその職に就きそこねた。これまでの「闇の魔術」

の先生を、スネイプはさんざん嫌っていたし、はっきり態度にも表した――ところが、マッド‐アイ・ムーディに対しては奇妙なことに、正面きって敵意を見せないように用心しているように見えた。事実、ハリーが二人一緒にいるところを目撃したときは――食事のときや、廊下ですれちがうときなど――必ず、スネイプがムーディの目（「魔法の目」も普通の目も）を避けていると、はっきりそう感じた。

「スネイプは、ムーディのこと、少し怖がってるような気がする」ハリーは考え込むように言った。

「ムーディがスネイプを角《つの》ヒキガエルに変えちゃったらどうなるかな」ロンは夢見るような目になった。「そして、やつを地下牢中ボンボン跳ねさせたら……」

グリフィンドールの四年生は、ムーディの最初の授業が待ち遠しく、木曜の昼食がすむと、早々と教室の前に集まり、始業のベルが鳴る前に列を作った。ただ一人、ハーマイオニーだけは、始業時間ぎりぎりに現れた。

「私、いままで――」

「――図書室にいた」ハリーが、ハーマイオニーの言葉を途中から引き取った。「早くおいでよ。いい席がなくなるよ」

三人はすばやく、最前列の先生の机の真正面に陣取り、教科書の『闇の力――護身術入門』を取り出し、いつになく神妙に先生を待った。まもなく、コツッコツッという音が廊下を近づいてくるのが聞こえた。まぎれもなくムーディの足音だ。そしていつもの不気味な、恐ろしげな姿が、ぬっと入ってきた。鉤爪《かぎづめ》つきの木製の義足が、ローブの下から突き出ているのが、ちらりと見えた。

「そんな物、しまってしまえ」コツッコツッと机に向かい、腰を下ろすやいなや、ムーディがうなるように言った。「教科書だ。そんなものは必要ない」

　みな教科書を鞄にしまった。ロンが顔を輝かせた。

　ムーディは出席簿を取り出し、傷痕《きずあと》だらけの歪《ゆが》んだ顔にかかる、たてがみのような長い灰色まだらの髪をぶるぶるっと振りはらい、生徒の名前を読み上げ出した。普通の目は名簿の順を追って動いたが、「魔法の目」はぐるぐる回り、生徒が返事をするたびに、その生徒をじっと見据えた。

「よし、それでは——」出席簿の最後の生徒が返事をし終えると、ムーディが言った。「このクラスについては、ルーピン先生から手紙をもらっている。おまえたちは、闇の怪物と対決するための基本をかなり満遍なく学んだようだ——まね妖怪《ボガート》、赤帽鬼《レッドキャップ》、おいでおいで妖怪《ヒンキーパンク》、水魔《グリンデロー》、河童《カッパ》、人狼《じんろう》など。そうだな？」

　さざ波が立つように、みなが同意した。

「しかし、おまえたちは、遅れている——非常に遅れている——呪いの扱い方についてだ。そこで、わしの役目は、魔法使い同士が互いにどこまで呪い合えるものなのか、おまえたちを最低線まで引き上げることにある。わしの持ち時間は一年だ。その間におまえたちに、どうすれば闇の――」

「え？ ずっといるんじゃないの？」ロンが思わず口走った。

ムーディの「魔法の目」がぐるりと回ってロンを見据えた。ロンはどうなることかとどぎまぎしていたが、やがてムーディがふっと笑った――笑うのを、ハリーははじめて見た。傷痕《きずあと》だらけの顔が笑ったところで、ますますひん曲がり、ねじれるばかりだったが、それでも笑うという親しみを見せたことは、なにかしら救われる思いだった。ロンも心からほっとした様子だった。

「おまえはアーサー・ウィーズリーの息子だな、え？」ムーディが言った。「おまえの父親《てておや》のお陰で、数日前、窮地を脱した……ああ、一年だけだ。ダンブルドアのために特別にな……一年。その後は静かな隠遁《いんとん》生活にもどる」

ムーディはしわがれた声で笑い、節くれだった両手をパンとたたいた。

「では――ただちに取りかかる。呪いだ。呪いは力も形もさまざまだ。さて、魔法省によれば、わしが教えるべきは反対呪文であり、そこまでで終わりだ。違法とされる闇の呪文がどんなものか、六年生になるまでは生徒に見せてはいかんことになっている。おまえたちは幼すぎ、呪文を見ることさえ耐《た》えられぬ、というわけだ。しかしダンブルドア校長は、おまえたちの根性をもっと高く評価しておられる。校長はおまえたちが耐えられるとお考えだし、わしに言わせれば、戦うべき相手は早く知れば知るほどよい。見たこともないものから、どうやって身を護るというのだ？　いましも違法な呪いをかけようとする魔法使いが、これからこういう呪文をかけますなどと教えてはくれまい。面と向かって、やさしく礼儀正しく闇の呪文をかけてくれたりはせん。おまえたちのほうに備えがなければならん。緊張し、警戒していなければならんのだ。いいか、ミス・ブラウン、わしが話しているときは、そんな物はしまっておかねばならんのだ」

ラベンダー・ブラウンは跳び上がって真っ赤になった。完成した自分の天宮図《てんきゅうず》を、パーバティに机の下で見せていたところだった。ムーディの「魔法の目」は、自分の背後が見えるだけでなく、どうやら堅い木も透かして見ることができるらしい。

「さて……魔法法律により、最も厳しく罰せられる呪文はなにか、知っている者はいるか？」

何人かが中途半端に手を挙げた。ロンもハーマイオニーも手を挙げていた。ムーディはロンを指しながらも、「魔法の目」はまだラベンダーを見据えていた。

「ええと」ロンは自信なげに答えた。「パパが一つ話してくれたんですけど……たしか『服従《ふくじゅう》の呪文』とかなんとか？」

「ああ、そのとおりだ」ムーディが誉めるように言った。「おまえの父親《てておや》なら、たしかにそいつを知っているはずだ。一時期、魔法省をてこずらせたことがある。『服従の呪文』はな」

ムーディは左右不揃いの足で、ぐいと立ち上がり、机の引き出しを開け、ガラス瓶《びん》を取り出した。黒い大グモが三匹、中でガサゴソ這《は》い回っていた。ハリーは隣でロンがぎくりと身を引くのを感じた――ロンはクモが大の苦手だ。

ムーディは瓶に手を入れ、クモを一匹つかみ出し、手のひらに載せてみなに見えるようにした。それから杖《つえ》をクモに向け、一言つぶやいた。

「インペリオ！　服従せよ！」

クモは細い絹糸のような糸を垂らしながら、ムーディの手から飛び降り、空中ブランコのように前に後ろに揺れはじめた。肢《あし》をピンと伸ばし、後ろ宙返りをし、糸を切って机の上に着地したと思うと、クモは円を描きながらくるりくるりと側転を始めた。ムーディが杖をぐいと上げると、クモは二本の後ろ肢で立ち上がり、どう見てもタップダンスとしか思えない動きを始めた。

みなが笑った――ムーディを除いて、みなが。

「おもしろいと思うか？」ムーディは低くうなった。「わしがおまえたちに同じことをしたら、喜ぶか？」

笑い声が一瞬にして消えた。

「完全な支配だ」ムーディが低い声で言った。

クモは丸くなって、ころりころりと転がりはじめた。

「わしはこいつを、思いのままにできる。窓から飛び降りさせることも、水に溺《おぼ》れさすことも、だれかの喉《のど》に飛び込ませることも……」

ロンが思わず身震いした。

「何年も前になるが、多くの魔法使いたちが、この『服従の呪文』に支配された」

ムーディの言っているのはヴォルデモートの全盛時代のことだと、ハリーにはピンときた。

「だれがむりに動かされているのか、だれが自らの意思で動いているのか、それを見分けるのが、魔法省にとってひと仕事だった」

「『服従の呪文』と戦うことはできる。これからそのやり方を教えていこう。しかし、これには個人の持つ真の力が必要で、だれにでもできるわけではない。できれば呪文をかけられぬようにするほうがよい。油断大敵！」ムーディの大声に、みな跳び上がった。

ムーディはとんぼ返りをしているクモを摘み上げ、ガラス瓶にもどした。

「ほかの呪文を知っている者はいるか？　なにか禁じられた呪文を？」

ハーマイオニーの手がふたたび高く挙がった。なんと、ネビルの手も挙がったので、ハリーはちょっと驚いた。ネビルがいつも自分から進んで答えるのは、ネビルにとって他の科目より断トツに得意な「薬草学」の授業だけだった。ネビル自身が、手を挙げた勇気に驚いているような顔だ。

「なにかね?」ムーディは「魔法の目」をぐるりと回してネビルを見据えた。

「一つだけ——『磔《はりつけ》の呪文』」ネビルは小さな、しかしはっきり聞こえる声で答えた。

ムーディはネビルをじっと見つめた。今度は両方の目で見ている。

「おまえはロングボトムという名だな?」「魔法の目」をすーっと出席簿に走らせて、ムーディが聞いた。

ネビルはおずおずとうなずいた。しかし、ムーディはそれ以上追及しなかった。ムーディはクラス全員に向きなおり、ガラス瓶《びん》から二匹目のクモを取り出すと机の上に置いた。クモは恐ろしさに身がすくんだらしく、じっと動かなかった。

「『磔の呪文』」ムーディが口を開いた。「それがどんなものかわかるように、少し大きくする必要がある」

ムーディは杖《つえ》をクモに向けた。

「エンゴージオ! 肥大せよ!」

クモがふくれ上がった。いまやタランチュラより大きい。ロンは、恥も外聞もかなぐり捨てて椅子をぐっと引き、ムーディの机からできるだけ遠ざかった。

ムーディはふたたび杖を上げ、クモを指し、呪文を唱えた。

「クルーシオ！　苦しめ！」

たちまち、クモは肢《あし》を胴体に引き寄せるように内側に折り曲げてひっくり返り、七転八倒し、わなわなと痙攣《けいれん》しはじめた。なんの音も聞こえなかったが、クモに声があればきっと悲鳴を上げているにちがいない、とハリーは思った。ムーディは杖をクモから離さず、クモはますます激しく身をよじりはじめた――。

「やめて！」ハーマイオニーが金切り声を上げた。

ハリーはハーマイオニーを見た。ハーマイオニーの目はクモではなく、ネビルを見ていた。その視線を追ってハリーが見たのは、机の上で指の関節が白く見えるほどぎゅっと拳《こぶし》をにぎりしめ、恐怖に満ちた目を大きく見開いたネビルだった。

ムーディは杖を離した。クモの肢がはらりと緩んだが、まだひくひくしていた。

「レデュシオ！　縮め！」

ムーディが唱えると、クモは縮んで元の大きさになった。ムーディはクモを瓶にもどした。

「苦痛」ムーディが静かに言った。「『磔の呪文』が使えれば、拷問に『親指締め』もナイフも必要ない……これも、かつてさかんに使われた」

「よろしい……ほかの呪文をなにか知っている者はいるか？」

ハリーはまわりを見回した。みなの顔から、「三番目のクモはどうなるのだろう」と考えているのが読み取れた。三度目の挙手をしたハーマイオニーの手が、少し震えていた。

「なにかね？」ムーディがハーマイオニーを見ながら聞いた。

『アバダ　ケダブラ』」ハーマイオニーがささやくように言った。

何人かが不安げにハーマイオニーを見た。ロンもその一人だった。

「ああ……」ひん曲がった口をさらに曲げて、ムーディがほほえんだ。「そうだ。最後にして最悪の呪文。『アバダ　ケダブラ』……死の呪いだ」

ムーディはガラス瓶《びん》に手を突っ込んだ。すると、まるでなにが起こるのかを知っているように、三番目のクモはムーディの指から逃れようと、瓶の底を狂ったように走り出した。しかしムーディはそれを捕らえ、机の上に置いた。クモは木の机の上でも端のほうへと必死で走った。

ムーディが杖《つえ》を振り上げた。ハリーは突然、不吉な予感に胸が震えた。

「アバダ　ケダブラ！」

ムーディの声が轟《とどろ》いた。

目もくらむような緑の閃光《せんこう》が走り、まるで目に見えない大きなものが宙に舞い上がるような、グォーッという音がした——その瞬間、クモは仰向けにひっくり返った。なんの傷もない。しかし、まぎれもなく死んでいた。女子が何人か、あちこちで声にならない悲鳴を上げた。クモがロンのほうにすっと滑ったので、ロンはのけ反り、危うく椅子から転げ落ちそうになった。

ムーディは死んだクモを机から床に払い落とした。

「よくない」ムーディの声は静かだ。

「気持ちのよいものではない。しかも、反対呪文は存在しない。防ぎようがない。これを受けて生き残った者は、ただ一人。その者は、わしの目の前に座っている」

ムーディの目が（しかも両眼が）、ハリーの目を覗き込んだ。ハリーは顔が赤くなるのを感じた。みなの目がいっせいにハリーに向けられるのも感じ取った。ハリーはなにも書いてない黒板を魅《み》せられたかのように見つめていたが、実はなにも見てはいなかった……。

そうなのか。父さん、母さんは、こうして死んだのか……あのクモと同じように。あんなふうに、なんの傷も印もなく。肉体から命が拭《ぬぐ》い去られるとき、ただ緑の閃光を見、駆け抜ける死の音を聞いただけだったのだろうか？

この三年間というもの、ハリーは両親の死の光景を、繰り返し繰り返し思い浮かべてきた。両親が殺されたということを知ったときから、あの夜になにが起こったかを知ったときからずっと。ワームテールの裏切りによって両親の居所を知ったヴォルデモートが、二人を追ってその隠れ家にやってきた。ヴォルデモートはまず父親を殺した。ジェームズ・ポッターは、妻に向かって、ハリーを連れて逃げろとさけびながら、ヴォルデモートを食い止めようとした……ヴォルデモートはリリー・ポッターに、どけ、ハリーを殺す邪魔をするな、と迫った……母親は、代わりに自分を殺してくれとヴォルデモートにすがり、あくまでも息子をかばい続けて離れなかった……そして、ヴォルデモートは母親をも殺し、杖《つえ》をハリーに向けた……。

一年前、吸魂鬼《ディメンター》との戦いの中で、ハリーは両親の最期の声を聞いた。そしてこうした細かい光景を知った――吸魂鬼の恐ろしい魔力が、餌食《えじき》となる者に、人生最悪の記憶をありありと思い出させ、絶望と無力感に溺《おぼ》れるようにし向けるのだ……。

ムーディがまた話し出した――はるかかなたで――とハリーには聞こえた。力を奮い起こし、ハリーは自分を現実に引きもどし、ムーディの言うことに耳を傾けた。

『アバダ　ケダブラ』の呪いの裏には、強力な魔力が必要だ――おまえたちがこぞって杖を取り出し、わしに向けてこの呪文を唱えたところで、わしに鼻血すら出させることなどできるものか。しかし、そんなことはどうでもよい。わしは、おまえたちにそのやり方を教えにきているわけではない」

「さて、反対呪文がないなら、なぜおまえたちに見せたりするのか？　それは、おまえたちが知っておかなければならないからだ。最悪の事態がどういうものか、おまえたちは味わっておかなければならない。せいぜいそんなものと向き合うような目にあわぬようにするんだな。油断大敵！」

声が轟《とどろ》き、またみな跳び上がった。

「さて……この三つの呪文だが――『アバダ　ケダブラ』、『服従の呪文』、『磔《はりつけ》の呪文』――これらは『許されざる呪文』と呼ばれる。同類であるヒトに対して、このうちどれか一つの呪いをかけるだけで、アズカバンで終身刑を受けるに値する。おまえたちが立ち向かうのは、そういうものなのだ。そういうものに対しての戦い方を、わしはおまえたちに教えなければならない。備えが必要だ。武装が必要だ。しかし、なによりもまず、常に、絶えず警戒することの訓練が必要だ。羽根ペンを出せ……これを書き取れ……」

それからの授業は、「許されざる呪文」のそれぞれについて、ノートを取ることに終始した。ベルが鳴るまで、だれもなにも話をしなかった――しかし、ムーディが授業の終わりを告げ、教室を出るとすぐに、だれもかれもがワッとばかりに言葉を噴出させた。ほとんどの生徒が、恐ろしそうに呪文の話をしていた――「あのクモのぴくぴく、見たか？」「――それに、ムーディが殺したとき――あっという間だ！」

みな、まるですばらしいショーかなにかのように――とハリーは思った――授業の話をしていた。しかし、ハリーにはそんなに楽しいものとは思えなかった――どうやら、ハーマイオニーも同じ思いだったらしい。

「早く」ハーマイオニーが緊張した様子でハリーとロンを急かした。

「また、図書室ってやつじゃないだろうな?」ロンが言った。

「ちがう」ハーマイオニーはぶっきらぼうにそう言うと、脇道の廊下を指さした。

「ネビルよ」

ネビルが、廊下の中ほどにひとりぽつんと立っていた。ムーディが「磔《はりつけ》の呪文」をやって見せたあのときのように、恐怖に満ちた目を見開いて、目の前の石壁を見つめている。

「ネビル?」ハーマイオニーがやさしく話しかけた。

ネビルが振り向いた。

「やあ」ネビルの声はいつもよりかなり上ずっていた。「おもしろい授業だったよね? 夕食の出し物はなにかな。僕――僕、お腹がペコペコだ。君たちは?」

「ネビル、あなた、大丈夫?」ハーマイオニーが聞いた。

「ああ、うん。大丈夫だよ」ネビルは、やはり不自然にかん高い声で、べらべらしゃべった。「とってもおもしろい夕食――じゃないや、授業だった――夕食の食い物はなんだろう?」

ロンはぎょっとしたような顔でハリーを見た。

「ネビル、いったい――？」

そのとき、背後で奇妙なコツッコツッという音がして、振り返るとムーディ先生が足を引きずりながらやってくるところだった。四人とも黙り込んで、不安げにムーディを見た。しかし、ムーディの声は、いつもの声よりずっと低く、やさしいうなり声だった。

「大丈夫だぞ、坊主」ネビルに向かってそう声をかけた。「わしの部屋にくるか？　おいで……茶でも飲もう……」

ネビルはムーディと二人でお茶を飲むと考えただけで、もっと怖がっているように見えた。身動きもせず、しゃべりもしない。

ムーディは「魔法の目」をハリーに向けた。

「おまえは大丈夫だな？　ポッター？」

「はい」ハリーは、ほとんど挑戦的に返事をした。

ムーディの青い目が、ハリーを眺め回しながら、かすかにフフフと揺れた。そして、こう言った。

「知らねばならん。惨《むご》いかもしれん、たぶんな。しかし、おまえたちは知らねばならん。知らぬふりをしてどうなるものでもない……さあ……おいで。ロングボトム。

おまえが興味を持ちそうな本が何冊かある」

ネビルは拝むような目でハリー、ロン、ハーマイオニーを見たが、だれもなにも言わなかった。ムーディの節くれだった手を片方の肩に載せられ、ネビルは、しかたなく促されるままについていった。

「ありゃ、いったいどうしたんだ？」ネビルとムーディが角を曲がるのを見つめながら、ロンが言った。

「わからないわ」ハーマイオニーは考えにふけっているようだった。

「だけど、大した授業だったよな、な？」

大広間に向かいながら、ロンがハリーに話しかけた。

「フレッドとジョージの言うことは当たってた。ね？　あのムーディって、ほんとに、決めてくれるよな？　『アバダ　ケダブラ』をやったときなんか、あのクモ、コロッと死んだ。あっというまにおさらばだ――」

しかし、ハリーの顔を見て、ロンは急に黙り込んだ。それからは一言もしゃべらず、大広間に着いてからやっと、トレローニー先生の予言の宿題は何時間もかかるから、今夜にも始めたほうがいいと思う、と口をきいた。

ハーマイオニーは夕食の間ずっと、ハリーとロンの会話には加わらず、激烈な勢いでかき込み、また図書室へと去っていった。ハリーとロンはグリフィンドール塔へと歩き出した。ハリーは、夕食の間ずっと思いつめていたことを、今度は自分から話題にした。「許されざる呪文」のことだ。

「僕らがあの呪文を見てしまったことが魔法省に知れたら、ムーディもダンブルドアもまずいことにならないかな？」

「太った婦人《レディ》」の肖像画の近くまできたとき、ハリーがこう切り出した。

「うん、たぶんな」ロンが言った。

「だけど、ダンブルドアって、いつも自分流のやり方でやってきただろ？　それに、ムーディだって、もうとっくの昔から、まずいことになってたんだろうと思うよ。問答無用で、まず攻撃しちゃうんだから――ゴミバケツがいい例だ」

「ボールダーダッシュ《たわごと》」

「太った婦人《レディ》」がパッと開いて、入口の穴が現れた。二人はそこをよじ登って、グリフィンドールの談話室に入った。中は込み合っていて、うるさかった。

「じゃ、『占い学』のやつ、持ってこようか？」ハリーが言った。

「それっきゃねえか」ロンがうめくように言った。

教科書と星座表を取りに二人で寝室に行くと、ネビルがぽつねんとベッドに座って、なにか読んでいた。ネビルは、ムーディの授業が終わった直後よりは、ずっと落ち着いているようだったが、まだ本調子とは言えない。目を赤くしている。

「ネビル、大丈夫かい？」ハリーが聞いた。

「うん、もちろん」ネビルが答えた。「大丈夫だよ。ありがとう。ムーディ先生が貸してくれた本を読んでるとこだ……」

ネビルは本を持ち上げて見せた。『地中海の水生魔法植物とその特性』とある。

「スプラウト先生がムーディ先生に、僕は『薬草学』がとってもよくできるって言ったらしいんだ」ネビルはちょっぴり自慢そうな声で言った。

ハリーはネビルがそんな調子で話すのを、めったに聞いたことがなかった。

「ムーディ先生は、僕がこの本を気に入るだろうって思ったらしい」

スプラウト先生の言葉をネビルに伝えたのは、ネビルを元気づけるのにとても気のきいたやり方だとハリーは思った。ネビルは、なにかに優れているなどと言われたことがほとんどないからだ。ルーピン先生だったらそうしただろうと思われるようなやり方だ。

ハリーとロンは『未来の霧を晴らす』の教科書を持って談話室にもどり、テーブルを見つけて座ると、向こう一か月間の自らの運勢を予言する宿題に取りかかった。一時間後、作業はほとんど進んでいなかった。テーブルの上は計算の結果や記号を書きつけた羊皮紙《ようひし》の切れ端で散らかっていたが、ハリーの脳みそは、まるでトレローニー先生の暖炉から出る煙が詰まっているかのように、ぼうっと曇っていた。

「こんなもの、いったいどういう意味なのか、僕、まったく見当もつかない」

計算を羅列した長いリストをじっと見下ろしながら、ハリーが言った。

「あのさあ」

いらいらして、指で髪をかきむしってばかりいたので、ロンの髪は逆立っていた。

「こいつは、『まさかのときの占い学』にもどるしかないな」

「なんだい――でっち上げか？」

「そう」そう言うなり、ロンは走り書きのメモの山をテーブルから払いのけ、羽根ペンにたっぷりインクを浸し、書きはじめた。

「来週の月曜」書きなぐりながらロンが読み上げた。「火星と木星の『合』という凶事により、僕は咳《せき》が出はじめるであろう」

ここでロンはハリーを見た。

「あの先生のことだ――とにかく惨《みじ》めなことをたくさん書け。舌なめずりして喜ぶぞ」

「ようし」

ハリーは、最初の苦労の跡をクシャクシャに丸め、ペチャクチャしゃべっている一年生の群れの頭越しに放って、暖炉の火に投げ入れた。

「オッケー……月曜日、僕は危うく――えーと――火傷するかもしれない」

「うん、そうなるかもな」ロンが深刻そうに言った。「月曜にはまたスクリュートのお出ましだからな。オッケー。火曜日、僕は……うーむ……」

「大切なものをなくす」なにかアイデアはないかと『未来の霧を晴らす』をパラパラめくっていたハリーが言った。

「いただきだ」ロンはそのまま書いた。「なぜなら……うーむ……水星だ。君は、だれか友達だと思っていたやつに、裏切られることにしたらどうだ？」

「うん……冴《さ》えてる……」ハリーも急いで書き止めた。「なぜなら……金星が第十二宮に入る、と」

「そして水曜日だ。僕はけんかしてコテンパンにやられる」

「あぁぁー、僕もけんかにしようと思ってたのに。オッケー、僕は賭けに負ける」

「いいぞ、君は、僕がけんかに勝つほうに賭けてた……」

それから一時間、二人はでっち上げ運勢を（しかもますます悲劇的に）書き続けた。まわりの生徒たちが一人、二人と寝室に上がり、談話室はだんだん人気がなくなった。どこからかクルックシャンクスが現れ、二人のそばにきて、空いている椅子にひらりと飛び上がり、謎めいた表情でハリーの顔をじっと見た。なんだか、二人がまじめに宿題をやっていないと知ったら、ハーマイオニーがこんな顔をするだろうというような目つきだ。

ほかにまだ使っていない種類の不幸がなにかないだろうかと考えながら、部屋を見回すと、フレッドとジョージがハリーの目に入った。壁際に座り込み、額《ひたい》を寄せ合い、羽根ペンを持って一枚の羊皮紙《ようひし》を前に、なにかに夢中になっている。フレッドとジョージが隅に引っ込んで、静かに勉強しているなど、ありえないことだ。たいがい、なんでもいいから、真っただ中でみなの注目を集めて騒ぐのが好きなのに。羊皮紙一枚と取っ組んでいる姿は、なにやら秘密めいた匂いがした。ハリーは、「隠れ穴」で、やはり二人が座り込んでなにか書いていた姿を思い出した。そのときは、ウィーズリー・ウィザード・ウィーズの新しい注文書を作っているのだろうと思ったが、今回はそうではなさそうだ。もしそうなら、リー・ジョーダンも悪戯《いたずら》に一枚加わっているにちがいない。もしや、三校対抗試合に名乗りを上げることと関係があるのでは、とハリーは思った。

ハリーが見ていると、ジョージがフレッドに向かって首を横に振り、羽根ペンでなにかをかき消し、なにやら話している。ひそひそ声だが、それでも、ほとんど人気のない部屋ではよく聞こえてきた。

「だめだ……それじゃ、おれたちがやっこさんを非難してるみたいだ。もっと、慎重にやらなきゃ……」

ジョージがふとこっちを見て、ハリーと目が合った。ハリーは曖昧に笑い、急いで運勢作業にもどった——ジョージに、盗み聞きしていたように取られたくなかった。

それからまもなく、双子は羊皮紙《ようひし》を巻き、「おやすみ」といって寝室に去った。

フレッドとジョージがいなくなってから十分も経ったころ、肖像画の穴が開き、ハーマイオニーが談話室に這《は》い登ってきた。片手に羊皮紙を一束抱え、もう一方の手に箱を抱えている。箱の中身が歩くたびにカタカタ鳴った。クルックシャンクスが、背中を丸めてゴロゴロ喉《のど》を鳴らす。

「こんばんは」ハーマイオニーが挨拶した。「ついにできたわ！」

「僕もだ！」ロンが勝ち誇ったように羽根ペンを放り出した。

ハーマイオニーは腰掛け、持っていたものを空いている肘掛椅子《ひじかけいす》に置き、それからロンの運勢予言を引き寄せた。

「すばらしい一か月とはいかないみたいですこと」ハーマイオニーが皮肉たっぷりに言った。クルックシャンクスがその膝《ひざ》に乗って丸まった。

「まあね。少なくとも、前もってわかっているだけましさ」ロンはあくびをした。

「二回も溺《おぼ》れることになっているようよ」ハーマイオニーが指摘した。

「え？　そうか？」ロンは自分の予言をじっと見た。

「どっちか変えたほうがいいな。ヒッポグリフが暴れて踏みつぶされるってことに」

「でっち上げだってことが見え見えだと思わない？」ハーマイオニーが言った。

「なにをおっしゃる！」ロンが憤慨するふりをした。「僕たちは、屋敷しもべ妖精のごとく働いていたのですぞ！」

ハーマイオニーの眉《まゆ》がぴくりと動いた。

「ほんの言葉のアヤだよ」ロンがあわてて言った。

ハリーも羽根ペンを置いた。まさに首を切られて自分が死ぬ予言を書き終えたのだ。

「中身はなに？」ハリーが箱を指した。

「いまお聞きになるなんて、なんて間《ま》がいいですこと」ロンを睨《にら》みつけながら、そう言うと、ハーマイオニーはふたを開け、中身を見せた。

箱の中には、色とりどりのバッジが五十個ほど入っていた。みな同じ文字が書いてある。

「S・P・E・W」

「スピュー（反吐《へど》）？」ハリーはバッジを一個取り上げ、しげしげと見た。

「なにに使うの？」

「スピュー（反吐）じゃないわ」ハーマイオニーがもどかしそうに言った。

「エス――ピー――イー――ダブリュー。つまり、エスは協会、ピーは振興、イーはしもべ妖精、ダブリューは福祉の頭文字。しもべ妖精福祉振興協会《ようせいふくししんこうきょうかい》よ」

「それじゃ、僕たちが『反吐《へど》』なんて書いたバッジを着けて歩き回ると思ってるわけ？」ロンが言った。

「そうね――お二人が入会すれば――三人」ハーマイオニーが言った。

「へえ？」ロンがちょっと驚いたように言った。「メンバーは何人いるんだい？」

「当然よ」ハーマイオニーは威勢よく言った。「私が始めたばかりです」

「聞いたことないなあ」ロンが言った。

「エス――ピー――イー――ダブリュー！」ハーマイオニーが熱くなった。「ほんとは『魔法生物仲間の目に余る虐待を阻止し、その法的立場を変えるためのキャンペーン』とするつもりだったの。でも入り切らないでしょ。だから、そっちのほうは、われらが宣言文の見出しに持ってきたわ」

ハーマイオニーは羊皮紙《ようひし》の束を二人の目の前でひらひら振った。

「私、図書室で徹底的に調べたわ。小人妖精《こびとようせい》の奴隷制度は、何世紀も前から続いてるの。これまでだれもなんにもしなかったなんて、信じられないわ」

「ハーマイオニー――耳を覚ませ」ロンが大きな声を出した。

「あいつらは、奴隷が、好き。奴隷でいるのが好きなんだ！」

「私たちの短期的目標は――」

ロンより大きな声を出し、なにも耳に入らなかったかのように、ハーマイオニーは読み上げた。

「屋敷しもべ妖精の正当な報酬と労働条件を確保することである。私たちの長期的目標は、以下の事項を含む。杖《つえ》の使用禁止に関する法律改正。しもべ妖精代表を一人、『魔法生物規制管理部』に参加させること。なぜなら、彼らの代表権は愕然《がくぜん》とするほど無視されているからである」

「それで、そんなにいろいろ、どうやってやるの？」ハリーが聞いた。

「まず、メンバー集めから始めるの」

ハーマイオニーは悦《えつ》に入っていた。

「入会費、二シックルと考えたの——それでバッジを買う——その売上げを資金に、ビラまきキャンペーンを展開するのよ。ロン、あなた、財務担当——私、上の階に、募金用の空き缶を一個、置いてありますからね——ハリー、あなたは書記よ。だから、私がいましゃべっていることを、全部記録しておくといいわ。第一回会合の記録として」

一瞬、間《ま》があいた。その間、ハーマイオニーは二人に向かって、にっこりほほえんでいた。ハリーは、ハーマイオニーには呆《あき》れるやら、ロンの表情がおかしいやらで、ただじっと座ったままだった。沈黙を破ったのは、ロン、ではなく——ロンはどっちみち、呆気《あっけ》に取られて、一時的に口がきけない状態だった——トントンと軽く窓をたたく音だった。いまやガランとした談話室の向こうに、ハリーは、月明かりに照らされて窓枠に止まっている雪のように白いふくろうを見た。

「ヘドウィグ！」

ハリーはさけぶように名を呼び、椅子から飛び出して、窓に駆け寄り、急いで開けた。

ヘドウィグは、中に入ると、部屋をスイーッと横切って飛び、テーブルに置かれたハリーの予言の上に舞い降りた。

「待ってたよ！」ハリーは急いでヘドウィグのあとを追った。

「返事を持ってる」ロンも興奮して、ヘドウィグの足に結びつけられた汚い羊皮紙《ようひし》を指さした。

ハリーは急いで手紙を解き、座って読みはじめた。ヘドウィグはハタハタとその膝《ひざ》に乗り、やさしくホーと鳴いた。

「なんて書いてあるの？」ハーマイオニーが息をはずませて聞いた。

とても短い手紙だった。しかも、大急ぎで走り書きしたように見えた。ハリーはそれを読み上げた。

ハリー

すぐに北に向けて飛び発つつもりだ。数々の奇妙な噂《うわさ》が、ここにいるわたしの耳にも届いているが、君の傷痕《きずあと》のことは、その一連の出来事に連なる最新のニュースだ。また痛むことがあれば、すぐにダンブルドアのところへ行きなさい――風の便りでは、ダンブルドアがマッド-アイ・ムーディを隠遁《いんとん》生活から引っ張り出したとか。ということは、ほかの者はだれも気づいていなくとも、なんらかの気配をダンブルドアが読み取っているということなのだ。

またすぐ連絡する。ロンとハーマイオニーによろしく。

ハリー、くれぐれも用心するよう。

シリウス

ハリーは目を上げてロンとハーマイオニーを見た。二人もハリーを見つめ返した。

「北に向けて飛び発つって？」ハーマイオニーがつぶやいた。「帰ってくるってこど？」

「ダンブルドアは、なんの気配を読んでるんだ？」ロンは当惑していた。

「ハリー――どうしたんだい？」

ハリーが拳《こぶし》で自分の額《ひたい》をたたいているところだった。膝《ひざ》が揺れ、ヘドウィグが振り落とされた。

「シリウスに言うべきじゃなかった！」ハリーは激しい口調で言った。

「なにを言い出すんだ！」ロンはびっくりして言った。

「手紙のせいで、シリウスは帰らなくちゃならないって思ったんだ！」

ハリーは、今度はテーブルを拳《こぶし》でたたいたので、ヘドウィグはロンの椅子の背に止まり、怒ったようにホーと鳴いた。

「もどってくるんだ。僕が危ないと思って！　僕はなんでもないのに！　それに、おまえにあげる物なんて、なんにもないよ」

ねだるように嘴《くちばし》を鳴らしているヘドウィグに、ハリーはつっけんどんに言った。

「食べ物が欲しかったら、ふくろう小屋に行けよ」

ヘドウィグは大いに傷ついた目つきでハリーを見て、開け放した窓のほうへと飛び去ったが、行きがけに広げた翼でハリーの頭のあたりをピシャリとたたいた。

「ハリー」ハーマイオニーがなだめるような声で話しかけた。

「僕、寝る。またあした」ハリーは言葉少なに、それだけ言った。

二階の寝室でパジャマに着替え、四本柱のベッドに入ってはみたものの、ハリーは疲れて眠るという状態とはほど遠かった。

シリウスがもどってきて捕まったら僕のせいだ。僕は、どうして黙っていられなかったのだろう。ほんの二、三秒の痛みだったのに、くだらないことをべらべらと……自分一人の胸にしまっておく分別があったなら……。

しばらくして、ロンが寝室に入ってくる気配がしたが、ハリーはロンに話しかけはしなかった。横たわったまま、じっとベッドの暗い天蓋《てんがい》を見つめていた。寝室は静寂そのものだった。

自分のことで、ここまで頭が一杯でなかったらハリーは気づいたはずだ。いつものネビルのいびきが聞こえないことに。眠れないのはハリーだけではなかった。

本書は
単行本二〇〇二年十月　静山社刊
携帯版二〇〇六年九月　静山社刊
を三分冊にした1です。

装画　おとないちあき
装丁　坂川事務所

ハリー・ポッター文庫⑦
ハリー・ポッターと炎のゴブレット
〈新装版〉4－1
2022年7月5日　第1刷

作者　J.K.ローリング
訳者　松岡佑子

発行者　松岡佑子
発行所　株式会社静山社
〒102-0073　東京都千代田区九段北1-15-15
TEL 03(5210)7221
印刷・製本　中央精版印刷株式会社

ISBN 978-4-86389-686-4　printed in Japan